HEYNE BÜCHER

SCIENCE FICTION

Herausgegeben
von Wolfgang Jeschke

Ein Verzeichnis der STAR TREK®-Serien finden Sie am Schluß des Bandes

BRAD FERGUSON

EINE FLAGGE VOLLER STERNE

Roman

STAR TREK®
CLASSIC SERIE
Band 61

Deutsche Erstausgabe

WILHELM HEYNE VERLAG
MÜNCHEN

HEYNE SCIENCE FICTION & FANTASY
Band 06/5349

Titel der Originalausgabe
A FLAG FULL OF STARS
Übersetzung aus dem Amerikanischen von
Ronald M. Hahn

Redaktion: Rainer Michael Rahn

Die Originalausgabe erschien bei POCKET BOOKS,
a division of Simon & Schuster, Inc., New York

Printed in Germany 1995
Umschlagbild: Pocket Books / Simon & Schuster, New York
Umschlaggestaltung: Atelier Ingrid Schütz, München
Technische Betreuung: M. Spinola
Satz: Schaber Satz- und Datentechnik, Wels
Druck und Bindung: Ebner Ulm

ISBN 3-453-08595-7

Historische Anmerkung

Dieses Abenteuer spielt kurz vor den Ereignissen, die in *Star Trek – Der Film* beschrieben werden.

1

Admiral James T. Kirk verharrte mitten in der Bewegung, verschränkte die Arme hinter dem Rücken und schaute durch die transparente Nordwand seines Starfleet-Büros auf das Golden Gate und die prächtige, alte darüber hinwegführende Brücke. Wäre er in diesem speziellen Augenblick weniger ungeduldig gewesen, hätte er die ungehinderte Aussicht auf das riesige Bauwerk, dessen steile Winkel in dem hastig anberaumten Regen weicher wirkten, gewiß zu schätzen gewußt. Der vom Regen verwischte Anblick zeigte den Feinsinn eines Ölgemäldes, und ihm gefielen Dinge dieser Art. Die karge Schönheit der Brücke sah wieder so aus, wie es ihm am besten gefiel. Das Wochenende des 4. Juli war zwar vorbei, und man hatte die Festtagsgirlanden von den Türmen geholt, aber bald würde man die Dekorationen wieder anbringen, denn die Festlichkeiten des Apollo-Tages standen bevor. Das Hissen der alten US-Flagge hatte wie immer Proteste gegen engstirnigen Nationalismus bewirkt, doch für Kirk hatte das Symbol der Fahne eher prophetischen Charakter: Zwar sollten die Sterne eigentlich Staaten verkörpern, aber er sah in ihnen nur Sterne, so, als hätten jene, die die Flagge entworfen hatten, die Föderation der Vereinten Planeten und ihr Sternenbanner vorausgesehen.

Kirk war zwar versucht, das Wetter zu verfluchen, aber er hielt sich zurück. Der Regen wurde gebraucht, und man hatte ihn eingeplant – eilig, in letzter Minute, so daß man den Countdown für den Start der *Enterprise* hatte verschieben müssen.

Er wandte der Aussicht abrupt den Rücken zu, trat an seinen Schreibtisch und betätigte den Knopf für die Direktverbindung. Das Bild des Marinehafen-Chefingenieurs, eines rotbärtigen, riesigen Schotten, zeigte sich auf dem Schirm. Er trug die neue Starfleet-Uniform – das weiß paspelierte ›Pinguingrau‹, wie es inzwischen genannt wurde.

»Nochmals guten Morgen, Chief.«

»Aye, Admiral – und naß ist er auch«, erwiderte Alec MacPherson. Seine Stimme war so finster wie das Wetter. »Wir schauen uns hier alle den Regen an und werden langsam nervös. Die Verzögerung dauert jetzt eine Stunde und dreiundfünfzig Minuten.« Er schnaubte abfällig.

»Lage?«

»Fertig und in Wartestellung, Admiral. Es geht alles seinen Gang. Haben auch keine Probleme mit dem Sauwetter. Die Atmosphärenschilde stehen; die Untertasse ist so fest verschlossen wie Omas Geldbörse. Ich hätt' aber nichts dagegen, die neue Startzeit so schnell wie möglich festzusetzen, Sir. Die ganze Sache macht mich allmählich ziemlich kribbelig.«

Kirk lächelte den Chief an. MacPherson hatte ebenso viel von seiner Seele in den Umbau der *Enterprise* gesteckt wie er. Nun wirkte er so nervös und stolz wie ein werdender Vater. »Dann sind wir ja schon zu zweit. Gehen wir also vor wie geplant. Ich nehme an, der Regen wird in knapp vierzehn Minuten planmäßig enden. Lassen wir sie also fünf Minuten später ziehen, dann ist der Himmel über der Stadt hoffentlich klar genug. Vergessen Sie nicht, daß da oben auch noch ein paar Traktor-Pressor-Gruppen sind. Und die sind auch ziemlich nervös.«

»Kann ich mir vorstellen. Ich geb' ihnen um T-minus achtzehn 'ne Vorwarnung.« MacPhersons Stimme wurde plötzlich herzlicher. »Admiral... Wollen Sie wirklich nicht zum Start rüberkommen? Es ist noch genug Zeit, um Sie rüberzubeamen. Dann können Sie es von hier aus sehen.«

Kirk zögerte. So gern er MacPhersons Angebot auch angenommen hätte, die *Enterprise* persönlich im Kreis jener abfliegen zu sehen, die während der langen Monate des Umbaus mit ihm zusammengearbeitet hatten – aber nun gehörte das Schiff Will Decker, und er mußte sich endlich von ihm lösen. Er hatte sich lange vor seinem Beschluß, den Stapellauf vom Büro aus zu beobachten, vorgenommen, dies nicht zu vergessen. Deswegen klang seine Antwort irreführend ungezwungen. »Danke, Mac, aber ich würde Ihnen nur im Weg rumstehen. Ich bleibe hier.«

MacPherson nickte ernst, als verstünde er. »Wie Sie wollen, Sir. Tja, dann wollen wir hoffen, daß die Götter uns wohlgesonnen sind.«

»Ganz meine Meinung. Kirk, Ende.«

»Bye, Sir.« Als Kirk einen anderen Knopf drückte, verblaßte MacPhersons Gesicht.

Das schwarze, schmale Gesicht Uhuras nahm den Bildschirm ein. »*Enterprise*-Kom-Zentrale.« Ihre ernste und feste Stimme verriet die Spannung, von der Kirk wußte, daß Uhura sie empfand. Als sie ihren Ex-Captain sah, lächelte sie breit. »Hallo, Admiral. Sieht so aus, als wären wir bald wieder unterwegs, Sir. Falls der Regen je aufhören sollte.«

Kirk unterdrückte ein plötzliches Aufwallen von Neid und erwiderte ihr Lächeln. »Er hört gleich auf, Commander. Jedenfalls, wenn's nach mir geht.«

»Die neue Brücke ist fantastisch, Sir«, sprudelte Uhura hervor. »Es wäre schön, wenn Sie hier wären, um sie zu sehen.« Dann zögerte sie, als sei ihr klar geworden, daß sie gerade etwas Gefühlloses gesagt hätte.

Doch Kirks heiterer Ausdruck veränderte sich nicht. »Ich kenne die Brücke«, sagte er gelassen. »Ich habe sie schon gesehen. – Geben Sie mir nun bitte Captain Decker.«

»Aye, Sir. Sofort.«

»Captain?« rief Uhura.

Willard Decker drehte sich im Kommandosessel, um seine Kom-Offizierin anzusehen. Er bewegte sich mit absichtlicher Gelassenheit, um die Ruhelosigkeit zu tarnen, die er empfand. Es war Glück, eine Veteranin wie Uhura auf der Brücke zu haben. Ihr zuversichtliches Verhalten übte eine beruhigende Wirkung auf die weniger erfahrenen Angehörigen der Crew aus – den neuen Captain eingeschlossen. Als der Countdown eingesetzt hatte, hatte Decker sich über sein Talent gefreut, innerlich entspannt zu bleiben. Doch das war vor dem Regen und der Verzögerung gewesen.

»Admiral Kirk ist dran, Sir. Auf sechs.«

»Danke.« Dankbar für die Ablenkung drückte Decker einen Knopf in der Armlehne. Sofort erschien Kirks Gesicht auf dem Hauptschirm. »Irgend etwas Neues, Admiral?«

Bevor Kirk antworten konnte, suchte Decker sein Gesicht schnell nach Anzeichen von Neid ab. Wären ihre Positionen umgekehrt gewesen – *er* hätte gewiß Neid empfunden. Ihm fiel der Augenblick vor etwa neun Monaten ein, als ihm zugetragen worden war, Kirk habe ihn empfohlen, als neuer Kommandant den Umbau der *Enterprise* zu überwachen. Er hatte ihn im HQ angerufen, um ihm zu danken, doch seine damalige Reaktion hatte ihn verblüfft.

Ich will ganz offen sein, Will: Ich beneide Sie. Wenn ich noch Captain wäre, würde ich alles Nötige tun, um das Kommando über mein Schiff zurückzubekommen.

Und nun, als er im Kommandosessel auf der *Enterprise*-Brücke saß, verstand Decker Kirks Worte ganz genau. So, wie er sich heute fühlte, hätte ihn nicht einmal eine Antimaterieexplosion von diesem Schiff, seiner Brücke und der Mannschaft weglocken können...

Kirks Gesichtsausdruck war heiter, und in seiner Stimme schwang ein Anflug (nein, es war kein Neid) jener Spannung mit, die Decker selbst empfand.

»Warten Sie auf eine Vorwarnung von MacPherson, Will. Der Regen hört in etwa vierzehn Minuten auf. Fünf Minuten später heben Sie ab.«

»Verstanden, Admiral«, sagte Decker. Es erleichterte ihn, daß die Verzögerung sich nicht noch länger hinzog. »Wir können's kaum erwarten, Sir.«

Kirk lächelte. »Tja, achten Sie nur darauf, daß alles dort ist, wo es hingehört. Wäre doch peinlich, wenn zum Schluß etwas übrigbleibt.«

»Scotty sagt, er weiß, wo alles hingehört«, erwiderte Decker, der nun ebenfalls lächelte. »Trotzdem, danke für den Tip, Admiral.«

Die beiden Männer sahen sich kurz in die Augen. Kirks Blick zeigte die gleiche Emotion, von der Will wußte, daß sie auch in dem seinen zu erkennen war: der große Stolz und die Bewunderung, die nur ein Captain empfand, der zum erstenmal auf große Fahrt ging. Dann sagte Kirk abrupt: »Mast- und Schottbruch, Captain. – Kirk, Ende.« Der Bildschirm wurde leer.

Decker machte die Frequenz frei und richtete seine Aufmerksamkeit nach vorn, zum Pilotensitz hin. Am Steuer saß Lieutenant Commander Sulu; er war für die Erneuerung der Lenksysteme verantwortlich.

Der ehemalige Navigator Pavel Chekov hatte das Schiff verlassen, um das Starfleet-Sicherheitsinstitut in Annapolis zu besuchen. Decker konnte es kaum erwarten, ihn wieder an Bord zu haben. Wenn er den Kursus abgeschlossen hatte, sollte er die Sicherheitsabteilung des Schiffes übernehmen.

Da Chekovs ständige Vertretung noch nicht ernannt worden war, übernahm die Ingenieurin Suzanne DiFalco während dieses kurzen Fluges seine Position. Sie war Montgomery Scotts Nummer zwei, wenn es um Navigationssysteme ging.

»DiFalco«, sagte Decker. »Kann ich davon ausgehen, daß Sie die Vorwarnung entgegennehmen können?«

»Aye, Captain«, erwiderte DiFalco gelassen. Ihre Augen strahlten freilich ungewöhnlich hell. Sie hielt kurz inne und fügte dann hinzu: »Hab' sie schon, Sir. Die Uhr läuft.« Ihre Finger huschten über die Schaltungen ihrer Station. »Der projektierte Kurs zum Raumdock 4 wurde an die neue Startzeit angepaßt.«

»Berichtigter Kurs eingegeben, Sir«, meldete Sulu.

»Ausgezeichnet.«

Es war nun still auf der Brücke. Alles, was getan werden konnte, war getan und doppelt überprüft worden. Decker schaute sich um. Die meisten der auf der Brücke anwesenden Menschen waren neu auf der *Enterprise;* sie waren in den vergangenen sechs Monaten an Bord gekommen, in denen das Schiff im Marinehafen gelegen hatte. Die unerfahrene Brückenmannschaft hatte jedoch rasch eine eigene Identität gefunden und kam mit den wenigen an Bord verbliebenen Veteranen bestens zurecht. Genau damit hatten Admiral Kirk und Decker gerechnet. Das gleiche galt für die Technische Abteilung, in der Scotty mehrere Angehörige seiner alten Truppe unter den Neulingen verteilt hatte, die ausgebildet waren, sich in dem auf den neuesten Stand der Technik gebrachten Schiff und dessen Wartung zurechtzufinden.

Decker stieß einen stummen Seufzer aus. Er hatte sich mehr als acht Monate auf den Stapellauf vorbereitet – doch nun erschienen ihm die letzten Minuten wie der längste Teil der gesamten Wartezeit. »Tja, sieht so aus, als müßten wir uns jetzt nur noch in Gelassenheit üben. Lieutenant Commander Uhura, schalten Sie sich in die lokale Sendung der WorldNews ein und legen Sie sie auf den Hauptschirm. Wollen wir doch mal sehen, was über uns berichtet wird ...«

»Nun sind es nur noch etwa zwölf Minuten bis zum planmäßigen Ende des Regens«, sagte die Moderatorin Nan Davis und lächelte in die 3D-Kameras. Äußerlich war sie die Ruhe in Person – als sei es eine völlig normale Sache für sie, zu einem Publikum zu reden, das in die Milliarden ging. Fast so natürlich wie das Atmen, das sie im Moment völlig vergessen hatte. Als sie zwischen den Sätzen innehielt, gab sie sich den Befehl, nun hübsch langsam und gleichmäßig Luft zu holen.

Innerlich war sie ein Nervenbündel. Nach mehreren ereignislosen (und unauffälligen, dachte Nan) Monaten bei WorldNews hatte man ihr endlich die große Chance gegeben: Sie durfte über den Stapellauf der neuen *Enterprise* berichten. Falls der Produktion gefiel, was sie zu sehen bekam, würde aus ihrer einjährigen Probezeit beim Sender eine Festanstellung werden. Falls sie nicht ankam … würde sie Zeit haben, wieder ganz unten anzufangen.

Und dazu kam es, so wie die Dinge heute morgen liefen, vielleicht früher als erwartet. In den beiden quälenden vorangegangenen Stunden hatte sie sich bemüht, die Sendung mit Informationen zu füllen, die sie nun schon auf viele verschiedene Weisen mehrmals wiederholt hatte. Ihre erste weltweite Sendung – und nun ging sie über den Jordan.

Der Teufel sollte das Wetter holen.

»Das Wetter draußen mag vielleicht schrecklich sein«, fuhr Nan strahlend fort, ohne daß ihr telegenes Lächeln in Mitleidenschaft gezogen wurde, »aber hier, in unserem Studio in San Francisco, ist es schön und trocken. Unsere Gäste heute sind Admiralin Timothea Rogers von der Presseabteilung des Starfleet-Oberkommandos und Captain i.R. Robert April, der allererste Kommandant der *Enterprise.*«

Beide Gäste nickten in die Kameras, als ihre Namen fielen. April war ein hochgewachsener, vornehm aussehender Mann von etwa achtzig Jahren mit einer dichten, weißen Haarmähne, der lässige, doch ordentliche Freizeitkleidung trug.

Timothea Rogers war in eine Starfleet-Ausgehuniform gekleidet und stellte einen ernsten, einschüchternden Gesichtsausdruck zur Schau. Ihr graubraunes Haar umrahmte ein langes Gesicht, das offenbar nicht ans Lächeln gewöhnt war. Als Nan der Admiralin heute früh begegnet war, hatte sie plötzlich aus einem Studioluftschacht eine eiskalte Bö verspürt. Oder war es nur ihre Phantasie beim Anblick der kalten, abstoßenden Augen von Mrs. Rogers gewesen? Man hatte sie darauf vorbereitet, in ihr eine reservierte Persönlichkeit zu sehen *(Nogura nennt sie seine Vulkanierin,* hatte der Adjutant gesagt, der das Interview vorbereitet hatte), aber die vulkantypische Reserviertheit war etwas anderes als das Verhalten der Admiralin. Die Frau strahlte nichts anderes als die Persönlichkeit und Wärme einer Eisskulptur aus. Nan war beim Schütteln ihrer Hand mit frustrierter Gewißheit klar geworden, daß sie im Fernsehen *abscheulich* wirken würde.

Bisher hatte ihr das Interview recht gegeben. Zwar hatte Admiralin Rogers während der Sendung angemessen reagiert, doch ihre Angewohnheit, mit flacher, lebloser Stimme eine langweilige Statistik nach der anderen zu zitieren, machte sie kaum weniger beliebt als einen Anfall rigelianischen Fiebers.

»Denjenigen, die sich nun erst zuschalten«, sagte Nan, »möchte ich sagen, daß der Countdown für den Start der renovierten Kommandosektion – der ›Untertasse‹ – der *Enterprise* aufgrund des zweistündigen Regens, den die kalifornische Gouverneurin Sarah Meier heute früh angeordnet hat, verschoben werden mußte. Der Regen ist nötig, um einen kleinen Waldbrand zu löschen, der im Norden San Franciscos, in der Nähe der Stadt Mill Valley, im Morgengrauen ausgebrochen ist. Wie wir erfahren haben, ist das Feuer gelöscht, und der Schaden für die Einwohner minimal ausgefallen.«

Nan, Rogers und April saßen in einer kleinen Studiokulisse, die die Mannschaft der WorldNews in der Nacht aufgebaut hatte. Der aufmunternde Hintergrund bestand aus einem beweglichen Sternenhimmel, auf dem die Vorstellung des Künstlers vorherrschte, wie die *Enterprise* aussehen würde, wenn der Umbau beendet war. Die Kulisse wirkte toll und übertraf alles, was der pfennigfuchsende Art Director in der Regel heranschaffte. Nan hatte sich am Morgen über diesen Anblick ziemlich gefreut und ihn für ein gutes Omen gehalten.

Aber dann hatte sie Rogers kennengelernt.

Auf Omen war heutzutage auch kein Verlaß mehr.

»Die Flotte hat den Stapellauf bis nach dem Ende des Regens verschoben«, berichtete Nan den Zuschauern, »da man befürchtet, die Turbulenzen der starken Impulstriebwerke der Kommandosektion könnten das Wetter stürmischer machen, als die Wetterkontrolle es beabsichtigt.«

Der Summer in ihrem Ohr ertönte. »Starfleet informiert uns gerade, daß die Kommandosektion der *Enterprise* fünf Minuten nach dem planmäßigen Ende des Regens abheben wird – von jetzt an gerechnet in einer Viertelstunde.« Sie konnte ihre Erleichterung kaum vor den Kameras verbergen.

Von neuem Mut erfüllt, drehte sie sich ein Stück zur Seite, um April anzusehen. Er bot einen auffallenden Kontrast zu Mrs. Rogers und war der Traum jedes Interviewers: Munter, herzlich, entspannt und – was das Wichtigste war – *interessant.* Wenn sie es schaffte, ihn für den Rest der Sendung in den Mittelpunkt zu rücken, ohne daß es allzu sehr auffiel... »Es scheint so, Captain, als käme allmählich Bewegung in das Unternehmen. Wie fühlt man sich als erster Kommandant der *Enterprise,* wenn man sein Schiff wiedergeboren sieht?«

April grinste. In seinem sonnengebräunten Gesicht

blitzten weiße Zähne. »Ziemlich stolz, Miss Davis, wirklich; ziemlich stolz. Ich habe noch immer das Gefühl, ein Teil des Schiffes zu sein. Ich habe nämlich sehr viel Zeit auf ihm verbracht. Allerdings sind die technischen Neuerungen seit dem ersten Stapellauf der *Enterprise* äußerst beträchtlich.«

Nan erwiderte sein Lächeln aufrichtig, dann wandte sie sich, sorgsam darauf bedacht, ihr Widerstreben zu tarnen, Mrs. Rogers zu. »Können Sie uns etwas über die technischen Neuerungen erzählen, Admiral? Vielleicht über die neuen Warp-Triebwerke? Sind sie wirklich so stark, daß sie die alte *Enterprise* in Stücke gerissen hätten?«

Rogers schürzte fast widerwillig ihre dünnen, blassen Lippen. »Nun ja, das nehme ich an«, erwiderte sie trocken, »wenn man es unbedingt so ausdrücken will. Die neuen Warp-Triebwerke erzeugen sechsmal mehr Kraft als die alten, und eine solche Belastung wäre für die alte *Enterprise* ein Problem geworden. Der Umbau jedoch ...«

»Das führt uns zu etwas anderem, Captain«, sagte Nan schnell, bevor sie fortfahren konnte. Die Admiralin machte den Mund zu und maß sie mit einem scheelen Blick. »Warum wurde die *Enterprise* renoviert? Man hätte doch auch gleich einen neuen Kreuzer bauen können?«

»Nun, Miss Davis«, begann April, »soweit ich weiß, ist in der Umgestaltung so viel neue Technik enthalten, daß sie erst abgeschlossen werden kann, wenn ...«

»Der Beschluß wurde aus zwei Gründen gefaßt«, fauchte die Rogers. Nans Blick wanderte unmerklich von ihrem unsichtbaren Publikum zur Admiralin und erdolchte sie.

Die Rogers tat so, als merke sie es nicht. »Geld und Zeit. Der Umbau der *Enterprise* kostet nur 62,6 Prozent der Summe, die die Neukonstruktion eines Schiffes dieser Art verschlingen würde. So konnte die Fertigstellung ein Jahr früher erfolgen. Außerdem wurde der Zeitfaktor noch verkürzt, da unsere eigenen Leute die Arbeiten durchführten. Und da beim Umbau der *Enterprise* alles so glatt verlaufen ist, werden unsere Techniker fortan alle Schiffsumbauprojekte in die Hand nehmen.«

»Faszinierend«, sagte Nan schwach. Wenn die Rogers das Thema schon zur Sprache brachte, konnte sie auch dranbleiben und den Versuch machen, einige der restlichen fünfzehn Minuten durch entsprechende Fragen zu überbrücken. »Und wer ist für diese Veränderung verantwortlich?«

»Admiral James Kirk wurde vor acht Monaten an die Spitze der Starfleet-Betriebstechnik gestellt. Der Renovierungsplan stammt von ihm.«

»Aber werden Raumschiffreparaturen und dergleichen nicht in der Regel in der Kreisbahn und speziellen Docks vorgenommen?« fragte Nan. »Normalerweise werden Schiffe doch nicht auseinandergenommen, oder? Warum wurde die Kommandosektion abgelöst und zur Renovierung auf die Erde gebracht?«

Rogers nickte kurz. »Bisher haben wir solche Arbeiten in der relativen Schwerelosigkeit der Kreisbahn ausgeführt. Admiral Kirk hat jedoch entschieden, daß ein Teil der Umbauarbeiten in einem Schwerkraftfeld effektiver ausgeführt werden kann. Er war der Meinung, man könne sehr viel Zeit und Kosten einsparen, wenn man den größten Teil der Arbeit an der Kommandosektion am Boden vornimmt.«

»Ist die Arbeit in einem Schwerkraftfeld nicht unbequem?«

»Nicht, wenn man anstreicht oder Kabel und Teppiche verlegt. Und auch nicht bei vielen anderen Tätigkeiten. Admiral Kirk wußte, daß die Hauptschwerkraftgeneratoren der *Enterprise* während des Umbauprozesses erst recht spät eingebaut werden und zum Einsatz kommen; tatsächlich wurden sie erst vergangene Woche angeschlossen. Indem wir nicht auf die Fertigstellung der Technischen Sektion gewartet haben, um mit der wesentlichen Arbeit an der Untertasse zu beginnen, haben wir eine Menge Zeit gespart. Obwohl die Kommandosektion über eigene, kleine Schwerkraftgeneratoren verfügt, sind diese nicht für fortwährenden, monatelangen Einsatz vorgesehen. Also haben wir den Vorteil des größten Schwerkraftgenerators in unmittelbarer Umgebung ausgenutzt – den der Erde.«

»Man hat dieses Konstruktionsverfahren als revolutionär bezeichnet«, sagte Nan. »Ist dies auch Ihre Einschätzung?«

»Es ist… Es war noch nie da«, erwiderte die Rogers kühl.

Nan nickte. »Ach so. Und was steht als nächstes auf dem Programm?«

»Die Arbeiten an der Kommandosektion sind nahezu beendet«, erwiderte die Rogers. »Starfleet ist, wie schon gesagt, der Ansicht, daß der Hauptteil der Arbeiten an der Untertasse…«

Die Regie spielte eine Computergrafik der *Enterprise* ein und sendete sie. Blinkende Pfeile deuteten auf die untertassenförmige Kommandosektion.

»… schneller, leichter und billiger am Boden erledigt werden kann. Was jedoch die Technische Sektion angeht…«

Die Pfeile huschten schnell von der Kommandosektion zur Technischen Sektion.

»… so mußte sie im All umgebaut werden, da sie nicht landefähig ist. In einem Verfahren, das wir ›Untertassen-Separation‹ nennen, wird die Kommandosektion vom Rest des Schiffes abgesondert, koppelt sich mittels eigener Impulstriebwerke an ein Hilfsfahrzeug an oder führt eine Landung auf einem Planeten durch.«

Rings um den Hals der *Enterprise* blitzten überall

3D-Funken auf, und das Schiff schien von einem unsichtbaren Henker geköpft zu werden. Die Kommandosektion flog auf einen blaugrünen Planeten zu.

»Die Zuschauer erinnern sich gewiß noch daran, daß die *Enterprise* vor einem Jahr von ihrer Fünfjahresmission zurückkam«, dröhnte Mrs. Rogers weiter. »Vor sechs Monaten hat eine Stammeinheit die Untertasse abgetrennt und ins Marinedock nach San Francisco geflogen. Sie war während der ganzen Zeit dort und hat vier Reparaturdocks belegt.«

Die Regie spielte Liveaufnahmen des Marinedocks ein, deren östlicher Teil von der Kommandosektion der *Enterprise* beherrscht wurde. Die ferngesteuerten 3D-Kameras zeigten den schwächer werdenden Regen, der auf die Schilde prasselte, die die Untertasse vor ihm schützten. Der Dunst aus der Luft war auf den normalerweise unsichtbaren Schilden kondensiert, die sich wiederholt überlappten und aussahen wie feine, dünne, klare Kristallplatten, die schindelähnlich über der Untertasse gestapelt waren, um sie zu schützen.

»Wann, glauben Sie, wird die Arbeit erledigt sein, Admiral?« fragte Nan.

»In einem Jahr. Nach einem Testflug wird die *Enterprise* in den aktiven Dienst zurückkehren und ihre friedliche Forschungs- und Entdeckungsmission wieder aufnehmen.«

Nan nickte. »Kommen wir zum Thema zurück. Kann es zu Schwierigkeiten kommen, wenn die beiden Sektionen wieder zusammengefügt werden?«

»Nein, zu keinen besonderen«, erwiderte die Admiralin. »Aber natürlich kommt es dabei auf *äußerste* Genauigkeit an. Die Untertasse wird in eine Kreisbahn gehen, sich mit Raumdock 4 treffen und dann von Traktor-Pressor-Crews in eine präzise Position gebracht werden. Das Ankoppeln der Untertasse an die Technische Sektion verlangt sorgfältigstes Vorgehen. Aber unser Personal ist in Dingen dieser Art sehr gut.

Wir denken im Moment über Schiffskonstruktionen nach, die einen leichteren Untertassenumbau erlauben, aber das ist noch Zukunftsmusik.«

Jetzt nur noch ein paar Minuten. Noch zwei oder drei Fragen, dann war die Tortur zu Ende... Doch plötzlich stellte Nan fest, daß sie nicht mehr weiterwußte. Gab es denn *wirklich* noch irgendwelche Fragen, die sie nicht schon ein Dutzendmal gestellt hatte? Eine halbe Sekunde bevor ihr Zögern peinlich geworden wäre, fiel ihr plötzlich eine ein, die man wohl kaum mit einem Satz beantworten konnte.

Dankbar für den Einfall fragte sie: »Wird Admiral Kirk auch in Zukunft an vergleichbaren Umbauprojekten arbeiten, Admiral Rogers?«

Falls sie die Frage bejahte, würde sie wahrscheinlich auch auf die fraglichen Projekte zu sprechen kommen, und dann war das Ende des Interviews mit etwas Glück in Sicht.

»Ich habe keine Ahnung.« Rogers' Ton fiel so kalt aus wie der Plutowinter. Nach ihrem redseligen Ausbruch wurde sie so stumm wie ein Fisch.

Die unerwartete Reaktion stürzte Nan in Panik, die sie jedoch verbergen konnte. Jetzt war er da, der schlimmste Alptraum jedes Moderators: Ihr fiel keine Frage mehr ein; *überhaupt* keine, nicht mal ein Fetzen von harmlosem Geplauder. Sie zwinkerte und blickte hilfeheischend ihren zweiten Gast an, doch selbst der überschwengliche Captain April wirkte wie hingekauert.

Nach einem weiteren Moment trostloser Stille gab Nan auf und wandte sich der nächsten Kamera zu. In der Hoffnung, daß die Regie in der Lage war, ihr rechtzeitig irgendein neues Stichwort zu geben, sagte sie: »Nach der Werbung sind wir wieder da.«

Das heißt, wenn ich den Job dann noch habe.

Am anderen Ende des Kontinents, im wiederaufgebauten New Yorker Stadtteil Chelsea, flackerte in der Ecke eines Sekundarschulklassenzimmers ein leicht verzerrtes 3D-Bild.

Joey Brickner stützte die Ellbogen auf seinen Schreibtisch, stützte das Kinn auf seine Faust und schaute vom Bildschirm weg auf den grauen, vom Regen aufgeweichten Himmel. Der Stapellauf der *Enterprise* konnte sein Interesse nicht wecken – nicht einmal aus dem praktischen Grund, daß sein Lehrer ihn für wichtig hielt und vielleicht einiges aus der Sendung in einem Test verwenden oder Aufsätze zu diesem Thema verlangen würde.

Joey machte sich seit einiger Zeit nichts mehr aus der Schule. Eigentlich interessierte ihn gar nichts mehr. Er träumte nur noch vor sich hin. Im Grunde interessierte ihn nur eins: Er sehnte die Zeit zurück, in der Jase noch gesund gewesen war.

Nichts war mehr so, wie es sein sollte.

Es war Anfang Juli. Sollte man da etwa in einem Klassenzimmer sitzen? Das neue Schuljahr hatte vor drei Wochen begonnen. Das letzte hatte vor fünf Wochen geendet. Seit wann fingen Schuljahre überhaupt im Juni an? Ach ja, es war eine Ehre, in eine Experimentalklasse aufgenommen zu werden. Mama wurde nicht müde, es ihm zu erzählen. Eine echte Ehre, besonders in seinem Alter. Alle anderen Eltern rissen sich darum, ihre Kinder in dieser Klasse zu sehen, weil sie hier wirklich etwas lernten.

Yeah. Es war wirklich 'ne Ehre. 'ne tolle Sache. Aber Joey wäre am liebsten in Urlaub gefahren. Er wäre am liebsten draußen gewesen und hätte mit Jase gespielt. Einen Moment lang schwelgte er in seiner Phantasie: Er und sein Brüderchen spielten draußen mit ihren Wasserphasern Feds und Klingonen. Der Regen machte sie naß, und ihre Pitscher auch.

Jase lachte, sein karottenfarbenes Haar war vom

Regen kastanienbraun und an die Stirn angeklatscht. Joey schloß die Augen und zog leicht die Mundwinkel hoch, denn er trachtete danach, seine Phantasie zu befriedigen, indem er das Bild perfekt einstellte. Jase mußte nun ein halbes Jahr älter sein und entsprechend größer. Vielleicht reichte er ihm schon ans Kinn. Yeah, ans Kinn. Joey hätte fast gelächelt.

Hey, Joey! Jase stand vor dem Klassenfenster und schwenkte seinen Spielzugphaser. Die Haut unter seinen Sommersprossen – er hatte wahnsinnig viele, viel mehr als er je an einem Menschen (ihm selbst inklusive) gesehen hatte – wurde hellrot, als er krampfartig über irgendeinen Witz lachte, den nur er kannte. Er krümmte sich fast. *Hey, Joey, hey …*

»Brickner«, zischte Ira Stoller hinter ihm. »Hey, Brickner!« Er rammte ein Knie gegen die Rückenlehne von Joeys Stuhl und fing fest an zu wippen. Genau dort, wo sich Joeys rechte Niere befand.

Joeys Kopf flog herum. Er schaute in Stollers Richtung und erkannte aus den Augenwinkeln, daß der Lehrer gerade nicht hersah. Wenn Stoller diesen Ton anschlug, stand fest, daß er etwas sagen wollte, das sie nur in Schwierigkeiten bringen würde. Aber der Lehrer – ein echtes Lebewesen, keine künstliche Intelligenz – schaute auch jetzt noch geistesabwesend auf das 3D-Bild. Sein braunhäutiges Gesicht trug einen nachdenklichen Ausdruck zur Schau, selbst jetzt, als die Nachrichtensendung durch einen Werbespot für Antazid unterbrochen wurde. Die anderen Schüler drehten sich nach und nach auf den Stühlen um und tuschelten mit ihren Nachbarn. Selbst Ricia Greene und Carlos Siegel, die beiden Streber, schoben die Köpfe zusammen und unterhielten sich mit leiser, ernsthafter Stimme. Die beiden sprachen zweifellos über den Stapellauf.

Stoller grinste boshaft. Er war groß – zwei Köpfe größer als Joey – und dünn und schien nur aus Knien und Ellbogen zu bestehen. Er war mit seinen sechzehn

Jahren der Älteste in der Klasse. Manchmal hatte Stoller leicht irre Anwandlungen (manchmal waren sie *sehr* irre); er respektierte nichts und niemanden, den Lehrer eingeschlossen. Doch nach den ersten paar Wochen in der Klasse war Joey dankbar für jede Art von Aufmerksamkeit. Die meisten Schüler waren fünfzehn und wollten mit Dreizehnjährigen nichts zu tun haben. Und schon gar nicht mit *kleinen* Dreizehnjährigen.

»Hey, Brickner! Wenn Tarzan und Jane Schweinsnasen wären, was wäre dann Cheetah?«

Joey schlug den Blick zum Himmel. ›Schweinsnasen‹ war Stollers Bezeichnung für Tellariten. Stoller kannte mehr beleidigende Bezeichnungen für Außerirdische, als Joey sich hatte ausmalen können. Er drehte den Kopf gerade so weit, daß er ihn ansehen konnte und zischte ihm aus dem Mundwinkel zu: »Hoffentlich taugt *der* wenigstens was.«

»'ne hübsche Frau«, sagte Stoller. Sein Knie wippte noch immer, und er ignorierte Joeys schmerzlich verzogene Miene. »Wenn Tarzan und Jane Spitzohren wären, was wäre dann Cheetah?«

»Gelangweilt«, sagte Joey.

»Ein Außenweltler. Mit Abitur.«

Joey schüttelte lahm den Kopf. »Das soll komisch sein?«

»Und wenn sie Schildkröten wären ...«, begann Stoller, dessen Blick sich in boshafter Freude verengte.

Joey, von seinem schlechten Gewissen geplagt, schaute nervös zu ihrem Lehrer hinüber, der den Blick nun vom 3D-Schirm abwandte und gedankenverloren aus dem Fenster schaute. Er schien den anschwellenden Lärm im Klassenzimmer nicht im geringsten wahrzunehmen.

»Wenn sie Schildkröten wären ...« Stoller schien es zu genießen, das Wort zu wiederholen und Joeys bestürzte Reaktion zu sehen, »was wäre dann Cheetah?«

»Ich geb's auf«, hauchte Joey.

»Ein begabtes Kind.« Stoller lehnte sich selbstzufrieden zurück.

Joey kniff die Augen zusammen und bemühte sich (er bemühte sich *wirklich*), nicht zu lachen, doch trotz der blassen, sommersprossigen Hand, die er auf seinen Mund preßte, entschlüpfte ihm ein schrilles Kichern.

Dies schien den Lehrer aus seinen Träumen zu reißen. Dr. G'dath schaute auf und runzelte die Stirn – was man freilich aufgrund des knochigen Kamms, der über die höchste Stelle seines Schädels verlief, nicht genau erkennen konnte – und sagte mit tiefer, bärbeißiger Stimme: »Man sollte die Startvorbereitungen am besten in Stille würdigen.«

Sämtliche Bewegungen, alle Geräusche – ausgenommen die des Bildschirms – erstarben. Joey schaute, wie auch die anderen Schüler, nach vorn, faltete die Hände auf der Schreibtischplatte, konzentrierte sich auf den Schirm und widmete (nun ja, zumindest *tat* er so) seine ganze Aufmerksamkeit dem Werbespot. Stoller hörte auf, mit seinem Knie zu wippen.

Dr. G'dath, der Lehrer, wiederholte sich nicht. Er drohte auch niemandem. Er brauchte es auch nicht zu tun.

Er war ein reinrassiger Klingone – eine Schildkröte, um Ira Stollers Ausdruck zu gebrauchen –, und Joey und alle anderen Schüler hatten eine Heidenangst vor ihm.

Am anderen Ende der Stadt, in einem schäbigen, ungepflegten Quartier in der klingonischen Gesandtschaft, beobachtete ein zweiter Klingone, zu dessen Vorfahren auch Menschen gehört hatten, G'dath und seine Klasse, die dem Fernsehprogramm zuschauten. Obwohl Keth und sein Untergebener Klor offiziell zum Stab der Gesandtschaft gehörten, hatten sie nur eine Aufgabe: die Überwachung des Physikers G'dath. Sie gingen ihr nach, ohne großen Kontakt mit der menschlichen Bevölkerung der Erde zu halten, und hatten nur wenig direkte Berührung mit dem Botschafter und dem Rest seines Stabes. Denn sie mußten dafür sorgen, daß der Botschafter jegliche Verantwortung für das von sich weisen konnte, was sie taten und was die Terraner oder das Oberkommando daheim für ›fragwürdig‹ halten konnten.

Nach der wochenlangen Bespitzelung G'daths fiel es Klor immer schwerer, das zu glauben, was man dem Mann vorwarf. Wie konnte ein Sekundarschullehrer eine Gefahr für das Imperium sein? Speziell dann, wenn er nur Kinder unterrichtete? Daß er als Klingone Menschenkinder unterrichtete, war ihm unverständlich genug. Aber gefährlich?

Auch G'daths private Forschungsarbeit – von der sie bisher nicht allzu viel wußten –, verriet Klor so gut wie nichts. Trotzdem hatte das Imperium die Überwachung angeordnet, die er nun getreulich ausführte. Er war stets bereit gewesen, sich seinem Volk dienstbar zu erweisen – hauptsächlich deswegen, weil seine Mutter das Ergebnis einer Paarung zwischen einem klingonischen Krieger und einer menschlichen Gefangenen von einer Grenzwelt gewesen war. Alle hatten seinen Großvater, den alten K'Marrh, für verrückt erklärt, als er sich in die Gefangene verliebt und sie zur Gemahlin genommen hatte – und man hatte es für noch verrückter gehalten, seine Tochter, Klors Mutter, als ehelich anzuerkennen und als Angehörige der Kriegerkaste aufzuziehen. Trotzdem hatte sie in einem anderen Krieger einen Ebenbürtigen getroffen und Klor gezeugt.

Klor hatte die meiste Zeit seines kurzen Lebens damit verbracht, dem Imperium zu beweisen, daß er ein loyaler Klingone, ein echter Krieger und bereit war, sein Leben für die Gemeinschaft zu opfern. Er hatte schwer gearbeitet, um sich als Bester, Schnellster und Intelligentester zu erweisen.

Doch die imperiale Flotte hatte sich völlig unbeeindruckt gezeigt. Man hatte ihm eine Beförderung nach der anderen verweigert, hatte ihn nie bei Kämpfen eingesetzt und ihm stets wenig erstrebenswerte Positionen zugeteilt – wie die momentane. Es war schlecht für einen Angehörigen der Kriegerkaste, wenn er den ganzen Tag herumsaß und die Routineangelegenheiten anderer Leute bespitzelte. Krieger mußten handeln, nicht reagieren.

Bei diesem Gedanken wurden Klors bronzefarbene Lippen dünn, und er rutschte auf dem unbequemen Stuhl herum, als seine Muskeln gegen die Zweckentfremdung rebellierten. In der Hoffnung, seine Langeweile zu lindern, streckte er die Hand aus und drückte einen Schalter unterhalb des Schirms, der G'dath zeigte. Das Bild wechselte und zeigte das, was auch die Klasse sah: Die WorldNews-Reportage über den Stapellauf der *Enterprise*. Normalerweise hatte Klor nichts dagegen, die Klasse zu beobachten; insgeheim machte es ihm sogar Spaß. Seine Bildung war aufgrund seiner Abstammung etwas zu kurz gekommen, und G'dath war seiner Meinung nach ein interessanter Lehrer. Er hatte sogar schon einiges von ihm gelernt – aber wahrscheinlich war alles erlogen, da G'dath doch angeblich ein Spinner war. Aber es war trotzdem spannend, ihm zuzuhören, und manchmal ertappte Klor sich dabei, daß er auf Kosten anderer Pflichten lieber vor diesem speziellen Bildschirm saß.

Hinter ihm ertönten Schritte. Klor fuhr in seinem Sessel herum und richtete sich auf. Hinter ihm stand Keth, sein Vorgesetzter, ein hochgewachsener, raubvogelgesichtiger Mann mit eigenartig durchdringenden Augen. Klor empfand Stolz darüber, daß er nie vor diesem Blick zurückwich.

»Besondere Ereignisse?« fauchte Keth. Sein Verhalten war barsch, fast mürrisch, aber Klor fühlte sich nicht beleidigt. Er wußte, daß Keths schlechte Laune nichts damit zu tun hatte, daß er mit dem blauäugigen

Sohn eines Menschen zusammenarbeiten mußte. Bemerkenswert war die Tatsache, daß Keth diesen Umstand niemals ansprach. Klor wußte, daß die miese Stimmung seines Vorgesetzten auf ein kürzlich erfolgtes Ereignis zurückzuführen war, bei dem er politisch in Ungnade gefallen war. Keth, der viele ehrenhafte Jahre am Steuer eines kleinen Kampfschiffes verbracht hatte, war kürzlich von einem Verwandten entehrt worden, der so frech gewesen war, bestimmte politische Dinge auszusprechen – etwa, daß das Imperium einen Versuch machen solle, mit der Föderation zu echtem Frieden zu gelangen.

Klor fühlte sich mit seinem Vorgesetzten verbunden: Man hatte sie beide zu dieser wenig erstrebenswerten Arbeit verdonnert, weil in ihren Familien jemand Missetaten begangen hatte.

»Keine besonderen Ereignisse, Commander.«

Keth reckte den Hals, um einen Blick auf den Bildschirm neben Klor zu werfen. »Und warum schaust du dir auf Kosten des Imperiums die Nachrichten an?«

Klors schlechtes Gewissen regte sich sofort, aber er konnte es gerade noch unterdrücken und sich eine glaubhafte Lüge ausdenken. »Die Klasse des Exilierten G'dath schaut sich diese Sendung gerade an, Commander. Ich wollte sie sorgfältig studieren, um zu verstehen, warum gerade sie von solchem Interesse für ihn ist.«

Keth grunzte zustimmend. »Keine weiteren Neuigkeiten über die Chipbaugruppe, die er bestellt hat?«

»Nein, Commander.«

»Hmm.« Keth berührte sein spitzes Kinn mit der Hand und streichelte es. »Die Rechnungsunterlagen, hast du gesagt, lassen sich nur vage über die Funktion des Chips aus?«

»Ja, Commander. Aber sie besagen, daß er von gewöhnlicher Bauart ist.«

»Sonst noch etwas von Wichtigkeit?«

Klor nutzte die Gelegenheit, um seinen Wert zu zeigen. »Die Chipbaugruppe muß ziemlich kompliziert sein. Laut der Rechnung, die sämtliche Einzelteile aufführt, hat Custom Electronics mehrere Wochen gebraucht, um sie herzustellen. Die Rechnung beläuft sich zudem auf eine beträchtliche Summe.«

Keth neigte den Kopf in Klors Richtung und zog interessiert seine dichten Brauen hoch. »Wirklich? Ist es mehr, als G'dath sich leisten könnte?«

Klor schüttelte den Kopf. »Nein, aber die Summe hat seine Ersparnisse fast aufgebraucht. Für das Geld muß er mehrere Monate arbeiten.«

Keths Augen leuchteten kurz auf. Klor sah in seinem Blick das Licht des arbeitenden Verstandes eines begnadeten Strategen. »Wenn er ihn erhält, will ich sofort informiert werden. Unsere Befehle sind eindeutig: Falls er irgend etwas von Wert konstruiert, sollen wir es sofort an uns bringen.«

»Gilt das auch für G'dath selbst?« fragte Klor aus müßigem Interesse, während sich sein Blick kurz von Keths angespanntem, dunklen Gesicht löste und auf den Bildschirm fiel. Im Moment redete gerade eine Starfleet-Admiralin, deren Tonfall so eintönig war wie das Wetter außerhalb ihres klaustrophobischen Quartiers. Die beiden Klingonen hörten ihr einige Sekunden zu, dann schaltete Klor wieder in das Klassenzimmer um und drehte den Ton lauter.

Endlich löste sich Keths Blick vom Schirm. »Natürlich.« Das Helle in seinen Augen wurde abrupt gedämpft, als sei ihm gerade klar geworden, daß die private Hoffnung, die er hegte, unerreichbar war. Er stieß einen leisen, für ihn völlig untypischen müden Seufzer aus, dann drehte er sich wortlos um und kehrte in den kleinen Raum zurück, der ihm als Privatunterkunft diente.

Klor interpretierte den Seufzer als Heimweh. Damit war er vertraut. Keth hatte seine Frau und seine Kinder zurückgelassen, und ihr gegenwärtiger Auftrag ließ keine direkte Kommunikation mit der Familie zu. Aber schließlich waren sie ja auch Krieger. Klor konnte sich den Luxus des Selbstmitleids nicht leisten. Irgendwann würde die Zeit schon kommen, in der er dem Imperium seinen Wert beweisen konnte. Dann würde man ihn endlich nach seinen Taten beurteilen, statt nach seiner Herkunft.

Er richtete seine Aufmerksamkeit wieder auf G'daths Klasse und stieß selbst einen leisen Seufzer aus – ohne ihn wahrzunehmen.

2

Vizeadmiralin Lori Ciana saß in ihrem Admiralitätsbüro und sah sich den Flug über das interne Starfleet-TV-System an. Sie hatte es nicht über sich gebracht, sich die WorldNews-Reportage anzuschauen. Obwohl sie Bob April mochte und einen Freund in ihm sah, konnte sie es nicht ertragen, Timothea Rogers zuzuhören. Es war schon schlimm genug, daß sie als Angehörige von Noguras internem Stab mit ihr zusammenarbeiten mußte. Aber der Teufel sollte sie holen, wenn sie sich die Rogers auch noch im Fernsehen ansah. Sie fragte sich ohnehin, warum Nogura, der geschickteste Stratege, den sie kannte, es dieser Frau erlaubte, Starfleet im Fernsehen zu vertreten. Und besonders bei einer derart besonderen Gelegenheit.

Lori stellte den Ton der Übertragung etwas leiser und fingerte ein paar Sekunden lang zögernd an den Kontrollen ihres Interkoms herum. Unentschlossenheit war etwas Neues für sie. Sie hatte erst in den vergangenen acht Monaten erfahren, daß es so etwas überhaupt gab.

Sie und Jim Kirk hatten vor Monaten als diplomatische Feuerwehr zusammengearbeitet. Eine ideale Situation. Jim hatte genug Action gehabt, um jeden Vorwurf zu entkräften, er sei ein Tintenkuli geworden. Und sie hatte ihm versprochen, sie wolle, wenn er ihr half, das zu kriegen, was sie haben wollte, in ein, zwei Jahren die Empfehlung aussprechen, ihm die *Enterprise* zurückzugeben. Bis dahin hatte sie von ihm lernen wollen. Lernen, wann man seinem Instinkt trauen konnte und wann nicht. Sie hatte die Diplomatie erlernen wollen. Sie hatte soviel lernen wollen, um Noguras Empfehlung für die Position zu verdienen, die sie gern eingenommen hätte: offizieller Verbindungsoffizier von Starfleet bei der Föderation.

Aber Nogura hatte sich quergestellt. Nach acht Monaten hatte er Kirk zum Leiter der Betriebstechnik gemacht und ihn den Umbau der *Enterprise* durchführen lassen. Ein genialer Schachzug. Die Möglichkeit, im Umfeld seines heißgeliebten Schiffes arbeiten zu können, hatte Jim völlig eingenommen. Ob ihm in all den Monaten der harten Arbeit eigentlich je klargeworden war, daß er die *Enterprise* an einen anderen würde abtreten müssen?

Dies war zweifellos auch der Grund, warum Nogura nun die Betriebstechnik zum Schiffsumbau eingeteilt hatte. Wenn Kirk die *Enterprise* ein zweites Mal verlieren mußte – tja, dann konnte man ihm einen Ersatz geben. Vielleicht die *Endeavor.* Lori war momentan wohl kaum der richtige Ersatz ...

Sie hielt mitten im Gedanken inne. Es stimmte: Sie war zutiefst sauer auf Nogura. Kirk hatte er die *Enterprise* gegeben, aber sie war leer ausgegangen: keine Empfehlung für den diplomatischen Posten. Es bedeutete, daß sie so gut wie keine Chance hatte, ihren höchsten Traum je verwirklicht zu sehen – den einer Botschafterin. Ihre Position als Feuerwehr-Diplomatin hatte keinerlei positive Auswirkungen. Obwohl Nogura ihr nie eine Erklärung angeboten hatte, kannte Lori den Grund: Er traute ihrem Urteilsvermögen einfach nicht. Ohne Kirks Hilfe war sie nichts. Im Laufe der Monate war ihr klargeworden, daß sie alles erreicht hatte, was sie je erreichen würde, daß sie den Rest ihres Lebens für den Chef des Starfleet-Oberkommandos arbeiten würde. Jim war ihre zunehmende Enttäuschung kaum aufgefallen; er war viel zu sehr mit seinem kostbaren Schiff beschäftigt.

Sie war daran gewöhnt, das zu kriegen, was sie vom Leben verlangte. Sie wußte nicht, wie sie mit dieser Situation fertig werden sollte.

Lori nahm die Hand vom Interkom. Als pflichtbewußte Gattin hätte sie Jim anrufen sollen, um ihm moralische Unterstützung zu gewähren – aber eigentlich war sie nie sonderlich pflichtbewußt gewesen. Sie hatte sich zurückgezogen. Jim hatte es nicht einmal bemerkt. Wenn sie ihn jetzt anrief, würde sie ihn nur verblüffen, und die sich daraus ergebende Konversation konnte nur peinlich werden.

Ihr Zögern, den eigenen Ehemann anzurufen, war ein schlechtes Zeichen; Lori machte sich nichts vor. Jim Kirk brauchte sie nicht mehr. Irgendwie hatten sie einander enttäuscht: Er hatte kein Schiff, und sie hatte keinen diplomatischen Posten. Wenn sie Jim nun ansah, sah sie ihr eigenes Versagen.

Er schaute sie neuerdings auch anders an. Sein Ausdruck war etwas erbitterter, abwesender, beschäftigter. Älter. Ob er in ihr sein eigenes Unvermögen sah, das alte Kommando zurückzubekommen?

Vielleicht konnte sie lernen, mit ihrer Enttäuschung fertig zu werden, aber sie konnte nicht einfach herumsitzen und zuschauen, wie Jim das gleiche passierte.

Nicht noch einen Tag. Du müßtest doch fähig sein, eine Entscheidung zu treffen, oder nicht? Jetzt ist die richtige Zeit. Zum Teufel mit dem richtigen Zeitpunkt.

Sie drückte einen Knopf und rief nicht Jim, sondern Heihachiro Noguras Büro an. Der Adjutant ist wohl hinausgegangen, dachte Lori, denn Nogura meldete sich nach dem ersten Summen persönlich.

»Lori«, sagte er fast so väterlich wie der weißhaarige Urgroßvater, der er war.

Weil wir hier nämlich alle eine große Familie sind, dachte Lori ironisch. *Tja, Heihachiro, aber das wird sich nun ändern.*

Er erkannte wohl schon an ihrem Gesichtsausdruck, daß sie aufgebracht war. Es hätte auch keinen Sinn gehabt, ihre Gefühle vor ihm zu verbergen. Nogura hatte sie immer rasch durchschaut. Zu rasch. Er durchschaute jeden. Er wußte von jedem, wie ihm zumute war, selbst wenn der andere es noch nicht wußte.

Trotzdem… Wenn er ihren Unmut spürte, er ging nicht darauf ein. Sein rundes, feinknochiges Gesicht behielt einen freundlichen Ausdruck von Gutwilligkeit. Nogura durchschaute andere, aber ihn durchschaute niemand. »Wie geht's voran, Lori? Haben Sie in letzter Zeit mit Jim gesprochen?« Obwohl er leicht und herzlich sprach, spürte sie in seinen Worten einen hintergründigen Tadel.

Ihr Gruß fiel ohne Lächeln aus. »Nein. Nein, ich habe ihn heute morgen noch nicht gesehen. Aber ich muß mit Ihnen sprechen, Admiral.«

Seine dünnen, silbernen Brauen hoben sich um einen Millimeter. Es war keine Überraschung – Lori konnte sich nicht daran erinnern, den Flottenadmiral je überrascht gesehen zu haben –, sondern eine Frage.

Sie antwortete, bevor er fragen konnte. »Sie erinnern sich doch noch an das Gespräch, das wir vor einigen Wochen geführt haben… daß ich einen Besuch bei den weiter entfernten neuen Ansiedlungen in Erwägung ziehen sollte. Nun, ich habe ihn in Erwägung gezogen. Ich möchte die ganze Tour machen. Egal wie lange sie dauert.«

Sie dauerte mindestens Monate. Sie wußten es beide.

Als Nogura sie musterte und zu interpretieren versuchte, was sich unter ihrem ruhigen, leicht trotzigen Gesichtsausdruck verbarg, entstand eine lange Pause. »Ach so«, sagte er leise. Lori konnte es kaum glauben. »Weiß Jim davon?«

»Noch nicht. Er erfährt es heute abend.« Nicht: *Ich habe daran gedacht, es ihm heute abend zu erzählen.* Nein. Keinen Rückzieher. Sie schaute fest in Noguras dunkle, uralte Augen und wartete darauf, daß er den Versuch machte, ihr die Sache auszureden.

»Und wann beabsichtigen Sie abzureisen?«

»So bald wie möglich«, sagte Lori. »Wenn's geht, schon heute abend. Jedenfalls bin ich heute abend schon nicht mehr in der Wohnung.«

Nogura schaute weg, nickte kurz und nachdenklich und blickte sie wieder an. »Lori, ich meine, Sie sollten wissen, daß ich Jim einen neuen Auftrag geben werde – Verbindungsoffizier zur Presse. Ich will es ihm heute nachmittag sagen, nach dem Stapellauf. Er soll Timmie Rogers ersetzen.«

»Warum erzählen Sie mir das jetzt?«

»Hätte es warten können, Lori? Bis Sie ... mit Jim gesprochen haben?« Sein Ton war sanft, beinahe bittend.

Lori errötete. In ihrer Kehle und auf ihren Wangen war eine zornige Hitze. *Angst, Heihachiro? Besorgt, ich könnte dir die Sache vermasseln? Daß Jim zu Sinnen kommen und erkennen könnte, daß du ihn immer nur manipulierst?* Eins wurde ihr schlagartig klar: Nogura hatte sie als ahnungslosen Köder benutzt, um Kirk von der *Enterprise* weg und in die Admiralität zu locken.

»Sie haben uns beide benutzt«, sagte sie leise, ohne sich richtig bewußt zu werden, daß sie ihre Gedanken laut aussprach. »Sie haben ein Team aus uns beiden gemacht, haben darauf gezählt, daß wir einander in die Arme stolpern.« Doch das allerschlimmste war, sie war ebenso schuldig wie er: Auch sie hatte Jim benutzt, um an den diplomatischen Posten heranzukommen. Sie hatte ihn freilich nicht darüber im unklaren gelassen. Sie maß Nogura mit einem hitzigen Blick.

Das Flackern finsterer Gefühle zeigte sich auf dem Gesicht des alten Mannes und verblaßte. Unmöglich. Lori redete sich ein, daß sie es sich nur eingebildet hatte, doch dann hörte sie die vage Spur von Verletztheit im ruhigen, gleichmäßigen Tonfall des Admirals.

Er maß sie mit einem festen Blick. »Ich kenne Sie seit

Ihrer Kindheit, Lori. Ich kannte Ihre Eltern sehr gut. Ich dachte, Sie kennen und respektieren den Grad an Zuneigung, den ich für Sie empfinde. Und ich hatte gehofft, Sie hätten mir inzwischen verziehen, daß ich Ihnen keinen diplomatischen Auftrag gegeben habe.« Seine Stimme wurde etwas lauter. Sie war noch immer fest, aber seine Verletztheit war nun deutlich erkennbar. »Fällt es Ihnen denn so schwer zu glauben, daß ich immer nur das Beste für Sie – und Jim – wollte? Ich dachte, Sie wären glücklich miteinander …«

Loris Kehle wurde bei diesen Worten so eng, daß sie ihn unterbrach, bevor sie die Beherrschung verlor. »Wir sind es nicht. Ich werde es ihm in Kürze sagen, Admiral. Ich gehe. Ich glaube, wir wissen beide, daß es besser ist, wenn ich dieses Büro eine Weile nicht sehe.« *Und Sie auch nicht.*

»Ach so«, sagte Nogura erneut. Er zögerte, und Lori hatte kurz den Eindruck, daß er nicht mehr weiterwußte. Er warf einen Blick auf seine gefalteten Hände. Als er wieder aufschaute, sagte er: »Na schön, Lori. Treffen Sie alle nötigen Vorbereitungen.«

»Vielen Dank, Sir«, erwiderte sie glatt. Sie machte sich nicht die Mühe, so zu klingen, als meine sie es ernst. Sie wollte die Verbindung gerade beenden, als Nogura plötzlich und überraschend wieder das Wort ergriff.

»Tut mir leid, Lori. Tut mir wirklich leid.«

Sie hatte keine Ahnung, ob er Mitgefühl mit ihr hatte oder sich dafür entschuldigte, wie er mit Jim und ihr verfahren war. Vielleicht tat ihm beides leid; die Kümmernis auf seinem Gesicht sah jedenfalls so echt aus, daß Lori ihm glaubte.

»Mir auch«, sagte sie und beendete die Verbindung.

Kirk beobachtete durch das Fenster den langsam endenden Regen. Die Brücke war nun in deutlichen Einzelheiten zu erkennen, und die Fußgänger und

Radfahrer machten sich wieder daran, sie zu überqueren.

Jemand klopfte an seine Tür. »Herein.«

Die Tür glitt auf. Lieutenant Commander Riley steckte den Kopf in den Raum hinein. Mit seinen neunundzwanzig Jahren sah Kevin Riley viel älter aus als der junge Mann, den Kirk zu seinem Stabschef gemacht hatte – was teilweise auf den gestutzten goldbraunen Bart zurückzuführen war, der sein Kindergesicht verbarg. Doch die Veränderung war keineswegs nur äußerlich. Riley hatte sich im letzten Jahr zu einem kompetenten Offizier gemausert, und Kirk freute sich, ihn ausgewählt zu haben.

In der vergangenen Woche war er allerdings sehr beschäftigt, geistesabwesend und auf untypische Weise dazu geneigt gewesen, Einzelheiten zu vergessen. Kirk vermutete ein privates Problem, vielleicht sogar einen Rückfall in jenes, das Riley in der ersten Woche seines Dienstes fast zum Rücktritt verführt hatte. Er gehörte nicht zu den Menschen, die gern über ihr Privatleben redeten, und Kirk drängte niemanden dazu, sondern übte sich in Geduld.

Schließlich sprach auch er nicht über seine Probleme mit Lori – auch wenn es Riley aufgefallen sein mußte, daß Vizedadmiralin Ciana ihn nicht mehr in seinem Büro besuchte und nur selten anrief. Kirk mochte und respektierte Riley zwar, aber Freunde waren sie nicht. Die einzigen beiden Menschen, denen er soweit vertraute, um sich ihnen auch anzuvertrauen, waren Welten entfernt.

Lori vertraue ich natürlich auch, dachte er mit einem Anflug von schlechtem Gewissen. Klar, er stand ihr nahe genug, um sich ihr anzuvertrauen. Zumindest hatte er ihr einst so nahe gestanden.

»Admiral?« fragte Riley in ungewöhnlich unterwürfigem Tonfall. Unter seinen Augen waren schwache Ansätze dunkler Ringe zu erkennen. »Wenn Sie nichts dagegen haben, würde ich gern zur Freizeitetage raufgehen, um mir den Stapellauf anzusehen. Ich dachte, Sie möchten vielleicht mitkommen, Sir. Die Aussicht dort ist einmalig.«

Kirk drehte sich herum, schaute Riley an und zog den Vorschlag in Erwägung. Sobald die Untertasse vom Boden abhob, gehörte das Schiff offiziell Will Decker. In diesem Moment würde seine Verantwortung für die *Enterprise* nach all den Jahren enden. Er hatte zwar vorgehabt, im Büro zu bleiben und den Stapellauf auf dem Fernsehschirm zu verfolgen, aber... Verdammt, er konnte es sich ebenso mit eigenen Augen ansehen. Wieso eigentlich nicht? Immerhin war die *Enterprise* einst seine beste Freundin gewesen.

»Na schön«, sagte Kirk. »Beeilen wir uns. Wir haben nicht mehr viel Zeit.«

»Einverstanden, Sir. Ich hab' einen Lift beschlagnahmt.«

»Bin gleich da.« Kirk durchwühlte rasch eine Schreibtischschublade und entnahm ihr für den Fall, daß Decker oder MacPherson in letzter Sekunde noch etwas mit ihm besprechen mußten, einen alten Muschelkommunikator. Es war schon ziemlich lange her, seit er das Gerät benutzt hatte; inzwischen verwendete Starfleet kompaktere und wirkungsvollere Armbandgeräte. Die Muscheln waren natürlich kompatibel. Er hatte das Ding am Ende der Fünfjahresmission bei sich gehabt und als Andenken mitgenommen. Er befestigte den Kommunikator unter der pinguingrauen Jacke an seinem Gürtel.

Kirk ging zum Bücherregal hinüber, in dem Old Yeller saß, ein ausgestopftes Gürteltier, das ihm als Maskottchen und Andenken diente. Er klopfte dreimal auf die Schale, um sich Glück zu wünschen. »Hallo, Jimmy«, sagte das Gürteltier mit der tiefen, sanften Stimme eines Texaners.

»In Ordnung«, sagte Kirk. »Gehen wir, Mr. Riley.«

Sie verließen das Büro und schritten durch den Korridor zum Liftschacht, wo sie die wartende Kabine betraten.

»Dach«, befahl Kirk. Die Tür glitt seufzend zu, es ruckte kurz, und sie waren unterwegs.

Riley kämpfte schwankend um sein Gleichgewicht. »Manchmal frage ich mich, was wohl passiert, wenn ich in einem solchen Ding bin und die Dämpfer versagen.«

»Zahnpasta mit Rileygeschmack«, sagte Kirk knapp, ohne ihm in die Augen zu sehen. Er war nicht in Stimmung für müßiges Gerede. Es war nun endlich zu ihm durchgedrungen, daß er die *Enterprise* verloren hatte ... Und aus irgendeinem eigentümlichen Grund fühlte er sich auch an Lori erinnert – als zöge auch sie sich von ihm zurück und entglitte seinem Griff.

Riley runzelte die Stirn und schaute weg.

Kirk seufzte. Es tat ihm leid. »Ich bin wohl heute nicht in bester Stimmung«, sagte er. »Verzeihen Sie.«

»Macht nichts, Admiral«, sagte Riley leise. »Mir wird sie auch fehlen. Wir haben beide ziemlich viel Zeit an Bord verbracht.«

Kirk beobachtete untätig die Stockwerkanzeige. Sie hatten die zweihundertste Etage nun hinter sich und rasten weiter hinauf. »Das kann man wohl sagen, Commander«, sagte er leise. »Das kann man wohl sagen.«

»Dach«, gab der Lift bekannt. Die Tür öffnete sich, und die Freizeitetage lag vor ihnen. Auf dem hohen, kegelförmigen Gebäude mit der flachen Dachetage befanden sich Tennis- und Basketballplätze, Rennstrecken, ein Schwimmbecken und andere Sportanlagen. Das ganze Gebiet war von einer transparenten Aluminiumkuppel überdacht, die die Freizeitetage vor dem heulenden Wind schützte und ihre Nutzung bei jedem Wetter gestattete. Doch auch ohne die Kuppel hätte die Freizeitetage an diesem Morgen nicht unter dem Regen gelitten, denn der höchste Punkt der Admiralität befand sich an diesem Tag weit oberhalb der Wolkendecke.

Heute morgen bestand die Hauptaktivität auf dem Dach jedoch nicht aus Sport, sondern aus Zuschauen. Kirk und Riley gingen rasch zum südlichsten Teil des Geländes und gesellten sich zu einer kleinen Gruppe von Starfleet-Leuten, die sich dort bereits versammelt hatten.

Kirk fiel auf, daß sich die unmittelbar über der Stadt befindlichen Wolken schon aufgelöst hatten, und ließ den Blick nach Südosten zum Marinedock schweifen. Aus dieser Höhe hätte er an einem klaren Tag über dreihundert Kilometer weit in alle Richtungen schauen können. Doch da niedrige Wolken über dem Gebiet hingen, war sein Blick auf jene Teile San Franciscos begrenzt, die sich seit dem späten 19. Jahrhundert nicht sehr verändert hatten, auch wenn das große Beben in der Mitte des 21. Jahrhunderts die Altstadt und den größten Teil ihrer Umgebung eingeebnet hatte.

Während viele Ortschaften rings um San Francisco untergegangen und vergessen waren, hatte man diese Stadt im Laufe der folgenden zwanzig Jahre mit viel Mühe rekonstruiert. Was hinzugekommen war, lag in der Hauptsache unter der Erde: Sub-Frisco, die unterirdische Stadt, erstreckte sich in manchen Gebieten über zwanzig Ebenen, und noch immer wurde dort gebuddelt und erweitert.

»Guten Morgen, meine Herren«, sagte eine trügerisch sanfte Stimme.

Kirk und Riley fuhren wie ein Mann herum. Am Rande der Kuppel stand ein kleiner, schlanker, sehr alter Mann und blickte auf die Stadt: Admiral Heihachiro Nogura, der oberste Starfleet-Chef.

»Schenken Sie mir heute wieder ein Schiff, Jim?« Noguras weiche Gesichtszüge wurden von einem Lächeln erhellt.

Kirk erwiderte es. »Ja, Sir. Jedenfalls ein ziemlich großes Stück davon. Der Rest wird auch bald fertig sein.«

»Ich kann es kaum erwarten. Als Ihr Vorschlag für den Umbau auf meinem Schreibtisch landete, hatte ich nämlich meine Zweifel, Jim. Es ist ziemlich lange her, seit wir irgendwelche erwähnenswerten Schiffsreparaturen auf der Erde statt im Orbit durchgeführt haben.«

»Ich weiß, Sir.«

Nogura nickte. »Ich hätte wirklich nicht geglaubt, daß es klappen würde. Zumindest nicht innerhalb der Kosten- und Zeitgrenzen, die Sie kalkuliert haben.«

Kirk zuckte die Achseln. Er war innerlich ungeduldig. Der Anlaß war feierlich für ihn, und Noguras Schmeichelei erschien ihm merkwürdig unpassend – wie ein Witz auf einer Beerdigung. Er wollte in aller Stille auf die *Enterprise* warten und sich darauf vorbereiten, sich von ihr zu verabschieden. »Es funktioniert.«

»Sie haben es zum Funktionieren gebracht«, sagte Nogura. »Sie haben die Aufgabe pünktlich und mit weniger Geld vollbracht, als das Budget zuließ. Ich hatte mehr als eine Auseinandersetzung mit den Leuten von der Baubehörde; es hat ihnen nicht geschmeckt, daß ich ihnen die *Enterprise* entzogen habe. Aber Sie haben sie anständig übergeben, und niemand nörgelt über das Ergebnis. Es wagt zumindest keiner, sich *bei mir* zu beschweren. Ich werde es später etwas offizieller machen, aber nehmen Sie im Moment meine herzlichste Gratulation entgegen. Gut gemacht.« Er streckte die Hand aus.

Kirk nahm sie. »Ich danke Ihnen, Sir. Ich nehme Ihren Dank aber nicht nur für mich entgegen, sondern auch für die All- und Bodentruppen, die sich den A ... Ich meine, die äußerst hart gearbeitet haben, um den Terminplan einzuhalten.«

»Natürlich.« Nogura warf einen erwartungsvollen

Blick auf den Himmel. »Kevin, haben Sie eine Uhr dabei?«

»Jawohl, Sir. Wir sind gleich bei … ähm … dreißig Sekunden.«

»Dann wollen wir uns die Show ansehen, meine Herren.«

Der südöstliche Himmel über der Stadt war nun klar. Kirk konnte quer über die Stadt hinweg aufs Marinedock blicken und sah die dort stehende riesige Untertasse. In den verkehrsfreien Zonen der Stadt hatten sich da und dort Menschenmengen versammelt. Sobald das Wetter besser geworden war, hatten sie ihre Häuser verlassen. Am Ufer der Bucht und im Osten der Stadt hatten sich noch größere Massen versammelt.

»Machen Sie ab zehn Sekunden bitte einen Countdown, Mr. Riley«, sagte Kirk.

»Jawohl, Admiral. Wir sind bei T minus dreizehn Sekunden.« Riley legte eine kurze Pause ein und fing dann an zu zählen.

Bei T minus fünf Sekunden sah man am Heck der Kommandosektion, wo sich die Ventile der Impulstriebwerke befanden, ein Hitzeflimmern. Rings um die Untertasse wirbelte Staub auf, als die gewaltigen Bauchdüsen sich räusperten. Kirk schloß eine Sekunde die Augen und stellte sich vor, was nun auf der Brücke vorging. Sein inneres Auge zeigte ihm eine Szene voll stiller Spannung und professioneller Gelassenheit.

»Null«, sagte Riley endlich. *Volle Kraft voraus,* dachte Kirk. Seine Hand schloß sich, als griffe sie um die Lehne eines Stuhls.

Die Kommandosektion stieg unendlich langsam senkrecht in die Höhe. Ihre Landestutzen zogen sich sauber in den Rumpf zurück und schüttelten den Staub der Erde ab. Die Untertasse stieg weiter auf.

Zum erstenmal seit einem halben Jahr war die *Enterprise* wieder unterwegs. Und wurde zu einem Geschöpf, das zwischen den Sternen lebte.

»Alles nach Plan, Captain«, meldete Sulu. »Momentane Höhe fünfzig Meter. Langsamer Aufstieg, laut Programm.«

»Steuerbordschwenkmanöver einleiten«, befahl Dekker.

»Aye, Captain«, sagte Sulu und ließ die Fingerspitzen über die Befehlstasten tanzen. Der Kurs sollte sie rings um San Francisco führen. Das Marinedock befand sich im südöstlichen Teil der Stadt. Die Untertasse sollte zuerst gerade über die Bucht hinwegfliegen, sich dann am östlichen Rand der städtischen Küste, dann am Chinabecken und am North Beach entlang halten. Dann sollte sie über Fisherman's Wharf nach Westen wenden und knapp vor dem Jachthafen und dem alten Presidio dort am Himmel entlangsegeln, wo sich die Admiralität befand. Danach würde die Untertasse durch das Golden Gate überfliegen und weiter auf Westen zuhalten, um ihre Position für den Sprung in die Kreisbahn einzunehmen.

»Wir sind auf dreihundert Meter, Captain«, meldete Sulu. »Höhe den Umständen entsprechend, Ebene eins. Warte auf Grün für Ebene zwei.«

»Schilde aerodynamisieren, Steuermann«, sagte Decker. »Zehn Prozent Impulskraft. Weitermachen bis Ebene zwei. Manvöserdüsen runterschalten.« Mehr als ein Zehntel Impulskraft konnte Decker nicht geben, solange sich die Untertasse über der Stadt befand. Jeder höhere Schub hätte am Boden Millionen Fensterscheiben und Trommelfelle platzen lassen.

Sulu schaltete ruhig die Impulstriebwerke ein und steuerte die Untertasse in die Bucht von San Francisco hinaus. Er nahm Kurs auf Nordnordwest und gestattete der Untertasse befehlsgemäß einen schrittweisen Anstieg.

»Schauen wir doch mal nach unten, Steuermann«, sagte Decker.

»Ist auf dem Bildschirm, Captain«, erwiderte Sulu.

»Gerade Sicht nach unten, Backbord. Vergrößerung zwei.«

Decker sah, daß sich an der gesamten Ostseite San Franciscos Menschen versammelt hatten. Sie winkten und schwenkten Fahnen, Jacken oder sogar Bettlaken. Jeder zweite schien eine Kamera zu halten, um den Stapellauf zu filmen. Die Menge schien sich außerordentlich zu vergnügen. *Tja, so wie ich,* dachte Decker, der sich zusammenreißen mußte, um nicht zu grinsen.

Als er die vielen Kameras sah, fiel ihm etwas ein. Die Sonne stand nun hoch an einem hellen Himmel; der Untertassenboden mußte vom Schatten verdunkelt sein. »Volle Positionsbeleuchtung, Chief«, sagte er zu DiFalco. »Sie sollen doch sehen, wer wir sind.«

»Positionsbeleuchtung an, Captain«, sagte DiFalco und drückte einen Knopf.

Das plötzliche Aufleuchten der starken Lampen führte zu einer sofortigen begeisterten Reaktion der Massen am Boden, als ihnen nun der stolze Name und die Nummer der *Enterprise* entgegenprangten. Decker konnte sein Grinsen nun nicht mehr zurückhalten. *Jim hatte recht mit dem Stapellauf,* dachte er glücklich. *Es gibt nichts Größeres. Nichts!*

»Dies ist die Aussicht nach unten, Steuerbord, Captain«, sagte Sulu. Die Szene auf dem Bildschirm änderte sich und zoomte auf die ebenso fröhlichen Massen, die am Rand der dichten Wälder des Gebietes von New Oakland standen. *Sie jubeln uns sogar in Berkeley zu,* dachte Decker. *Und ich habe geglaubt, all die ›neuen Menschen‹, die dort leben, könnten Starfleet absolut nicht ausstehen. Phan-ta-stisch!*

»Blickwinkel voraus und nach unten, bitte«, ordnete Decker an. Sulu führte seinen Befehl aus. Der Schirm zeigte nun die wilden Redwood-Wälder im südlichen Marin County, und weiter im Norden einen dichten, weißen Teppich nahezu ununterbrochener Wolken, der sich bis an die Grenze des Blickfeldes erstreckte.

Decker schaute vergebens nach dem geschwärzten Landstück aus, das heute morgen den Flammen anheimgefallen war. Mill Valley lag zwar nur knapp zehn Kilometer nördlich des Golden Gate, aber das Gebiet war unter Wolken verborgen. Er glaubte allerdings, winzige Stäubchen – Flitzer – ausmachen zu können, die über dem Landstrich schwebten, in dem das Feuer getobt hatte.

Die Untertasse segelte östlich von Rincon Hill zwischen den Türmen der riesigen grauen Brücke dahin und schwang nach Westen, wobei sie weiter an Höhe gewann. Dann flog sie genau über die Erholungsinsel Alcatraz. Als Decker in den Hof hinunterschaute, sah er mehrere hundert Menschen in gestreifter Gefängnistracht, die ihnen mit Waffenimitationen zuwinkten. In Anbetracht all der am Boden ausgestreckten ›Leichen‹ schien man dort wieder mal Freizeitaufstand zu spielen. Decker hatte nie verstanden, welche Anziehungskraft Alcatraz als Urlaubsort ausstrahlte – er ging lieber an der Küste bei Big Sur surfen –, aber die Leute da unten schienen sich wirklich zu vergnügen.

Die Untertasse näherte sich nun dem Presidio. »Admiralität Backbord«, sagte DiFalco.

»Mr. Sulu«, sagte Decker, »lassen Sie uns etwas höher gehen. Ich möchte auf einer Ebene mit dem Dach sein. Chief, Vorbereitung für Umkreisung des Gebäudes einleiten.« Sulu und DiFalco arbeiteten mühelos zusammen und brachten die Kommandoeinheit auf die Höhe des Admiralitätsturms. Dann begann die Umkreisung.

»Langsamer«, sagte Decker. »Schauen wir uns die Freizeitetage an, Sulu. Kameras auf Suchen. Mal sehen, ob wir jemanden erkennen.«

»Jawohl, Sir«, sagte Sulu. »Kamera sucht. Vergrößerung drei.«

Vergrößerung drei reichte aus, um die Gesichtszüge

der Menschen auf der Freizeitetage zu erkennen. Die Kommandosektion näherte sich der Nordseite der Admiralität, aber die Menge am Ende des Daches war relativ dünn gesät, und Decker sah niemanden, den er kannte.

Als sie das Südende passierten, kam eine viel größere Menschenansammlung ins Bild. *Admiral Nogura,* dachte Decker erfreut. *Und gleich daneben steht Jim Kirk. Na, das nenne ich einen großen Bahnhof...*

»Steuermann«, sagte er, »weiter verlangsamen, wenn wir an Admiral Kirk vorbeikommen. – Navigator: Wenn es soweit ist, Lampen zum Captains-Salut aufblinken lassen.«

DiFalco führte die Anweisung aus, und Decker schaute zu, als Nogura, Kirk und einige andere aus der Menge den Salut auf uralte Weise erwiderten: Sie legten zackig die Fingerspitzen an ihre Brauen. Er hatte den Eindruck, daß Kirks Gruß am längsten währte, wenn auch nur um den Bruchteil einer Sekunde. Der alte militärische Gruß, der bei Starfleet nur noch sehr selten angewandt wurde, galt schon als ziemliches Kompliment.

Kurz darauf meldete DiFalco: »Captain, wir haben das Golden Gate passiert und nähern uns nun Point Bonita.«

»Schön, Chief«, sagte Decker. Er lehnte sich in seinem Sitz zurück. »Mr. Sulu, wir verschwenden jetzt keine Zeit mehr. Bringen Sie uns zum Startpunkt. Volle Impulskraft.«

»Volle Impulskraft«, wiederholte Sulu. »Aye, aye, Sir.«

Die Zuschauermenge löste sich auf, aber Kirk schaute auch dann noch zu, als die Untertasse zu ihrem langen Flug über den Pazifik aufbrach. Nogura beobachtete ihn dabei. Die beiden Männer blieben auch dann noch schweigend stehen, als sie in den sauberen, kobaltblauen Weiten des westlichen Himmels verschwunden war.

»Ein hübscher Abflug, Jim«, sagte Nogura schließlich. »Sehr beeindruckend.«

Kirks Blick war noch immer auf den Horizont gerichtet. »Ja, Sir. Das kann man wohl sagen.«

»Fehlt sie Ihnen?«

Die Abruptheit der Frage verblüffte Kirk zuerst, dann drehte er sich um und zwang sich, bei der Antwort fest in die Augen des alten Mannes zu schauen. »Ich habe eine gute Stellung, Sir«, sagte er. »Ich habe keine Beschwerden. Als nächstes werde ich mich um den Umbau der *Endeavor* kümmern. Es ist natürlich alles vorbereitet, aber ich habe aus dem *Enterprise*-Projekt eine Menge gelernt. Ich glaube, den Zeitfaktor kann man noch etwas herunterschrauben.«

»Hm«, machte Nogura. Der Blick, den er Kirk schenkte, besagte, daß es ihm nicht verborgen geblieben war, daß er keine Antwort auf seine Frage erhalten hatte. Aber er wollte keinen Druck ausüben. »Tja, Jim... Genau darüber müssen wir reden. In meinem Büro. Haben Sie einen Augenblick Zeit?«

Es klang zwar nicht unbedingt nach einem Befehl, aber Kirk kannte Nogura besser. Er kannte ihn so gut, daß er schon an seinem Tonfall bemerkte, daß er etwas ganz anderes mit ihm besprechen wollte als die *Endeavor*. »Gewiß, Sir.«

Als er Nogura und Riley folgte, fühlte er sich sonderbar leichtfüßig, als hätte er – wie die *Enterprise* – alle Verbindungen zur Erde gekappt. Als gäbe es nichts mehr, was ihn noch hier hielt.

3

Um Treibstoff zu sparen und den Verschleiß der Impulstriebwerke herabzusetzen, mußte die Kommandosektion der *Enterprise* drei gemächliche ansteigende Kreisbahnen ausführen, um zu Raumdock 4 zu gelangen. G'dath hatte nicht vor, die Klasse, bis es soweit war, fast viereinhalb Stunden vor dem Bildschirm sitzen zu lassen. Als WorldNews meldete, daß die Untertasse sicher an ihrem Startpunkt angekommen und auf dem Weg nach oben war, stand G'dath auf und befahl dem Fernseher, sich abzuschalten.

»Ich nehme an, Sie haben aus dieser Sendung alle etwas gelernt«, sagte er. Die meisten Schüler nickten flink, aber manche reagierten gar nicht – speziell Joseph Brickner, der geistesabwesend aus dem Fenster in den inzwischen sonnigen Tag hinausstierte.

G'dath empfand Enttäuschung. Er hatte gehofft, sein Gespräch mit Mrs. Brickner sei ihrem Sohn übermittelt worden und es hätte irgendeine Auswirkung auf sein Verhalten gehabt. Ein klingonischer Schüler in einer vergleichbaren Situation hätte gewußt, wie man sich bei erstbester Gelegenheit einer Herausforderung durch seinen Lehrer stellte, und G'dath hatte in den Jahren, die er auf der Erde lehrte, beobachtet, daß die menschlichen Schüler so anders gar nicht waren. Vielleicht, sagte er sich, schaut Joseph nur aus dem Fenster, um seine Gedanken zu ordnen; um über das nachzusinnen, was er gelernt hat. Er wollte es auf alle Fälle in Erfahrung bringen.

»Mr. Brickner«, sagte er und deutete auf sein Opfer, »stehen Sie bitte auf und erzählen Sie uns, was Sie aus diesem Ereignis gelernt haben.« Er bemühte sich sorgfältig, einen sehr ruhigen Ton anzuschlagen. Selbst wenn er kein Klingone gewesen wäre – der Kommandoton seiner Stimme hätte jeden eingeschüchtert. Seine Stimme war tief und nachhallend und ließ keinen Raum für ein anderes Ego. Die englische Sprache war nicht die zweite, die G'dath erlernt hatte, sondern die elfte, und er sprach sie makellos und mit einem nordamerikanischen Akzent. Als er hier angekommen war, hatte er erfahren, daß die Terraner glaubten, alle Klingonen hätten eine barsche, rauhe Stimme. Deswegen hatte er sich die Mühe gemacht, die seine zu trainieren, so daß er nun wie ein Schauspieler klang, der sein Auftreten und seine Diktion während einer ausgedehnten Tournee mit dem amerikanischen Zweig der Royal Shakespeare Company erlernt hatte.

G'dath wurde auf der Stelle klar, daß die Gedanken des Jungen nichts mit dem Stapellauf der *Enterprise* zu tun gehabt hatten. Der glücklose Brickner stand auf und verlagerte sein Gewicht nervös von einem Bein aufs andere. Sein blasses, sommersprossiges Gesicht wurde dunkelrot. Einen Moment lang schaute er G'dath hilflos mit großen Augen an. Als er die Sprache wiederfand, sagte er schüchtern:

»Ähm... Könnten Sie die Frage bitte wiederholen, Dr. G'dath?«

Am Anfang eines Schuljahres hätten vielleicht ein paar Schüler gekichert, doch nun herrschte in dem Raum tödliche Stille. Jeder Schüler, der es gewagt hätte, sich am Unvermögen eines anderen hochzuziehen, mußte damit rechnen, daß sein eigenes Wissen geprüft wurde.

»Nein, kann ich nicht«, sagte G'dath. Brickners Unvermögen, auf seine Warnung zu reagieren, bedeutete, daß irgend etwas nicht in Ordnung war – entweder mit seiner privaten Situation oder mit seiner Einstellung. G'dath machte sich eine geistige Notiz, um ihn später damit zu konfrontieren. Nun sah er, daß Carlos Siegel mit einem nachdenklichen Gesichtsausdruck nickte. Siegels Fähigkeiten, Schlüsse zu ziehen und abstrakt zu denken, machten ihn zum stärksten Schüler der Klasse. »Setzen Sie sich bitte, Mr. Brickner. Wie wär's mit Ihnen, Mr. Siegel?«

Joey Brickner sank wie ein nasser Sack hinter seinem Schreibtisch zusammen, und Siegel, ein dunkelhaariger, olivhäutiger junger Bursche von fünfzehn Jahren, stand auf. Siegel war trotz seiner Intelligenz unbestreitbar schüchtern und konnte es nicht ausstehen, vor der Klasse zu reden, doch G'dath sah, daß er sich alle Mühe gab, seine Nervosität zu verbergen. »Es sieht so aus, als hätte Starfleet es ungeheuer eilig, das Ding fertigzukriegen«, sagte er so leise, daß sich alle anstrengen mußten, um ihn überhaupt zu verstehen. »Die Dame hat gesagt, man hätte bei dem Projekt jede Menge Zeit und Geld gespart.«

Irgend jemand in der Klasse kicherte, und G'dath warf einen eisigen Blick in die Richtung, aus der das Geräusch gekommen war – es war natürlich Ira Stollers Richtung. »Möglicherweise halten Sie das, was Mr. Siegel gesagt hat, für lustig, aber er hat das einzig *Wichtige* angesprochen, was in der gesamten Sendung erwähnt wurde. Sehr gut, Mr. Siegel. Nehmen Sie bitte Platz.«

Als G'dath sich hinter dem Schreibtisch erhob, scharrte sein Stuhl über den Boden. Er ging vor der Klasse auf und ab. »Erwägen wir doch mal die Motive, ein Raumschiff in aller Eile fertigzustellen. Was, glauben Sie, steckt dahinter? Mr. Stoller?«

Stoller schluckte hörbar und duckte sich hinter seinen Schreibtisch. Sein langes, hageres Gesicht wurde rot, und er tat G'dath wegen seines blassen Fleisches leid. »Ich weiß nicht genau ...«

»Bitte, erheben Sie sich, wenn Sie zur Klasse sprechen, Mr. Stoller.« Die Schulaufsicht hatte dagegen gestimmt, Stoller in der Klasse zu belassen, weil er laut Aktenlage ein Disziplinarproblem darstellte. Aber G'dath hatte darauf bestanden. Er hatte keine Angst vor Disziplinarproblemen – und Stoller hatte einen guten, erfinderischen Verstand. Man mußte ihm einfach nur die Disziplin beibringen, diesen Verstand so lange auf ein Thema zu richten, bis etwas dabei herauskam. G'dath hatte nicht lange gebraucht, um zu erkennen, welchen Einwand die Schulaufsicht in Sachen Stoller nicht zu äußern wagte: Der Junge haßte Klingonen.

G'dath hingegen sah darin eine Gelegenheit.

Stoller richtete sich auf seinen langen, dürren Beinen auf. »Verzeihung, Sir. Ich... äh... glaube, wenn Starfleet es eilig hat, muß das Schiff wohl so schnell wie möglich wieder seinen Dienst aufnehmen.«

»Zweifellos. Und worin könnte dieser bestehen?«

Stoller zögerte.

»Also, bitte, Mr. Stoller«, lockte G'dath. »Worin könnte er bestehen?«

»Nun«, sagte Stoller mit einem Anflug von Trotz, »wenn Sie's unbedingt wissen wollen, Dr. G'dath: Die Föderation sorgt sich wegen der Klingonen.«

»Wirklich? Und wie kommen Sie darauf?«

Stoller verzog das Gesicht, damit niemand sah, daß es von einem wütenden Grinsen verunstaltet wurde. »Nun, weil wir vor ein paar Jahren beinahe Krieg mit euch gehabt hätten – falls Sie es vergessen haben.«

»*Euch,* Mr. Stoller? – Meinen Sie nicht vielmehr *mit ihnen?* Was mich betrifft, war ich nie in einen Kampf mit der Föderation verwickelt. Es wäre nett, wenn Sie in Zukunft zum Malen einen weniger dicken Pinsel verwenden würden.« Stollers Gesicht wurde mürrisch, und G'dath lächelte. Er wußte jedoch, daß dies kein schöner Anblick war, deswegen ließ er es schnell verblassen.

»Abgesehen davon, haben Sie schon recht«, fuhr G'dath fort. »Vor etwa sechs Jahren wäre zwischen der Föderation und dem Imperium beinahe Krieg ausgebrochen. Die Kämpfe endeten kurz nach dem Ausbruch der Feindseligkeiten aufgrund der Einmischung Organias, und der damals erklärte Waffenstillstand wurde bald im Organianischen Friedensvertrag niedergelegt. Der Vertrag ist noch immer gültig. Er besagt, einfach ausgedrückt, daß das Reich die Föderation – und umgekehrt – nicht angreifen kann, ohne damit eine Reaktion der Organianer hervorzurufen. – Nehmen Sie Platz, Mr. Stoller. Sie sehen plötzlich so müde aus.«

Am Ende der Klasse hob jemand die Hand. Diesmal zwang G'dath sich, nicht zu lächeln. Von allen Schülern war ihm Ricia Greene die liebste, und zwar einfach deswegen, weil sie sich nicht vor ihm fürchtete. Selbst Stoller, so arrogant er auch war, fürchtete sich eindeutig vor ihm, weil er Klingone war; doch Ricia fürchtete niemanden, vielleicht deswegen, weil sie die Fähigkeit hatte, durch die Oberfläche das zu sehen, was darunter lag. Ihre hellbraune Stirn war nachdenklich gerunzelt, obwohl G'dath sich kaum vorstellen konnte, wie dies möglich war bei ihrem drahtigen schwarzen, am Nacken fest zurückgekämmten Haar. Miss Greene gehörte der ethnischen Terranergruppierung der Schwarzen an, aber ihre Hautfarbe war um mehrere Nuancen heller als die seine.

»Miss Greene?«

»Dr. G'dath, was Mr. Stoller hinsichtlich der Angst der Föderation vor den Klingonen gesagt hat: Warum sollten wir uns vor ihnen fürchten, wenn die Organianer jeden Krieg zwischen ihnen und uns verhindern? Trotzdem scheinen bezüglich der Klingonen alle an Verfolgungswahn zu leiden.«

»Bezüglich *aller* Klingonen, Miss Greene?« G'daths Miene, für Menschen ohnehin kaum durchschaubar, blieb ausdruckslos.

Das Stirnrunzeln des Mädchens wurde stärker. »Bei allem Respekt, Dr. G'dath – aber mich führen Sie nicht aufs Glatteis. Ich meine die Kriegerkaste – den ultrakonservativen Einfluß, der das Imperium dominiert.«

G'dath gestattete sich nun doch ein Lächeln, und zwar ein recht herzliches. Es gefiel ihm, wenn seine Schüler sich wehrten, wenngleich es den meisten gar nicht bewußt war. »Sehr gut. Strengen Sie sich an, Miss Greene. Denken Sie über das nach, was Sie gesagt haben. Sagen Sie mir, warum sich die Menschen vor den Klingonen, wie Sie es genannt haben, fürchten, wenn die Organianer sie doch daran hindern, mit uns Krieg anzufangen.«

Ihre Antwort kam schnell. »Ich glaube, weil sie auch den Organianern nicht trauen.«

»Hah!« rief G'dath und klatschte begeistert in die Hände. Ricia Greene zuckte auf ihrem Stuhl zusammen und blinzelte überrascht. »Ja! Sie haben den Nagel auf den Kopf getroffen, Miss Greene!« sagte G'dath erfreut. »Ausgezeichnet!«

G'dath blieb stehen und wandte sich der Klasse zu. Er stand hoch aufgerichtet und breitbeinig da und streckte die Arme aus. Dies war seine übliche dominante Pose, und nun dominierte er in der Tat. »Die Föderation glaubt den Organianern nicht, daß sie den Frieden erhalten«, sagte er. »Und das gleiche gilt für das klingonische Imperium. Interessanterweise sind die Gründe für dieses Mißtrauen auf beiden Seiten unserer gemeinsamen Grenze die gleichen. Hat irgend jemand Lust, eine Vermutung zu äußern, warum dies so ist? Mr. Sherman?«

Sherman, feist, untersetzt und strohhaarig, stand auf. »Weil es keinen Grund gibt, den Organianern zu trauen. Es gibt doch keine Garantie, daß sie den Frieden auch weiterhin aufrechterhalten.« Er ließ sich mit einem Seufzer auf seinen Stuhl zurückfallen.

G'dath nickte. »Genau. Weder die Föderation noch das klingonische Imperium kann sicher sein, daß die Organianer ihren Teil des Vertrages einhalten, weil keine Seite genau weiß, was dieses Volk überhaupt auf die Idee gebracht hat, sich mit uns zu befassen. Große Denker auf beiden Seiten der Grenze – verzeihen sie meinen Sarkasmus – haben alle Möglichkeiten in Betracht gezogen und sind immer wieder auf die schlimmsten verfallen.«

G'dath nahm wieder an seinem Schreibtisch Platz. »Deswegen haben beide Seiten das Empfinden, sie müßten so handeln, als wären die Organianer morgen nicht mehr da. Die Flotte behauptet, ihre primäre Aufgabe bestünde in Forschung und Entdeckung, und ihre belegten Erfolge sind in dieser Hinsicht unbestreitbar. Sie muß allerdings auch eine Rolle bei der Erhaltung der Sicherheit der Föderation spielen und wird deswegen periodisch ausgebaut. Eines der größten Raumschiffe Starfleets, die *Enterprise,* wird nach einer umfangreichen Renovierung in aller Eile wieder in den Dienst gestellt, und in naher Zukunft wird man wahrscheinlich weitere veraltete Schiffe auf den neuesten Stand bringen. Man wird diese Schiffe gewiß zu Forschungs- und Entdeckungsflügen einsetzen, aber sie haben auch Waffen an Bord – und das klingonische Imperium weiß davon.

Gleichzeitig hat das klingonische Imperium einen völlig neuen Kriegsschifftyp entwickelt, den schweren Kreuzer der *K't'inga*-Klasse, der nun ebenfalls gebaut wird. Jene, die das Reich beherrschen, machen sich nicht einmal die Mühe zu behaupten, die imperiale Flotte diene anderen Zwecken als denen der Eroberung und Konsolidierung. Außerdem ist es eine interessante Tatsache, daß die Organianer nichts unternommen haben, um den Schiffsbau hier wie dort zu unterbinden, auch wenn dies den Frieden beträchtlich unsicherer macht. Warum sie nichts dagegen unternommen haben, ist eine weitere Frage, auf die wir keine Antwort wissen.«

G'dath hob einen Finger. »Deswegen hätte man folgendes aus der heutigen Sendung lernen können: Trotz des Friedensvertrages von Organia besteht weiterhin die Drohung von Feindseligkeiten zwischen Föderation und Imperium, und zwar aufgrund einer Politik, die nicht von vernunftgemäßem Denken geleitet wird, sondern von Furcht, Besorgnis und Mißtrauen. Mr. Siegel hat zudem die finanziellen Einsparungen beim Umbau der *Enterprise* erwähnt. Ich meine, daß man die Summen, die man für ein Schiff nicht ausgegeben hat, für andere ausgeben kann.«

Er warf einen Blick auf seine Uhr. »Das Für und Wider der Präsenz der Föderation im All diskutieren wir in der nächsten Woche. Die Stunde ist zwar noch nicht um, aber ich glaube, wir können sie nun beenden. Es ist ein sehr schöner Tag, und wir sollten hinausgehen und ihn genießen.«

Als die Schüler ihre Sachen zusammenpackten und sich aufs Gehen vorbereiteten, räusperte er sich.

»Zuerst die Sonderaufgaben«, gab G'dath bekannt. Ein leises Stöhnen wurde hörbar. Trotz allem Vorangegangenen hatte einige Schüler wohl gehofft, er hätte es vergessen.

»Mr. Brickner«, sagte G'dath, »von Ihnen hätte ich gern einen Aufsatz von zwölftausend Anschlägen mit Ihren Gedanken zu den gerade besprochenen Themen. Machen Sie sich ein Konzept dazu. Und machen Sie es diesmal bitte *vorher,* nicht hinterher.«

Brickner setzte eine saure Miene auf.

»Mr. Stoller, einen Aufsatz über die Rolle der Kriegerkaste in der klingonischen Gesellschaft, achtzehntausend Anschläge, wenn Sie so freundlich sein wollen. Mr. Rico, der Aufsatz über die Motorisierung der

Infanterie im zweiten Jahrtausend, den Sie heute morgen abgegeben haben, war nicht ganz zufriedenstellend. Bitte, überarbeiten Sie ihn noch einmal – und wenn's geht, erweitern Sie ihn um sechstausend Anschläge. Abgabetermin für alle Aufsätze ist Montag. Heute haben wir Freitag.

Noch eine letzte Bekanntmachung: Wie schon Anfang der Woche erwähnt, erhalten wir Besuch von einem Fernsehteam, das den Fortschritt unserer Klasse aufzeichnen will. Ich schlage also vor, daß Sie sich alle darauf vorbereiten, zum Ihnen zugewiesenen Thema Fragen zu beantworten.« Er ignorierte die großen Augen, die sich auf ihn richteten. »Und nun genießen Sie das Wochenende.«

Die Schüler setzten zum Rückzug an. Joseph Brickner, der am Gang saß und am weitesten von der Tür entfernt war, gehörte zu den letzten, die hinausgingen. Als Stoller und er vorbeischlurften, sagte G'dath leise, damit die anderen auf dem Korridor nichts hörten: »Ich möchte kurz mit Ihnen reden, Mr. Brickner.«

Brickner erbleichte, und als er von seinem Freund zu seinem Lehrer schaute, wurden seine blauen Augen groß. Ira Stoller stieß ihn mit dem Ellbogen an und sagte, den Blick nach unten gerichtet und G'dath aus den Augenwinkeln musternd: »Wir sehen uns draußen.«

Als der Raum sich geleert hatte, gab G'dath Joseph mit einer Geste zu verstehen, er solle sich auf den Stuhl neben den Lehrertisch setzen. Dann nahm er selbst Platz. Der Junge hockte steif auf dem Stuhlrand.

»Mr. Brickner«, begann G'dath in einem Tonfall, von dem er hoffte, daß er freundlich aber streng war, »hat Ihre Mutter Ihnen von dem Gespräch erzählt, daß ich gestern mit ihr geführt habe?«

»Ja, Sir.« Joey stierte auf seine Schuhspitzen.

»Mr. Brickner, es würde mir leichter fallen, mich mit

Ihnen zu verständigen, wenn Sie mich ansehen würden.«

Joey errötete, doch er hob den Kopf und schaute G'dath mit einem Blick an, in dem leichter Trotz und auch ein Anflug von Wut zu erkennen waren. Es war immerhin mehr als seine sonst übliche Apathie.

»Und warum«, fuhr G'dath fort, »machen Sie dann keine Anstalten, sich zu bessern?«

Das Rot auf Joeys Wangen verdunkelte sich und nahm die Farbe menschlichen Blutes an. Er wirkte, als sei er nicht in der Lage zu sprechen und – eine Sekunde lang – als bräche er gleich in Tränen aus. Dieses Gefühl war G'dath unbehaglich. Jeder Klingone mit Selbstrespekt, der so alt war, um aus eigener Kraft zu gehen, wäre lieber gestorben, als in Gegenwart eines Vorgesetzten Tränen zu vergießen. Doch G'dath mußte sich daran erinnern, daß es falsch gewesen wäre, Joseph Brickner deswegen für einen gefühlsmäßigen Schwächling zu halten, denn das klingonische Verhalten war nun einmal anders und nicht mit dieser Elle meßbar. Es wäre so falsch gewesen wie die Klingonenwitze, die er Ira Stoller während des Werbespots hatte erzählen hören.

Doch schließlich riß Brickner sich zusammen und fand auch seine Stimme wieder. »Ich bemühe mich doch, Dr. G'dath. Sie haben meiner Mutter doch erst gestern gesagt, daß ich Bewährung kriege, wenn ich anfange, mich auf meine Aufgaben vorzubereiten. Also habe ich es getan. Ich habe mich gestern abend vorbereitet.« Seine Stimme wurde fester, fast defensiv. »Ich habe das Material über den Stapellauf der *Enterprise* gelesen. Aber als der Werbespot kam, wurde mir langweilig, da hab' ich aus dem Fenster geschaut. Deshalb habe ich Ihre Frage nicht gehört.«

»Joseph«, sagte G'dath ruhig, »der Bericht über den Stapellauf ging aber nach dem Spot noch mehrere Minuten weiter. Erst dann habe ich dir die Frage gestellt.«

Joey schaute zu Boden. Er wußte nicht, was er sagen sollte. Allem Anschein nach war ihm gar nicht bewußt gewesen, wie tief er in seinen Träumen verloren gewesen war.

»Und deswegen mache ich mir Gedanken«, fuhr G'dath fort. »Es geht nicht um dein Versagen bei einer einzelnen Frage, sondern um dein beständiges Unvermögen, im Unterricht aufmerksam zu sein oder dich ausreichend deinen Aufgaben zu widmen. Deine bisherigen Noten zeigen doch, daß du durchaus in der Lage bist, das Material zu verarbeiten. Und doch sind deine Leistungen unterdurchschnittlich. Kannst du mir diesen Widerspruch erklären? Oder kannst du mir sagen, wie ich dir helfen könnte, für dieses Problem eine Lösung zu finden?«

Er sah, daß Josephs Verteidigungsschirme hochgingen, musterte das Spiel der Muskeln in seinem Gesicht und sah, wie sich sein Körper anspannte. Sein Blick wurde härter, und G'dath wurde klar, daß es ihm nicht gelungen war, zu seinem Schüler durchzudringen.

»Nein«, sagte Brickner hölzern. »Sie können mir nicht helfen.« Er schaute G'dath an, doch ohne ihm in die Augen zu sehen. »Und von jetzt an werde ich im Unterricht aufmerksamer sein. Ist sonst noch etwas, Sir?«

G'dath seufzte. »Nein. Nein, Mr. Brickner. Sie können gehen. Ich wünsche Ihnen ein schönes Wochenende.«

Als er ihn hinausgehen sah, empfand er ein nachhallendes Gefühl des Versagens. Da G'dath nicht in der Lage gewesen war, sich eine Position in der Forschung zu verschaffen, die seiner Qualifikation entsprach, hatte er als Lehrer weitergemacht – und dies würde wahrscheinlich auch so bleiben, bis im nächsten Jahr sein Visum ablief. In optimistischeren Augenblicken hatte er das Gefühl, sowohl dem klingonischen Imperium als auch der Föderation etwas Gutes zu tun, wenn er junge Köpfe das Denken lehrte und ihnen das ungeheure Universum verdeutlichte, das außerhalb ihrer eigenen beschränkten Kultur existierte. Er trug wenigstens dazu bei, einige junge Menschen ihre Angst vor den Klingonen überwinden zu lassen.

Doch heute fühlte er sich entmutigt, denn als Joseph Brickner das Klassenzimmer verlassen hatte, hatte er den schwelenden Haß in seinen Augen gesehen.

Als Joey blind in die Schüler hineinstolperte, die über den Schulhof gingen, verdichteten sich seine Gedanken auf eine einzige wütende Phrase:

Verdammte Scheiß-Schildkröte. Verdammte, blöde Scheiß-Schildkröte.

Sein Verstand wußte natürlich, daß Dr. G'dath alles andere als blöd war. Aber trotzdem. Der Gedanke erleichterte ihn, auch wenn er im Augenblick zu wütend war, um ihn laut auszusprechen.

Dämliche Schildkröte. Blöde, nichtsnutzige Schildkröte.

Es war ungerecht. In den meisten Fällen, wenn G'dath ihn aufrief, vergaß er, was er hatte sagen wollen. Einem Klingonen Rede und Antwort zu stehen, machte einen schon nervös genug, und Joey schämte sich sowieso, wenn er vor einer Gruppe sprechen sollte. Und nun wurde es noch schlimmer.

Es war schon schlimm genug gewesen, daß Dr. G'dath ihn heute vor der ganzen Klasse blamiert hatte. Und dann hatte er ihm nicht mal eine Chance gegeben, das zu sagen, was er gelernt hatte. Nein, er hatte auch noch seine Mutter auf die Palme bringen müssen. Als wären die Dinge, seit Jase nicht mehr da und Papa ausgezogen war, nicht schon schlimm genug. Als sei es unbedingt nötig, seiner Mutter durch eine blöde, verdammte Schildkröte *noch* einen Grund zum Weinen zu geben.

Und dann hatte G'dath ihm noch eine Strafarbeit aufgegeben. Er hatte ihn dabehalten und ihn nach den *Gründen* gefragt.

Was hätte er denn sagen sollen? Die Wahrheit erzählen – eine *Schildkröte* ins Vertrauen ziehen und um Mitleid bitten? *Tja, wissen Sie, Dr. G'dath, seit mein kleiner Bruder gestorben ist, geht es mit meinen Eltern nicht mehr voran, und deswegen schert es mich, verflucht noch mal, einen Dreck, ob ich die Ehre habe, in Ihrer doofen Klasse sein zu dürfen.*

Joey blieb stehen. Ihm war gar nicht aufgefallen, daß er sich über den Schulhof gerempelt und blindlings mehrere Schüler beiseitegeschoben hatte, ohne sich die Mühe einer gemurmelten Entschuldigung zu machen. Er gab sein Bestes, um seine Zornestränen zu unterdrücken. Das Wetter war nun hell und sonnig. Das einzige, was noch an den Regen erinnerte, waren die dicken Tropfen, die auf dem Gras funkelten. Die Schüler gingen an ihm vorbei, und der Schulhof leerte sich allmählich. Schließlich fing heute das Wochenende an. Als es Joey endlich gelang, wieder Kontrolle über sich zu erringen, war kaum noch einer da. Stoller hatte eigentlich auf ihn warten wollen. Aber er war erleichtert, daß er nicht da war. Joey war jetzt nicht in Stimmung, mit jemandem zu reden, und am wenigsten hatte er Lust dazu, Stoller vorzuspielen, das Gespräch mit Dr. G'dath sei ihm nicht an die Nieren gegangen.

Er setzte sich, nun etwas langsamer, in Bewegung und ging auf das Schulhoftor zu, vor dem der Autobus wartete. Aber er hatte keine Eile. Wenn er den Bus verpaßte, dann würde er die dreißig Kilometer eben zu Fuß nach Hause gehen.

Doch als er am anderen Ende des Schulhofes war, vernahm er einen Laut – eine vertraute Stimme, die in ungewöhnlicher Wut aufschrie – und blieb schlagartig stehen.

»Hör *auf!* Hör *auf!* Laß ihn in Ruhe!«

Es war die Stimme Ricia Greenes, und sie klang schrill und empört. Joey drehte sich in ihre Richtung. In einer Ecke des Schulhofes, die von hohen Bäumen gut abgeschirmt war, versuchte Ira Stoller, Carlos Siegels Hand irgend etwas zu entreißen, während Ricia sich alle Mühe gab, sich zwischen die beiden zu werfen.

Joey schwankte mehrere kostbare Sekunden und wäre fast – *fast* – weitergegangen. Er war zu wütend, um sich in so etwas hineinziehen zu lassen. Er hatte schließlich eigene Probleme.

Aber an dem Glitzern in Stollers Augen war irgend etwas Gefährliches; etwas, das Joey zögern ließ. Dann ließ Stoller das, worum er sich gerade stritt, los. Siegel taumelte kurz und bemühte sich, das Gleichgewicht wiederzuerlangen, aber Stoller fing wieder an und schlug ihm ins Gesicht.

»Hey!« schrie Joey. Er fing an zu laufen, ohne daß es ihm bewußt war. »Stoller, was *machst* du da? Hör sofort damit auf!«

Als er bei ihnen war, saß Siegel auf dem Boden und hielt die Hände über seine blutende Nase. Stoller hob seine Beute hoch in die Luft. Ricia Greene kniete neben Siegel und bemühte sich, ihn dazu zu bewegen, die Hände von der Nase zu nehmen, damit sie die Verletzung untersuchen konnte.

Joey bemühte sich keuchend, zu Atem zu kommen. »Bist du verrückt, Stoller? Was *ist* das?«

Stoller grinste irgendwie, aber sein Gesichtsausdruck wirkte verzerrt, als wäre er gleichzeitig stinkwütend. Er drehte sich um und sah Joey nun zum erstenmal. Doch bevor er antworten konnte, schaute Ricia Greene auf und sagte mit bebender Stimme:

»Bänder aus der Bibliothek. Sie gehören Carlos. Er braucht sie für ein Projekt ...«

Stollers Stimme war unausgeglichen, halb wütend, halb lachend. Er maß Joey mit einem wilden Blick. »Für einen Aufsatz, den er *freiwillig* schreibt, Brickner, kannst du dir das vorstellen? Als hätten die Lieblinge unserer Schildkröte auch noch *Sondernoten* nötig!«

»Du sollst ihn nicht Schildkröte nennen!« schrie Ricia zornig.

»Schildkröte, Schildkröte!« höhnte Stoller pausenlos. Er warf die Bandkassette auf einen in der Nähe liegenden Stein und stellte vorsichtig einen Absatz darauf.

»Hey!« Carlos Siegels Aufschrei wurde von den Händen gedämpft, mit denen er noch immer seine verletzte Nase streichelte. »Mach die Kassette bloß nicht kaputt! Sie gehört nicht mir, sondern der Bibliothek!«

Ricia Greene rappelte sich auf, aber Joey hielt sie zurück und schaute Soller an. »Hör mal, Stoller«, sagte er vernünftig, »gib ihnen doch das Band.« Er streckte eine Hand aus.

Stoller schaute ihn an wie einen Verräter. »Seit wann gehörst du denn zum Lager der Schildkrötenfreunde, Brickner?«

»Ich gehöre *nicht* dazu«, erwiderte Joey heftig, als ihm seine Wut auf G'dath einfiel. »Aber wenn du es denen da gibst...« Er deutete mit dem Kopf auf Greene und Siegel. »... erreicht du auch nichts. Das tut G'dath nicht weh. Du handelst dir damit nur Ärger ein. – Also los, Stoller.« Er gestikulierte mit der Hand.

Stollers Gesicht verhärtete sich; er drückte mit dem Stiefelabsatz auf die Bandkassette.

»Stoller ...«, bat Joey. Er konnte einfach nicht verstehen, daß er so verrückt sein sollte.

»Die Schildkröte hat mir Bewährung gegeben, wußtest du das?« Stoller sprach nun lauter. »Hat es meinen Eltern gestern gesagt. Wenn ich nicht in zwei Wochen meine Noten verbessere, fliege ich aus der Klasse.«

»Stoller«, sagte Joey geduldig, »er hat gesagt, daß ich auch Bewährung kriege, wenn ich nicht aufhole. Aber ...«

Stoller faselte weiter, hörte ihm gar nicht zu. »Und *die* beiden holen sich so mir nichts, dir nichts noch 'ne Note außer der Reihe.« Unter der Ferse seines Stiefels wurde ein leises Knirschen laut.

Joey griff nach Stollers Fuß, denn er wußte, er würde ihm nichts tun.

Stoller packte Joeys Hemd, riß ihn hoch und schlug ihm auf den Mund. Obwohl alles mit irrwitziger Geschwindigkeit passierte, hatte Joey noch Zeit zu denken *Er meint es nicht so. Er weiß nicht, was er tut, und später wird es ihm leid tun.*

Dann dachte er gar nichts mehr, sondern konzentrierte sich auf den Schmerz in seinen Kinnladen, und besonders auf den in seiner Unterlippe, wo ein Zahn das empfindliche Fleisch eingerissen hatte. Als er wieder zu Sinnen kam, stellte er fest, daß er mit dem gleichen dämlich-benommenen Ausdruck dasaß, wie Siegel kurz zuvor.

»*Verdammt* noch mal, Joey.« Stoller wirkte plötzlich erschrocken. »Warum hast du mich nur dazu getrieben?«

Joey ließ die Hand sinken und sagte: »Rück das Band raus.« Wegen des Blutes klangen seine Worte, als hätte er eine heiße Kartoffel im Mund.

Ricia Greene trat auf den wie gelähmt dastehenden Stoller zu, riß das Band unter seiner Ferse weg und kam zu Joey. Als sie den Mund öffnete, um etwas zu sagen, war Stoller schon verschwunden.

»Ist es schlimm? Hast du einen Zahn verloren?«

Joey nahm mit der Zunge eine schnelle Untersuchung vor und schüttelte den Kopf. »Ich hab' mich wohl gebissen.« Er schmeckte Eisen und spuckte blutigen Speichel ins Gras.

»Los, ihr zwei geht jetzt in den Erste-Hilfe-Raum.«

»*Nein*«, sagte Joey entschieden und stand schnell auf. »Dann gibt's Ärger mit meiner Mutter.« Er wankte leicht.

Ricia packte seinen Arm. »Alles klar?«

»Yeah. Bin nur zu schnell aufgestanden.«

Carlos war ebenfalls wieder auf den Beinen. Er stand neben ihnen und hielt seine Nase nur noch mit einer Hand. Aus einem Nasenloch lief noch Blut. »Er hat recht, Ricia. Meinem Vater würde es auch nicht gefallen, wenn er davon erfährt. Und außerdem müßten wir dann erklären, wie es passiert ist.«

Ricia wirbelte zu ihm herum. »Irgend einer *muß* es doch mal tun. Oder willst du, daß Ira Stoller alle naselang jemanden zusammenschlägt?«

»Nein«, sagte Carlos leise. »Aber wenn wir ihn jetzt melden, wo er doch Bewährung hat, fliegt er wirklich aus der Klasse. – Und es sah so aus, als hätte es ihm leid getan, Joey eins verpaßt zu haben. Außerdem ist meine Nase nicht gebrochen.« Er betastete sie vorsichtig. »Vielleicht ist die Schwellung wieder weg, bevor mein Vater nach Hause kommt, dann erfährt er nicht mal was davon.«

Ricia nahm die Kassetten an sich und wischte sie an ihrem Hemd ab. »Eine sieht beschädigt aus – zumindest ist die Hülle angekratzt.«

»Macht doch nichts«, sagte Carlos. Ricia warf ihm einen scharfen Blick zu. »Joey, deine Unterlippe schwillt schon ab.«

Joey betastete sie und krümmte sich. »Meine Mutter bringt mich *um.*«

»Vielleicht auch nicht. Ich hab' einen Ultraschallstimulator zu Hause. Ich könnte ihn einsetzen, dann erfährt sie nie etwas davon.«

Ricia nickte. »Carlos' Vater ist Arzt.«

»Yeah, und er kommt zum Glück erst spät nach Hause«, sagte Carlos. »Er hat mir gezeigt, wie man mit dem Stimulator umgeht. Warum kommst du nicht mit zu uns und machst dich frisch? – Du hast da Blut auf dem Hemd.« Das Blut auf seinem eigenen schien er nicht zu bemerken.

Joey zögerte. Nun, da seine Sinne wieder funktionierten, brachte ihn der Gedanke, blutig nach Hause zu gehen, erneut an den Rand absoluter, sich selbst bemitleidender Verzweiflung. Er holte zitternd Luft. »Okay. Gehen wir.«

Als die drei den Schulhof verließen, hallte in seinen Ohren das wütende Wort *Schildkrötenfreund* wider. Und er hatte das eigenartige Gefühl, daß er sich und Ira Stoller auf irgendeine Weise betrog.

G'dath ging zwei Häuserblocks weit in die Innenstadt und trat dann auf das sich bewegende innerstädtische Laufband, das nach Osten zum Stuyvesant-Naturschutzgebiet führte. Er nahm immer das Laufband an der Ecke Fourteenth Street und Avenue of the Federation, wie die New Yorker die Sixth Avenue nannten.

Er schenkte seiner Umgebung wenig Beachtung; seine Gedanken galten noch immer Joseph Brickner und dem Haß, den er in den Augen des Jungen hatte aufblitzen sehen. Er wünschte sich, daß es eine Möglichkeit gäbe, die Mauer aus Mißverständnissen zu durchbrechen, der er gelegentlich bei seinen Schülern begegnete.

Sicher, nicht alle Schüler hatten etwas gegen Klingonen. Siegel, Greene und Sherman waren keine Ausnahmen. Und es gab Tage, an denen er sich freute, daß seine Lage ihn dazu gezwungen hatte, die Lehrerstelle anzunehmen; Tage, an denen er spürte, daß dies eine weitaus bedeutungsvollere Arbeit war als seine physikalischen Forschungen.

Aber heute war kein solcher Tag. Heute konnte er das geplante Fernseh-Interview kaum erwarten. Er war nicht ganz offen zu seinen Schülern gewesen. Die Dokumentation drehte sich nicht um seine Klasse, sondern um ihn. Es ging darum, die Diskriminierung zu enthüllen, der G'dath als unter den Menschen lebender Klingone ausgesetzt war.

Und für ihn selbst ging es darum, seine Qualifikation als Forscher weithin bekanntzumachen und darauf zu hoffen, daß sich ein Teil des öffentlichen Interesses in Stellenangeboten niederschlug. Er hoffte nämlich, durch seine Forschungstätigkeit sich das Recht zu verdienen, in der Föderation bleiben zu können, wenn sein Visum abgelaufen war. Er wußte, daß sein Visum wirklich einmalig war, und er war dankbar für die Chance gewesen, auch nur kurz bei den Menschen zu leben. Kein Klingone hatte dies je getan, denn sogar der Stab der klingonischen Gesandtschaft vermied jeden unnötigen Kontakt mit Menschen.

Doch am liebsten, das hatte G'dath begriffen, wollte er ganz auf der Erde bleiben und seine Forschungstätigkeit in einer freien Gesellschaft ausüben – ohne die Angst, daß sie mißbraucht wurde. Aber gleichzeitig hatte er ein schlechtes Gewissen. Seine Schüler brauchten ihn. Manche von ihnen schätzten ihn sogar.

Oder nicht?

Das Laufband passierte die tieferliegende Fifth Avenue, das breite Nordsüd-Band, das vom Central Park zum Washington Square führte. Als G'dath und seine Mitpassagiere daran vorbeikamen, bemerkte er, daß manche Menschen ihn anstarrten und andere ihn sorgfältig ignorierten. Trotz der Menge auf dem Laufband hatte er genügend Platz. Niemand legte Wert darauf, neben ihm zu stehen.

All dies war ihm nicht neu. Er war daran gewöhnt, überall dort, wo er sich bewegte, Beachtung auf sich zu ziehen. *Vielleicht rechnen sie damit, daß ich Amok laufe und ihnen die Gliedmaßen einzeln ausreiße,* dachte er. Auf dem gesamten Laufband gab es keinen seiner Art. So war es immer, und natürlich fühlte er sich deswegen sehr einsam. Er schaute weg und richtete den Blick auf die vorbeirollenden Gebäude der Fourteenth Street.

Das Laufband rollte weiter nach Osten, ließ den Geschäftsbezirk hinter sich und führte an einer reinen Wohngegend vorbei. G'dath sprang an der Ecke Fourteenth Street und First Avenue ab, der südwestlichen Grenze des Stuyvesant-Naturschutzgebiets. Einige der Mitfahrer wirkten über seinen Ausstieg erleichtert, und er wünschte sich zum millionstenmal, er könne auf solche Dinge weniger empfindlich reagieren.

Wenn Tarzan und Jane Schildkröten wären ...

G'dath nahm den ins Naturschutzgebiet führenden Fußgängerweg; er führte durch eine ins Auge fallende Ansammlung hoher, ansehnlich gestalteter Wohnkomplexe, die mitten in der freundlichen hügeligen Parklandschaft standen, die genau am restaurierten Ufer des aufblühenden East River-Gebiets lag. Springbrunnen versprühten Wasser, Eichhörnchen und Spatzen tobten und flogen umher. Jungbürger spielten in sicheren Freizeitzonen, während ihre Eltern sich auf bequemen Bänken entspannten, die neben geschwungenen Wegen verliefen und eher wie natürliche Pfade statt wie angelegte Wege aussahen.

Abgesehen von den großen alten Bäumen, wirkte das Naturschutzgebiet wie neu. In der Mitte des 20. Jahrhunderts hatte man das hier existierende Slumgebiet abgerissen und neue Häuser gebaut – diesmal mit Rücksicht auf den menschlichen Geist. Die Gebäude aus dem 20. Jahrhundert hatte man in der Mitte des 21. ersetzt. Das Gelände war bestens instandgehalten, und Niedrigenergieschilde schützten die Wohnhaus-Außenwände vor den Elementen. Bei angemessener Instandhaltung konnte das Naturschutzgebiet bestimmt noch tausend Jahre erhalten bleiben, bevor eine Rekonstruktion oder größere Renovierung erforderlich wurde.

Wie sein abscheulicher Großvater im 19. Jahrhundert spielte das Stuyvesant-Naturschutzgebiet noch immer eine gewichtige Rolle für Immigranten. Allerdings hätten sich die längst verstorbenen ursprünglichen Bewohner kaum vorstellen können, von welchen fernen Orten die neuesten Einwanderer kamen ... Manche von ihnen waren, wie G'dath, Flüchtlinge von anderen Sternen.

G'dath spazierte langsam durch das Naturschutzgebiet. Die Luft war frisch und dicht und duftete nach grünen, wachsenden Dingen. Die fröhlichen Töne von spielenden Kindern klangen leicht in seinen Ohren. Hier war endlich ein Ort, an dem er sich nicht wie ein Fremder vorkam. Das Gebiet war der Wohnort von Andorianern und Klingonen, Australiern und Ghanesen, Rigelianern, Filipinos und Briten, Tellariten und Argelianern. Hier wirkte niemand fremd, denn hier waren alle Fremde.

G'dath wohnte in einem Haus in der Nähe des Zentrums des Naturschutzgebiets. Knappe zehn Meter vor der Eingangstür des Gebäudes hörte er rechts von sich ein leises Rascheln. Der Hauptteil der Gegend war seinen Blicken durch eine Baumgruppe entzogen. Er ging vom Weg ab, schritt über den Rasen und hielt auf das Buschwerk zu. Er beugte sich vor, lugte hinein und paßte seine Augen an die Dunkelheit an.

Zwei kleine, grüne helle Punkte schauten ihn an.

Was ist das? fragte sich G'dath und kniff die Augen ein Stück zusammen. *Es ist ein Tier – aber kein Eichhörnchen, das steht fest.* Er spürte, daß mit dem Wesen irgend etwas nicht stimmte. *Es hat Hunger,* dachte er. *Es hat Hunger und ist ängstlich. Und einsam.* Das Letztere verstand er.

Als sich seine Pupillen weiter dehnten und seine Retinae dem schwachen Licht gegenüber empfindlicher wurden, erkannte er ein Näschen und unter den Augen Schnurrhaare. *Eine Katze,* wurde ihm schlagartig klar. *Nein, wohl eher ein Kätzchen. Es hat sich verlaufen. Vielleicht hat man es auch ausgesetzt. Ja, ausgesetzt. Es wirkt nicht wild auf mich.*

Das Kätzchen und der Klingone schauten einander an. *Wie lange ist es wohl schon hier?* fragte sich G'dath. *Es sieht zwar abgemagert aus, scheint aber, soweit ich es beurteilen kann, gesund zu sein.*

Er hatte keine Ahnung, wie alt das Kätzchen war, denn er hatte mit dieser Spezies keinerlei Erfahrung.

Die viel größeren Katzen seines Heimatplaneten waren nicht zu zähmen, aber er hatte als Jüngling auf der kleinen Farm seiner Familie einen Haustarg besessen, und die große Zuneigung, die er für das treue Tier empfunden hatte, war unvergessen. Ähnliche Gefühle empfand er für das kleine Wesen, das vor ihm hockte, auch wenn es einem Targ in keiner Weise glich.

Die Sympathie war offenbar beiderseitig. Das Kätzchen kam plötzlich aus dem Gebüsch hervor und ging langsam auf G'dath zu. Der Klingone blinzelte rasch, um seine Augen wieder an das helle Tageslicht anzupassen. Immer noch blinzelnd, musterte er das Kätzchen. Es war mehr oder weniger grau, mit weißen Tatzen und einem Lätzchen.

Es schaute G'dath argwöhnisch aus großen grünen Augen an, legte den Kopf schief und beschnupperte ihn. Sein Schwänzchen bewegte sich eifrig und sandte Signale in einer Körpersprache aus, die nur andere seiner Art verstehen konnten.

G'dath hockte sich ganz langsam hin, wie man sich einem kleinen Targ näherte, den man nicht kannte, streckte die geballte Hand aus und hielt dem Kätzchen die Knöchel hin. Es spannte sich, als sei es fluchtbereit. »Na, Kleiner«, sagte der Klingone leise. »Niemand will dir etwas tun.«

Er wartete geduldig und bewegte sich nicht. Nach einer Weile kam das Tier näher. Es schnupperte zaghaft an seiner ausgestreckten Hand und rieb dann sein Köpfchen an seinen Knöcheln. G'dath streichelte sanft über sein Köpfchen und kraulte es zwischen den Ohren. Als das Kätzchen die Zähne fletschte und genüßlich die Augen schloß, schien es zu lächeln.

G'dath stand auf. Das Kätzchen trottete näher an ihn heran und ging wie ein Wächter vor ihm auf und ab, wobei es sich jedesmal an seinem Bein rieb. *Sieht so aus, als hätte es mich adoptiert,* dachte G'dath. *Aber die Vorschriften besagen leider, daß ich in meiner Wohnung keine*

Tiere halten darf. Und ich bin nun einmal gesetzestreu. Vielleicht sollte ich es zu irgendeiner Behörde bringen.

Er schaute auf das Kätzchen hinab. Es saß auf dem Boden, hatte den Kopf leicht zur Seite gelegt und blickte ihn mit großen Augen an.

Es vertraute ihm ganz und gar.

G'dath hob seine breiten Schultern. *Tja, dann muß ich wohl mal ein Gesetz brechen,* dachte er. Er schaute sich um, warf einen Blick auf den Fußweg und sah niemanden. Er stellte sein Gehör um und stellte fest, daß sich in seiner Reichweite niemand aufhielt. *Ausgezeichnet,* dachte er. *Je weniger Komplikationen, desto besser für uns beide.*

»Dann gehen wir mal nach Hause, Kleiner«, sagte er zu dem Kätzchen. Er bückte sich und hob es auf. Das Kätzchen blieb völlig gelassen. G'dath schob es unter seine Jacke und nahm den Weg zum Wohnhaus wieder auf. Es war möglich, daß der Hausmeister es entdeckte, wenn er es einfach auf den Arm nahm ... Und es war bestimmt klüger, das kleine Lebewesen auf alle Fälle zu verbergen. Trotz der Überzeugung, daß sein Tun rechtens war, machte es ihn nervös, ein Gesetz zu brechen.

Doch die automatische Tür und die Liftwächter reagierten nicht auf die Anwesenheit des Kätzchens, und so erreichte G'dath den einundfünfzigsten Stock und die Tür zu seiner Wohnung, ohne jemandem in die Arme zu laufen. Er sprach die Tür mit einem speziellen Code an, und sie entschied, daß er tatsächlich der Herr dieser Wohnung war. Ein Relais schaltete den Sicherheitsschild aus, der sie davor schützte, von irgendeinem anderen betreten zu werden.

»Hallo«, sagte eine sanfte Stimme hinter ihm.

G'dath fuhr herum. Es war nur Mr. Olesky, der alte Mann, der vor etwa einer Woche in die Wohnung gegenüber gezogen war. Er war ihm zweimal im Korridor begegnet, und Mr. Olesky hatte ihn jedesmal freundlich begrüßt. Dies hatte ihn überrascht; einfacher Höflichkeit begegnete man schließlich nicht jeden Tag.

»Ist was?« fragte Mr. Olesky echt besorgt. »Sagen Sie bloß nicht, Sie hätten mich nicht kommen hören – bei Ihrem tollen Gehör.«

G'dath schüttelte den Kopf. »Nein, ich habe Sie nicht gehört. Ich habe ... nachgedacht.« Er zog seine Jacke etwas enger um sich und hoffte, daß das Kätzchen jetzt keine allzu deutliche Bewegung machte.

»Ah«, sagte Mr. Olesky. »Nachgedacht. Ich hatte mal einen Onkel, der hat auch mal nachgedacht. Am falschen Ort, zur falschen Zeit. Denn dabei ist ein Flitzer auf ihm gelandet. Hat ihn plattgemacht. Seither wird in unserer Familie nicht mehr nachgedacht.«

»Wirklich?«

Oleskys Lippen verzogen sich zu einem Halbmond. »War nur 'n Witz. Sagen Sie mal, frieren Sie?«

»Frieren? Aber nein.«

»Weil Sie nämlich Ihre Jacke so fest um sich ziehen.«

»Oh. Nein, ich friere nicht. Es ist nur eine nervöse ... Eigenart. In etwa vergleichbar damit, wenn die Menschen ... äh ... sich schütteln.«

»Echt? Wirklich? Tja, man lernt doch jeden Tag etwas Neues. Aber warum ich hier bin ... Heute morgen ist ein Päckchen für Sie gekommen. Ich hab' es angenommen.«

»Ein Päckchen?«

»Yeah. Der Lieferant wollte einen Daumenabdruck haben, weil es ein Einschreiben war, und der Hausmeister ist etwas knapp an Daumen. Erwarten Sie etwas von einer Firma namens Custom Electronics auf der Third Avenue?«

»Aber gewiß«, sagte G'dath zunehmend aufgeregter. Die Chip-Baugruppe – endlich! Und auch genau zum rechten Zeitpunkt. »Ja, von denen erwarte ich was.«

»Hier ist es«, sagte Mr. Olesky und reichte ihm eine

kleine Schachtel. G'dath griff danach und vergaß in diesem Moment das Kätzchen unter der Jacke.

Mr. Olesky schaute ihn fasziniert an. »Hey, was quiekt denn da so?«

»Ich hab' nichts gehört«, sagte G'dath und schob das Päckchen in die Tasche. »Vielleicht irgend etwas im Gemäuer?«

Mr. Olesky nickte langsam. »Könnte sein. Tja, dann machen Sie's mal gut.«

»Auf Wiedersehen, Mr. Olesky. Und vielen Dank, daß Sie das Päckchen für mich quittiert haben.«

»Kein Huhu.«

»Wie bitte?«

»Keine Ursache. Bis später mal.«

»Gewiß. Und nochmals vielen Dank.«

G'dath betrat seine Wohnung, machte die Tür hinter sich zu, verschloß sie mit einem weiteren Befehl und legte das Päckchen auf einen direkt hinter dem Eingang stehenden Tisch. Das Kätzchen schob den Kopf aus seiner Jacke und blinzelte.

G'dath setzte es vorsichtig auf dem Boden ab. »So, mein Kleiner.« Das Kätzchen stand einen Augenblick still und schaute sich im Raum um. Dann marschierte es auf seinen dünnen Beinchen herum und schnupperte in sämtliche Richtungen.

G'daths Wohnung war zwar klein, aber sie verfügte über ein großes Fenster, das ihr eine luftige Atmosphäre verlieh. Was seinen Geschmack hinsichtlich der Möbel anbetraf, so war er von seiner Herkunft beeinflußt. Am liebsten waren ihm walnußfarbene Möbel von leichter Machart und helle, gemaserte Polsterungen. Er hatte auch einen bunten Teppich, in dem jedoch Rot vorherrschte.

Da G'dath ein frommes Lebewesen war, gab es in einer Ecke seines Wohnzimmers ein *Vuv gho,* eine Art Ikone, deren Mittelteil nach Norden wies, um die Richtung seines Geburtsortes zu zeigen – beziehungsweise dorthin, wo sein Geburtsort gewesen wäre, hätte er sich nicht auf der Erde, sondern auf seinem Heimatplaneten aufgehalten. Es war das gleiche *Vuv gho,* das am Abend vor seinem vierten Geburtstag traditionsgemäß neben seiner Schlafmatte gestanden hatte, damit es das erste war, was er als männlicher Jüngling beim Erwachen sah. Das *Vuv gho* gehörte zu den wenigen Dingen, die G'dath bei der Ausreise aus dem Imperium hatte mitnehmen können.

Er trat an den Computertisch und nahm Platz. Das Kätzchen hockte sich neben seinen rechten Stiefelabsatz und beobachtete jede seiner Bewegungen mit großem Interesse.

»Computer«, sagte G'dath. Und hielt inne. So begierig er auch war, den Chip zu testen – er hatte sich eine Pflicht auferlegt, die nicht ignoriert werden durfte. Schnell verschafft er sich Zugriff auf die Daten der öffentlichen Bibliothek, die ihn mit den Grundlagen der Versorgung einer Katze vertraut machte.

G'dath las die Daten und merkte sich die nötigsten Dinge. *Katzenstreu?* fragte er sich. *Welchem Zweck könnte so etwas wohl dienen? – Ach, so ist es gemeint. Ah, und es gibt für Katzen sogar speziell vorgefertigte Nahrung. Und auch Spielzeug … Katzen haben sogar eigene medizinische Spezialisten. Ich muß unbedingt einen solchen kennenlernen.*

Nachdem er das Wichtigste abgespeichert hatte, holte er tief Luft und zwang sich bewußt, sich zu entspannen. Nun hingen all die Jahre seiner unermüdlichen Forschung nur noch von einem simplen Test ab. Als er sprach, spürte er, daß sein Puls schneller schlug. »Computer.«

»In Funktion.«

»Gesamtroutine laden; letzte Revision.«

»Gefunden. Geladen. Bereit.«

»Abwarten.«

Die Türglocke schlug an.

G'dath sprang auf. Ihm fielen sofort zwei Möglichkeiten ein: Erstens, jemand hatte von der Katze erfahren. Zweitens, jemand hatte von seiner Erfindung erfahren. Er war zwar nicht von Natur aus paranoid, aber er hatte gehört, daß das klingonische Imperium seine Ex-Bürger genau überwachte. Und dann wurde ihm etwas klar, und er setzte ein grimmiges Lächeln auf.

Immer mit der Ruhe. Klingonische Geheimagenten klingeln nicht an Türen.

Aber es konnte wirklich jemand sein, der die Katze aus dem Haus werfen wollte. G'dath hob das sich nicht wehrende Tier hoch, setzte es sanft auf seiner Schlafmatte ab, ging hinaus und befahl der Tür, sich zu schließen. Dann preßte er ein Auge an den Türspion am Eingang.

Es war Mr. Olesky. G'dath befahl der Wohnungstür, sich zu öffnen. »Ja, Mr. Olesky?« fragte er freundlich. »Was kann ich für Sie tun?«

»Oh, gar nichts, überhaupt nichts«, sagte der Alte. »Ich dachte nur, Sie könnten das hier vielleicht gebrauchen.« G'dath schaute nach unten und sah, daß sein Nachbar ihm eine kleine Thunfisch-Frischpackung entgegenhielt.

»Sie mögen Fisch, und Thunfisch ganz besonders«, sagte Mr. Olesky leise. »Und ich hatte zufällig noch ein Päckchen. Ich nehme an, das arme kleine Vieh ist ganz schön hungrig. Und Sie haben dann genug Zeit, um rauszugehen und ihm richtiges Katzenfutter zu besorgen.«

»Ähm ... vielen Dank«, sagte G'dath. »Danke vielmals. Das ist sehr nett von Ihnen.«

»Kein Huhu. Aber passen Sie bloß auf, daß niemand im Haus das Kätzchen sieht. Sie wissen doch, was sonst passiert. – Tschüß dann.« Der Alte kehrte in seine Wohnung zurück.

G'dath blieb in der offenen Tür stehen. Mr. Oleskys

Rücksichtnahme hatte ihn überwältigt. Nettigkeiten dieser Art rührten ihn immer ganz besonders, so selten sie auch vorkamen. Kurz darauf ließ er die Tür sich wieder schließen.

Er öffnete die Schlafzimmertür, und das Kätzchen sprang ihm entgegen. Es hüpfte auf den Tisch und landete auf allen vieren auf den Kassetten, die G'dath dort abgelegt hatte, so daß sie herumflogen. Er nahm das Kätzchen, das ihn kurz mit hellen Augen ansah. Dann gähnte es herzhaft, und G'dath lächelte.

Er hob es hoch und schaute es sich näher an. »Du bist ein Kater«, sagte er. Das Kätzchen miaute zustimmend. »Manche Dinge in der Galaxis ändern sich kaum, nicht wahr? Na schön, Hüpfer, dann wollen wir mal etwas futtern. Ein... Freund hat dir etwas Gutes zu essen gebracht. Es wird die Premierenmahlzeit in deinem neuen Zuhause.«

Er brachte das Tier in die Küche, öffnete das Frischpack und schüttete den Inhalt auf einen niedrigen Teller. Während das Kätzchen in der Küche sein Futter genoß, kehrte G'dath an die Konsole zurück, wo der Computer geduldig auf seinen nächsten Befehl wartete.

Er nahm das Päckchen von Custom Electronics und öffnete es vorsichtig. Darin befand sich genau das, was er zu finden hoffte – eine schwarze Plastikchip-Baugruppe mit einem Durchmesser von sechs Zentimetern und einem reinen Goldfleck, der sich genau im Mittelpunkt befand. Dieser winzige Goldfleck war der Chip, an dessen Entwurf er mehrere Jahre gearbeitet hatte. Und die Firma hatte mehrere Monate gebraucht, um ihn herzustellen. G'dath hatte viel für diesen Augenblick geopfert... doch er wußte, daß sich der Höhepunkt seines Traums nun eventuell – buchstäblich – in seiner Reichweite befand. Als frommer Mann hatte G'dath das Empfinden, daß es mehr als Zufall war, daß die Chip-Baugruppe gerade heute angekommen war –

einen Tag vor der Ankunft der WorldNews-Reporterin, die ihn in seiner Wohnung nach seinem Leben und seiner Arbeit befragen wollte.

Er steckte ein dünnes Computerkabel in einen Port der Chip-Baugruppe. »Gesamtroutine ausführen«, befahl er. Der Computer übertrug das Programm des Chips in den Festspeicher. Er würde jeden Fabrikationsfehler entdecken, doch angesichts der Kompliziertheit des Chips würde der Test mehrere Stunden dauern.

G'dath konnte jetzt nur noch abwarten und über seine Zukunft nachdenken. Denn wenn der Chip funktionierte – und er zweifelte nicht daran –, würde seine Erfindung die interstellare Raumfahrt für alle Zeiten revolutionieren.

4

Klor blieb vor Keths Quartier stehen, betätigte den Summer und wartete, bis die Tür aufglitt. Keth saß in einem abgedunkelten, unbeleuchteten Raum und schaute sich ein auf dem Schreibtisch befindliches Holo an, das eine hübsche Frau und ihre beiden starken Söhne zeigte. Als Klor eintrat, drückte er einen Schalter, und das Holo löste sich auf.

Wenn ein Krieger in Ungnade fällt, dachte Klor, ist es eine schlimme Sache, doch wenn man darüber nachdenkt, welche Auswirkungen dies auf die Familie hat, ist es noch schwerer zu ertragen. Er nahm Haltung an und verlagerte sein Gewicht; es war ihm unangenehm, einen hochdekorierten Soldaten in diesem Zustand zu sehen. »Commander«, sagte er, »du wolltest informiert werden, wenn der Bürger G'dath die angekündigte Lieferung erhält.«

Keths Blick wirkte abwesend, er schien irgend etwas sehr weit Entferntes zu studieren, aber Klors Worte machten ihn schlagartig wieder wach. Er beugte sich vor und schob die Arme über die Tischplatte. »Und was hat er mit dem Bausatz angefangen?«

»Er hat ihn für einen Selbsttest programmiert, der einige Stunden dauern wird, Commander, und seine Wohnung dann verlassen.«

Keth fluchte. Sie konnten G'dath nur an seinem Arbeitsplatz und in seiner Behausung beobachten.

»Ich überwache allerdings konstant seine finanziellen Transaktionen«, fügte Klor hinzu, um seinen großen Diensteifer zu zeigen. »Im Moment scheint er einzukaufen, Commander. Er hat erst vor ein paar Minuten mehrere Gegenstände erworben, die zur Aufzucht und Fütterung von Katzen dienen. Ich habe beobachtet, daß er heute nachmittag ein Wesen dieser Spezies in seine Wohnung gebracht hat.«

Keth wich verblüfft zurück und runzelte die Stirn. »Er hat eine *Panthera leo?* In seiner Wohnung?«

»Nein, Commander. Ich meine eine *Felis catus.*«

Keth grunzte angewidert. »Lieber zehn Tribbles im Haus als eine davon. Soweit ich weiß, fressen, schlafen und haaren sie nur. Aber...« Er hielt inne, und das Licht, das Klor in seinen Augen gesehen hatte, leuchtete wieder auf. »Ich weiß aber auch, daß man Katzen für Versuchszwecke einsetzen kann. Für Experimente, die vielleicht mit der mysteriösen Chip-Baugruppe zu tun haben. Es wird ja immer absonderlicher. Hast du den Plan schon zu uns überspielt?«

»Er ist gerade hereingekommen, Commander«, erwiderte Klor. »Der Bürger G'dath hat die Chip-Baugruppe allem Anschein nach selbst entwickelt. Sein Name steht auf der technischen Beschreibung.«

»Interessant«, murmelte Keth. Sein Blick heftete sich wieder auf eine Stelle hinter Klors Schulter. »Dann kann unser Theoretiker wohl mehr als nur träumen. Er hat offenbar auch praktische Talente. Welche Überraschung.« Er schaute Klor wieder an. »Gibt es in seinen Unterlagen irgendwelche Hinweise auf den Zweck der Chip-Baugruppe?«

»Keine, Commander. Die Bauanleitung bringt die Sache nicht zur Sprache, und unser Computer kann die Funktion der fertigen Chip-Baugruppe nicht analysieren. Es scheint zudem, daß ein beträchtlicher Teil des Plans fehlt – vielleicht aufgrund irgendeines Fehlers im Datenspeicher.«

Keth zuckte die Achseln und lehnte sich in seinem Stuhl zurück. »Macht nichts. Vielleicht erfahren wir mehr, wenn er den Test abgeschlossen hat. Ruf mich, wenn er mit der Chip-Baugruppe irgend etwas zusammenbastelt.«

Dann tat er etwas, das Klor in den öden Monaten ihrer Zusammenarbeit noch nie erlebt hatte – er lächelte strahlend, was sehr erstaunlich war.

Klor erwiderte das Lächeln, weil er annahm, daß sein Commander gerade einen strategischen Einfall gehabt hatte – eine Inspiration, die sich zwar für sie beide, aber nicht für den Bürger G'dath auszahlen würde.

Fünfzehn Sekunden vor 14.00 Uhr betrat Kirk Admiral Noguras Vorzimmer in San Francisco und wurde von einem jungen vulkanischen Sekretär in Empfang genommen. »Guten Tag, Admiral Kirk«, sagte der Fähnrich und stand rasch auf. »Kommen Sie, bitte. Der Admiral möchte sofort mit Ihnen reden.«

Er geleitete Kirk durch das Vorzimmer zu einer schweren Eichentür, auf der in hübschen Goldlettern PRIVAT stand, und klopfte leise an.

»Herein«, rief Nogura. Die Tür glitt auf, und Kirk ging hinein.

Der Starfleet-Chef stand an seiner normalerweise hinter einer aus dem sechzehnten Jahrhundert stammenden Weltkarte verborgenen Bürobar. Der Kartograph dieser Zeit hatte sich mehr auf seine Phantasie als die damals spärlich vorhandenen Fakten gestützt. Obwohl Nogura ein Synthetisierer zur Verfügung stand, schenkte er die Getränke mit der Hand ein – aus einer Flasche, die für Kirk ebenso alt aussah wie der Admiral selbst. Als er näher kam, schaute Nogura auf und lächelte.

»Ich weiß, daß es früh ist, aber ich dachte, Sie hätten nichts dagegen, einen erfolgreichen Stapellauf zu feiern.« Er reichte Kirk einen großen Krug mit einer dunklen, bernsteinfarbenen Flüssigkeit. »Nach dem

Ärger, den wir heute morgen mit dem Regen hatten, haben wir uns wohl einen Schluck verdient. Ihre Lieblingssorte, wenn ich mich nicht irre.«

Kirk hob den Krug an die Nase und lächelte, als er das vertraute, berauschende Aroma witterte. »Saurianischer Brandy. So etwas ist nicht billig, Sir – und auch nicht an jeder Ecke zu kaufen.«

»Ich weiß.« Noguras Lächeln zeigte ein gewisses Maß an geheimnisvoller Heiterkeit, als er sich ebenfalls ein Glas füllte. »Deswegen genehmige ich mir ja auch einen. Nehmen Sie Platz, Jim. Da drüben.« Er deutete mit dem Kopf auf die leger gestaltete Konferenzecke, die dem Fenster am nächsten war. Von dort aus hatte man die gleiche Aussicht auf das Golden Gate wie in Kirks Büro, denn das des Admirals lag direkt über dem seinen.

Da Nogura darauf beharrte, nahm Kirk den Sessel genau vor dem Fenster. Obwohl er den Brandy wirklich schätzte, hatte er das Gefühl, wachsam sein zu müssen. Sein Instinkt – und irgendein subtiler Hinweis in Noguras Tonfall, als er um das Treffen gebeten hatte – sagten ihm, daß der alte Admiral ihn nicht nur zu sich gerufen hatte, um ihm zu gratulieren.

Nogura nahm neben ihm Platz. »Die Brücke ist wirklich prächtig«, sagte er liebevoll. »Ich habe sie schon immer gemocht. Es gibt nirgendwo etwas, das ihr nahekommt. Wissen Sie eigentlich, daß ich auch amerikanische Vorfahren habe, Jim?« Er hob das Glas an seine Lippen und nippte.

»Nein, Sir, das wußte ich nicht.«

»Ist aber so. Mein Ur-Ur-Ur-Urgroßvater stammte sogar aus dieser Stadt. Er wurde laut unserer Familienunterlagen in den zwanziger Jahren des 21. Jahrhunderts hier geboren. Meine Familie war damals schon seit fünf Generationen in Kalifornien ansässig.

Er gehörte zu jenen, die nach dem Großen Erdbeben nach Japan zurückkehrten, als Tokio amerikanischen

Flüchtlingen japanischer Abstammung die Tore öffnete. Ich habe noch immer Blutsverwandte in der Stadt, und eine Menge Groß-Groß-Groß-Großnichten und -neffen.«

Kirk rutschte hin und her. Nach der Frustration des heutigen Morgens war er eigentlich wenig dazu aufgelegt, sich Geplauder dieser Art anzuhören. Er brannte darauf, Noguras heimliche Tagesordnung kennenzulernen. In den letzten paar Stunden hatte er in Erfahrung zu bringen versucht, um was es wohl gehen könnte, doch ohne Erfolg. Er konnte nur ein, zwei Dinge deduzieren: Erstens, es ging um ihn, und zweitens, es ging um etwas, das ihm nicht gefallen würde. Der Brandy hatte seinen zweiten Verdacht bestätigt.

»Bei allem gebührenden Respekt, Sir«, sagte er. »Sie haben mich doch nicht bestellt, um den Stapellauf mit mir zu feiern.«

Bevor Nogura Kirk ansah, fiel sein Blick auf den vor ihm stehenden Schwenker. »Sie kennen mich zu gut, Jim. Es gibt *wirklich* ein Problem.« Er hielt inne, ordnete seine Gedanken und wandte sich Kirk dann direkt zu. »Haben Sie Timothea Rogers heute morgen in der Sendung gesehen?«

»Ja.«

»Was halten Sie von ihr?«

Kirk zögerte, dann beschloß er, sich nicht in Selbstzensur zu üben. »Sie war grauenhaft.«

»Sie sprechen genau das Wort aus, das mir nicht mehr aus dem Kopf geht«, sagte Nogura mit einem langsamen Nicken. Er nippte erneut an seinem Getränk, und die Stille dehnte sich aus.

»Jim«, sagte er nach einem Moment, »als die Öffentlichkeitsarbeit bei Starfleet nur der simple Versand von Raumschiffholos an Schulkinder war, hat die Rogers es gut gemacht. Aber jetzt ist die politische Lage so, daß ich jemanden brauche, der auf dem Bildschirm nicht wie ein kalter Fisch wirkt. Unsere politischen Gegner stellen ihren Standpunkt geschickt dar. Wir sind nicht mal annähernd so gut.«

»Sie möchten also, daß ich diese Arbeit übernehme.«

»Genau.«

»Ich möchte die Betriebstechnik aber nicht verlassen«, sagte Kirk ruhig. Innerlich empfand er ein Aufwallen von Verärgerung. Er hatte von Anfang an klargemacht – und zwar schon an dem Tag, an dem er sich einverstanden erklärt hatte, die *Enterprise* aufzugeben –, daß er nicht gewillt war, sich auf einen Bürokratenposten abschieben zu lassen. Sicher, auch die Betriebstechnik kam nicht ohne ein gewisses Maß an Bürokratie aus, aber immerhin konnte er sich dort wenigstens in der Nähe von Raumschiffen aufhalten. In der Nähe der *Enterprise.*

Nogura beäugte ihn wie ein Vogel, mit schiefgelegtem Kopf. »Wirklich? Und ich dachte, Sie könnten etwas Veränderung gebrauchen.«

»Ich hatte Veränderung – vor acht Monaten. Noch eine brauche ich nicht.« Kirk nahm ein Schlückchen von seinem Brandy. Er gab sich alle Mühe, seine Verärgerung nicht zu zeigen, aber er wußte genau, daß sie Nogura nicht entging.

»Ich verstehe.« Der alte Admiral dachte darüber nach. »Haben Sie heute schon mit Lori gesprochen?«

»Nein. Warum?«

»Nur so. Jim, ich bitte Sie doch nicht, Ihre momentane Position aufzugeben. Sie können Chef der Betriebstechnik bleiben. Ich bitte Sie nur, sich eine zweite Mütze aufzusetzen. Chief MacPherson kann die alltäglichen Arbeiten beim Umbau der *Endeavor* übernehmen. Ihre Organisation steht doch, oder nicht? Die Leute kennen ihre Aufgaben; sie haben eine hohe Arbeitsmoral und technisch etwas auf dem Kasten, oder?«

»Ja, Sir, aber ...«

»Hören Sie, Jim. Sie brauchen sich nicht mehr um die einzelnen Schiffe zu kümmern. Ich möchte, daß Sie für Starfleet in die Öffentlichkeit gehen und mir dabei helfen, die *ganze Flotte* zu modernisieren.« Nogura gestikulierte weitschweifig mit seinem Glas. »Ich möchte, daß Sie den Menschen von uns erzählen. Ihnen hört man zu. Sie sind schließlich ein Held.«

»Ein Held? Verzeihung, Sir, aber wie, zum Teufel, kommen Sie denn auf *diese* Idee?«

»Sie sind ein Held«, wiederholte Nogura. »Und zwar ein echter. Ihre Mission ist der Stoff, aus dem Epen geschaffen wurden. Die Leute haben Anteil daran genommen. Sie nehmen *noch immer* Anteil daran.« Er zuckte die Achseln. »Ob Sie's nun wahrhaben wollen oder nicht, Jim, ich brauche das, was Sie verkörpern. Sie wissen doch, daß wir politische Probleme haben. Mrs. Rogers trägt nicht dazu bei, sie zu lösen. Im Gegenteil: Sie trägt dazu bei, manche Probleme zu erzeugen und andere zu verschlimmern.«

»Einverstanden«, sagte Kirk. »Aber ich bin nicht der Richtige für diesen Job.«

»Doch.« Nogura betätigte einen Knopf auf dem Konferenztisch, und in der gegenüberliegenden Ecke formte sich ein lebensgroßes, dreidimensionales Bild.

Kirk blinzelte. Es überraschte ihn, Captain Kirk zu sehen. Die ansehnliche, Vertrauen erweckende Gestalt im nun abgeschafften goldenen Uniformpullover hielt eine Rede, aber der Ton war nicht hörbar, da Nogura ihn nicht eingeschaltet hatte. »Das bin ja ich. Woher haben Sie das, Sir?«

»Ihr erster offizielle Medienauftritt nach Ende Ihrer Mission, als Sie die *Enterprise* nach Hause brachten. Sie erinnern sich daran?«

Kirk verzog das Gesicht. »So, wie die Christen sich an die Löwen erinnern. Am liebsten hätte ich einen Schutzschild um mich aufgebaut und wäre abgehauen.«

»Wirklich?« Nogura deutete auf das Hologramm. »Ich weiß, daß Sie bis an Ihre Grenzen gegangen sind. Eigentlich habe ich, als Sie nach der Mission Ihren sechsmonatigen Urlaub antraten, befürchtet, Sie nicht wiederzusehen. Die Narben sieht man nicht, oder?«

Kirk schaute sich selbst auf der Pressekonferenz zu. *Wo war das überhaupt?* fragte er sich. *Hier in der Admiralität? Oder im Raumdock? Ich weiß es einfach nicht mehr. Aber an Bord war es bestimmt nicht.*

»Schauen Sie nur hin, Jim«, fuhr Nogura fort. »Sie geben vor der Presse eine gute Figur ab. Sie haben noch das Kommando, Sie beantworten alle Fragen und bringen die Journalisten dazu, Sie zu mögen. Und so ist es auch. Die Berichterstattung, die uns vorliegt, war äußerst positiv und hat sich als sehr wichtig für uns erwiesen. Der erfolgreiche Abschluß Ihrer Fünfjahresmission war noch Wochen später das Hauptgesprächsthema bei jedem politischen Bankett der Föderation.

Ich möchte, daß Sie im Namen von Starfleet eine Reihe von öffentlichen Auftritten absolvieren. Daß Sie den Menschen erklären, was wir tun und was wir in den vor uns liegenden Jahren tun wollen. Sie sollen die falsche Vorstellung korrigieren, daß wir eine Aggressionsstreitmacht seien, und den Menschen die Wahrheit sagen: daß wir die bestmögliche Chance für den Frieden darstellen, weil unsere Mission nicht im Kriegführen besteht, sondern im Erforschen neuer Welten, denen wir Zusammenarbeit und Freundschaft anbieten.«

Nogura verfiel in Schweigen. Eine Weile sagte niemand etwas; sie schauten dem Hologramm des Captains zu. Dann sagte Kirk: »Ich habe genug gesehen.«

Nogura drückte den Knopf; das Bild verschwand.

»Es muß doch einen anderen geben, Sir«, sagte Kirk. »Jemand, der diese Arbeit besser erledigen kann als ...«

»Nein«, sagte Nogura nachdrücklich. »Ich habe es durchdacht. Ich brauche *Sie,* Jim, keinen anderen.«

Sein eisenharter Tonfall erinnerte Kirk an ein früheres Gespräch: als Nogura ihn überredet hatte, sich zum Admiral befördern zu lassen. Kirk hatte gedroht, seinen Abschied zu nehmen, falls man ihm die *Enterprise* nahm, und war sehr zuversichtlich gewesen, daß Nogura den Bluff nie durchschauen würde.

Aber man konnte den alten Fuchs nicht austricksen, und so hatte er schließlich ja gesagt.

Gott ist mein Zeuge, hatte Nogura gesagt. *Ich werde alles unternehmen, damit Sie den Abschied nicht einreichen. Aber ich kann Sie nicht daran hindern, den Dienst zu quittieren.*

Und nun hatte er sich wieder etwas ausgedacht.

Kirk holte Luft. »Ich mache es. Unter einer Bedingung. Daß der neue ... Auftrag ... nur ein zeitweiliger ist, bis Sie einen Passenderen finden. Ich möchte so schnell wie möglich wieder beim Umbau der Schiffe tätig werden, Sir.«

Noguras Gesichtszüge entspannten sich. »Natürlich, Jim. Gewiß. Ich dachte, das wäre klar. Und ... Danke. Ich weiß, daß Sie solche Sachen nicht ausstehen können, auch wenn Sie sie bestens beherrschen.«

»Ich gebe mir Mühe, es nicht zu zeigen. Wann fange ich an?«

»Morgen früh«, sagte Nogura. »Ich habe es arrangiert, daß Sie bei WorldNews als Gast beim Samstagsinterview auftreten.«

»Waren Sie sich meiner so sicher?« Kirk verzog seine Lippen zu einem traurigen Lächeln, aber sein Ton blieb kühl.

Es ist ja nur für eine gewisse Zeit, redete er sich ein, als er Noguras Büro verließ. Nur zeitweise. Anschließend würde er sich – wenn schon nicht um die *Enterprise* – um andere Schiffe kümmern, die umgebaut werden mußten. Nogura hatte ihm sein Wort gegeben.

Aber er konnte nicht anders, er mußte sich einfach fragen, ob der andere Kirk – der jüngere, zuversichtlich aussehende Kirk in der goldenen Uniform – ihm auch nur eine Sekunde geglaubt hätte.

Kirk spielte zwar keine Rolle beim Flug der Kommandosektion der *Enterprise,* aber das Ergebnis interessierte ihn brennend. Als er in sein Büro zurückkehrte, stand Riley vor dem Fernseher. WorldNews übertrug Archivbilder des Tages, an dem das Schiff von seiner Fünfjahresmission zurückgekehrt war. Riley schaute allerdings nicht zu; sein Gesicht war dem Fenster zugewandt, er bewunderte die Aussicht auf die Brücke.

»Ist doch noch ein wunderschöner Tag geworden, was?« fragte Kirk.

Riley zuckte zusammen und drehte sich um. »Verzeihung, Sir, ich habe Sie nicht hereinkommen hören. Ich dachte nur, Sie möchten vielleicht sehen, was der *Enterprise* bevorsteht.«

»Aber nicht aus der WorldNews-Sendung. Schalten Sie auf den internen Sender um und lassen Sie den Ton mitlaufen. Ich möchte mir den Rendezvous-Funkverkehr anhören. Machen Sie's aber nicht zu laut.«

»Jawohl, Sir.« Riley schaltete mit Hilfe der auf Kirks Schreibtisch befindlichen Knöpfe auf den Starfleet-Kanal um. Als Kirk sich setzte, nahm er an der anderen Seite des Raumes Platz.

Beide Männer schauten schweigend zu, als die auf Raumdock 4 montierten ferngesteuerten TV-Kameras die sich nähernde Untertasse erfaßten. Im Hintergrund sah man die hell leuchtende Erde, deren weiße Wolken die planetare Geographie bescheiden hinter einem Dunstschleier verbargen. Das liebenswürdige und – für Kirks Ohren – beruhigende Gerede der Funkzentrale wurde zum Hintergrundgeräusch. Er erkannte zwischen all den Stimmen auch die von Uhura.

»Gott, was für eine herrliche Aufnahme«, sagte Kirk. »Fenster, undurchsichtig werden.«

Das Fenster hinter ihm wurde völlig schwarz und schloß das Tageslicht aus. Das 3D-Bild war fest und ohne Störung. Kirk schien, als säße er auf einem Sessel im Weltraum. Er schaute zu, wie die Untertasse sich ihm langsam von unten näherte. Ihm war, als könne er die Hände ausstrecken und sie berühren.

»Wo ist Raumdock 4 jetzt?« fragte er.

Riley wandte den Blick zur Decke und rechnete es im Kopf aus. »Ungefähr sechsunddreißig Grad Ost, sieben Grad Süd. Mehr oder weniger genau über Tansania.«

Raumdock 4 war nicht viel mehr als ein sich in den Raum öffnendes Metallgitterwerk. Es war gerade so breit und tief, um einem Raumschiff der Kreuzerklasse genügend Platz bieten zu können, und schwebte in einer niedrigen Kreisbahn in etwa zehn Grad Höhe über dem Äquator dahin. Sein größerer Bruder, das nicht numerierte Hauptraumdock, war eine gewaltige eingekapselte Anlage in einem viel höheren, geosynchronen Orbit über dem Atlantik.

So groß das Hauptdock auch war, es war stets schrecklich überfüllt und geschäftig. Im Gegensatz dazu konnte die *Enterprise* Raumdock 4 so lange für sich allein haben, wie ihr Umbau dauerte. Es würde keinen Druck geben, das Schiff fertigzustellen, bloß weil ein anderes den Platz im Dock brauchte.

Captain Decker schaute zu, als Raumdock 4 auf dem Hauptschirm größer wurde. Die Untertasse näherte sich ihm von hinten und unten. Er sah die Technische Sektion der *Enterprise* ruhig im Mittelpunkt des Gitterwerks schweben. Sie wurde von einer Anzahl Traktor-Pressorstrahlen, die gegen ihre Hülle stießen, relativ ruhig im Dock gehalten.

Als Decker zum letztenmal hier gewesen war, waren

die neuen Warp-Triebwerke noch nicht an den Verbindungsstutzen befestigt gewesen. Die Technische Sektion hatte für ihn wie eine dicke weiße Yamswurzel mit drei in schwerfälligen Winkeln herausragenden Sprossen ausgesehen. Sie hatte, um die Wahrheit zu sagen, einen ziemlich entmutigenden Anblick geboten. Nun, mit angebrachten Triebwerken, sah die Sektion weniger nach Yams und mehr nach einem Schiffsteil aus, wenn es auch noch immer große Flecken auf der Hülle gab, die noch nicht mit Titaniumplatten verkleidet waren.

Deckers heutige Aufgabe bestand darin, das letzte große Stück eines äußerst komplizierten Puzzles an seinen Platz zu bringen – und zwar gleich beim erstenmal. Die Untertasse würde Raumdock 4 einholen, vorbeifliegen und sich dann dergestalt ihren Weg bahnen, daß sie von ausgebildeten Technikern mit tragbaren Traktor-Pressorgeräten genau an den Hauptverbindungsstutzen geführt werden konnte. Das komplizierte Andockmanöver diente dazu, Schäden an den Warp-Triebwerken zu vermeiden, die achtern am Hals etwas höher aufragten als die Untertasse.

Als die Untertasse Raumdock 4 passierte, schaltete sich auf Sulus Armatur plötzlich ein Bildschirm ein und zeigte ein rotes, kastenartiges Muster. Es blinkte pausenlos und pulsierte wie ein Herzschlag. Im Zentrum des Musters schwankten Fadenkreuze.

»Rendezvousanweisung auf meinem Schirm, Captain«, meldete er. »Soll ich mit dem Ausrichtungsmanöver beginnen?«

»Beginnen Sie, Commander.«

»Navigationskontrollen an Steuerung übergeben«, meldete DiFalco. »Jetzt sind Sie dran, Sulu.«

»Danke, Suzanne«, erwiderte Sulu. Er legte los, und die Fadenkreuze in der Rendezvousanweisung hörten bald auf zu tanzen. Die Anweisung würde ihn in Raumdock 4 hineinleiten und ihm erlauben, die Untertasse genau über dem Hals des Hauptverbindungsstutzens in genauer Entsprechung der exakten Einklinkposition zu positionieren. Wenn all dies geschehen war, konnte Sulu die Steuerung sperren. Dann würden die Traktor-Pressorstrahl-Gruppen übernehmen und die Untertasse den Rest des Weges ziehen, indem sie Zieh-und-Schubstrahlen einsetzten, um die letzten gewissenhaften Korrekturen vorzunehmen, die sie an Ort und Stelle brachten. Wenn sie ruckten oder einen Fehler machten, würde der Schaden an der Untertasse und am Verbindungsstutzen beträchtlich ausfallen.

»Vorwärtsbewegung angehalten«, meldete Sulu. »Orientierung entlang der Achsen X und Z stimmt. Korrigiere: Minus sechzehn Meter auf Z-Achse.« Seine Finger flogen kurz über die Kontrollen. Die Rendezvousanweisung blieb stehen, und Sulu sagte: »Wir sind in Position, Captain.«

»Bringen Sie sie rein, Mr. Sulu.«

»Aye, Sir. Gehen Bug voran in Raumdock 4. Zehn Meter pro Sekunde.«

»Lassen Sie mal sehen.«

»Heckbild, Captain«, erwiderte Sulu. »Vergrößerung eins.«

Das klaffende Maul des Raumdocks wurde sichtbar und, als die Untertasse näher kam, immer größer. Decker konnte die TP-Gruppen in ihren Arbeitsanzügen hier und da auf Posten im Gitterwerk des Raumdocks sehen. Sie befanden sich ein gutes Stück von der Untertasse entfernt und waren zur Übernahme bereit.

»Uhura, geben Sie mir bitte die Technische Sektion«, sagte Decker. »Ich möchte mit Mr. Scott reden.« Nach einer kurzen Pause kam das vertraute Gebrumm des Chefingenieurs über die Brückenlautsprecher. »Aye, Captain? Hier ist Scott.«

»Wir sind gleich drin, Scotty. Lage bei Ihnen?«

Decker stellte sich vor, wie Scott die Achseln zuckte. »Wir haben im Moment nicht viel zu tun. Wir sind zur Paarung bereit. Die Traktor-Pressor-Gruppen halten uns so ruhig, als würden wir auf einem Ententeich schwimmen. Ich mache mir nur Sorgen darüber, wie sie die Plazierung abziehen. Ich würd' es am liebsten selber machen. Dabei kriegt man keine zweite Chance.«

»Wir werden es sicher beim ersten Versuch schaffen, Mr. Scott«, sagte Decker. »Ich bitte Uhura, eine offene Leitung zwischen uns zu schalten.«

»Aye, Captain. – Scott, Ende.«

»Captain«, sagte Sulu, »wir passieren nun das Tor zu Raumdock 4. Die Extrapolation zeigt uns noch innerhalb seitlicher Toleranz beim Andocken. Ich verlangsame auf acht Meter pro Sekunde.«

»Sehr gut«, sagte Decker. Er beobachtete konzentriert den Bildschirm. Das zerbrechlich wirkende Gitterwerk des Raumdocks fuhr langsam an ihnen vorbei. Die Technische Sektion der *Enterprise* schwebte im Zentrum des Bildes. Decker sah, daß die TP-Gruppen die Untertasse nun mit kanonenähnlichem Gerät abtasteten und auf den Befehl ihres Chefs warteten, sie zu übernehmen.

»Fünf Meter pro Sekunde, Captain«, sagte Sulu. »Reichweite bis zum Andocken zweihundert Meter.«

»Uhura, geben Sie mir bitte den Traktorchef«, sagte Decker. Keine Sekunde später vernahm er eine rauhe Stimme. »Willkommen in Raumdock 4, Captain Decker. Hier ist Billingsgate, der Obermufti.«

»Hallo, Chief«, erwiderte Decker. »Zum Tänzchen bereit?«

»Sagen Sie nur, welche Band spielt, Captain.«

»Dann bleiben Sie bereit. Mr. Sulu, Entfernung zum Andocken?«

»Einhundertfünfzig Meter.«

»Halten Sie bei fünfzig Metern an. Chief Billingsgate,

in zwanzig Sekunden sind wir Ihrer Gnade ausgeliefert.«

»Warte auf Ihren Befehl, Captain. Keine Sorge, wir werden sanft vorgehen.«

»Wehe, wenn nicht, Billy«, meldete sich Scottys Stimme. »Sonst werd' ich dir ...«

»Ruhe jetzt«, sagte Decker. »Zustandsmeldung, Mr. Sulu?«

»Geschwindigkeit konstant fünf Meter pro Sekunde, Captain. Entfernung achtzig Meter.«

Einen Moment lang sagte niemand etwas.

»Fünfzig Meter, Captain«, meldete Sulu. »Alle Maschinen stop.«

»Übernehmen, Billingsgate«, sagte Decker.

Es gab einen leichten Ruck, als die Traktor-Pressor-Gruppen die Untertasse gleichzeitig an vielen Stellen mit den Instrumenten ergriffen. Dann ertönte ein plötzliches lautes *Wopp,* und man spürte einen jähen Ruck nach Steuerbord.

»Crew sechs, verdammt!« ertönte Billingsgates Organ. »Ihr seid zwei Prozent über Nennwert! Saft *sofort* zurücknehmen! Crew drei, gebt zwei Prozent zur Korrektur drauf und geht auf mein Zeichen auf Nennwert.« Wieder hörte man das *Wopp,* dann ruckte das Schiff nach Backbord.

»Steht!« sagte der Obermufti. »Das war's, Leute. Gut gemacht, ganz ausgezeichnet. Okay, sie ist stabil und steht fest. Zieht sie nun langsam rein. Crew eins, programmgemäß anfangen zu schieben. Langsam. – *Langsam,* hab' ich gesagt!«

»Frontsicht bitte, Steuermann«, sagte Decker ruhiger, als er sich fühlte.

Die Szene wechselte und zeigte nun die Vorderseite des Raumdocks. Decker sah eine Gruppe von sechs Mann – es handelte sich zweifellos um die Crew Nummer eins –, die im Zentrum des Raumdocks um eine große Traktor-Pressor-Montierung herumschwebten.

Die Ausrüstung, die nach dem Vorbeiflug der Untertasse schnell von ihnen in Stellung gebracht worden war, wurde von kleineren Strahlen in Position gehalten, die vom Raumdockrahmen auf sie gerichtet waren.

»Nun wieder Hecksicht, bitte«, befahl Decker.

»Hecksicht, Sir«, erwiderte Sulu.

Die Szene wechselte erneut und zeigte die schirmfüllenden Buge der Warp-Triebwerke der *Enterprise.* Sie waren riesig – so riesig, daß man hinter ihnen nicht mehr viel vom Raumdock sehen konnte.

Sulu befragte seine Armaturen. »Wir sind dicht dran, Captain«, sagte er. »Es handelt sich nur noch um Sekunden.«

Billingsgate meldete sich. »Sehr gut, Leute. Sehr gut. Sieben – laßt sie runter. Acht – auf Sinkgeschwindigkeit achtgeben. Eins – aufhören zu schieben. Sechs – richtet sie aus. In Ordnung. Sieben und acht – laßt sie jetzt runter. Immer mit der Ruhe.«

Man verspürte ein leises Rütteln, es war so sanft wie ein irischer Wind.

»Angedockt, Captain«, meldete Sulu.

»Mr. Scott!« rief Decker. »Einklinken!«

Irgendwo unter ihnen ertönten schwere, rumpelnde Geräusche. Decker spürte die Vibrationen durch seinen Kommandosessel.

»Eingeklinkt, Captain«, sagte Scotty. »Alles im Lot. Das Andock-Interface zeigt volle Ambientenintegrität.«

»Auch hier alles grün, Captain«, sagte Sulu.

»Sämtliche Ambientefunktionen an Maschinenraum übergeben, Captain«, meldete DiFalco. »Keine nennenswerte Verzögerung beim Transfer. Residente Untertassenfunktionen stehen auf Abwarten.«

»Traktor-Pressor-Gruppen abschalten«, rief Billingsgate. »*Enterprise,* Sie werden nun von den Raumdock-

Systemen gehalten. War uns eine Freude, mit Ihnen zusammenzuarbeiten.«

»Uns ebenso«, sagte Decker. »Vielen Dank, Chief.«

Genau in diesem Moment glitt die Tür des Turbolifts auf und Montgomery Scott kam auf die Brücke. Decker schwang seinen Sitz herum, um ihn anzusehen. Der Chefingenieur grinste breit.

»Hab' mir gedacht, ich würd' gern der erste sein, der Sie offiziell begrüßt, Captain«, sagte er strahlend. »Außerdem mußte ich einfach wissen, ob der Turbolift auch funktioniert ...«

»Vielen Dank dafür, Mr. Scott«, sagte Decker und stand auf. »Und danke für das Willkommen.« Er streckte eine Hand aus, und Scotty schüttelte sie. Decker entspannte sich erst jetzt – und äußerte einen hörbaren Seufzer der Erleichterung, der von den anderen auf der Brücke aufgenommen wurde und sich kurz darauf in freudiges Gelächter und einen Riesenapplaus verwandelte.

Kirk spürte, daß sich der Knoten in seinem Magen allmählich löste. Er schaute gespannt zu, als die 3D-Kameras zeigten, wie die nun wieder vereinten Teile der *Enterprise* im Mittelpunkt des Raumdocks ruhig in Position gingen. Alles schien in bester Ordnung zu sein. *Schön, Will, wirklich schön,* dachte er. *Ich hätt's auch nicht besser machen können.*

Er richtete seine Aufmerksamkeit wieder auf den in die Oberfläche seines Schreibtisches eingearbeiteten Leseschirm. Nogura hatte ihn, seinem Wort gemäß, schnell mit den Einzelheiten dessen versorgt, was er für seinen Auftritt am nächsten Morgen in der World-News-Sendung brauchte. Das einzige, womit er ihn nicht versorgt hatte, war das Verlangen, überhaupt an dieser Sendung teilzunehmen.

Soweit er wußte, kam das Dart-Projekt gut voran. Es hielt den Terminplan ein und überschritt nicht das

Budget. Trotz der ziemlich hohen Kosten war Kirk der Meinung, daß Nogura recht gehabt hatte, das Projekt zu finanzieren. Die Sache lohnte sich bestimmt und würde eine Menge freundlicher Berichte in den Medien nach sich ziehen. Kirk las weiter, der Text rollte automatisch dahin, als seine Augen ihn und die Grafiken überflogen.

Er sah, daß ein Captain namens Alice Friedman zur Dart-Pilotin bestimmt worden war. Er stellte fest, daß Nogura sie gebeten hatte, zusammen mit ihm in der Sendung aufzutreten, aber sie hatte um Befreiung gebeten, weil sie einen vollen Terminkalender hatte. Tja, Kirk konnte ihr Problem verstehen – auch er hatte einoder zweimal in Terminnöten gesteckt.

Er musterte Friedmans Foto und glaubte in ihrem Gesicht entschlossene Stärke zu erkennen.

»Riley?« rief er.

Die Bürotür ging auf, und Riley schob den Kopf zu ihm hinein. »Zur Stelle, Admiral.«

»Ich mache heute früher Feierabend. Liegt noch irgend etwas an?«

»Nein, Sir, heute keine Termine mehr. Wann soll ich Sie im Studio treffen?«

»Die Sendung beginnt um neun. Eine Stunde vorher müßte reichen.«

»In Ordnung. Also, bis dann. Gute Nacht, Admiral.« Die Tür ging wieder zu.

Kirk wies den Schirm an, die das Dart-Projekt betreffenden Daten zu kopieren, und schob die Disketten in seine Aktenmappe. Als er dies tat, wurde ihm plötzlich klar, daß die Aktenmappe möglicherweise sein lächerlichster Besitz war. Sie war gewissermaßen eine Erinnerung an das, was er einst gewesen war, denn nun sagte sie ihm, was er heute war. Kein anderer Gegenstand hätte die Veränderung seines Status so gut symbolisieren können. Er hatte sich einst geschworen, sich niemals dazu herabzulassen, eine Aktenmappe zu besitzen. Tja, da hatte er sich wohl geirrt. Ihm fiel der andere Kirk wieder ein, den er in Noguras Büro gesehen hatte, der Kirk in der goldenen Uniform. *Ach könnten mich doch all die Leute, die mich für einen Helden halten, sehen, wenn ich dieses Ding mit mir herumschleppe. Seit wann kommen denn Helden mit 'ner Aktenmappe von der Arbeit nach Hause, Heihachiro?*

5

Im fröhlich gelben Badezimmer der Siegels schaute Ricia zu, wie Carlos den Ultraschallstimulator einsetzte, um Joeys pulsierende Unterlippe zu behandeln. Als sie in die Wohnung gekommen waren, war seine Lippe dick geschwollen gewesen und hatte sich angefühlt, als sei sie zehnmal so dick wie sonst. Doch ein Blick auf die lange Spiegelwand über der Theke zeigte ihm, daß es nicht so war – sie war nur doppelt so dick wie üblich und hatte eine dunkelrote Färbung angenommen. Na schön, er sah aus wie ein Barbar. Rotbraune Blutflecke zeigten sich in seinem Mundwinkel und auf seinen Wangen, und sein kastanienbraunes Haar war zerwühlt. Ganz zu schweigen von dem daumennagelgroßen Blutfleck vorn auf dem Hemd.

Joey schloß stöhnend die Augen.

»Es tut bestimmt nicht weh.« Carlos hielt den Stimulator zur Seite. Er summte leise in seiner Hand.

»Davor hab' ich keine Angst«, lispelte Joey und schmeckte Blut. Der Ultraschallstimulator fühlte sich warm und irgendwie prickelnd an, und in seiner Lippe kribbelte es wie in einem eingeschlafenen Bein, das gerade aufwachte. »Es ist nur... Wenn meine Mutter mich so sieht...«

»Wird sie nicht«, sagte Carlos ruhig und fest. »Ganz ruhig.« Er senkte vorsichtig den Stimulator, bis er einen Zentimeter über Joeys Lippe schwebte. Er sah auch nicht gerade umwerfend aus. Auf seiner Nase und seiner Oberlippe waren Streifen getrockneten Blutes. Seine Nase war geschwollen, und die sie normalerweise umgebende olivfarbene Haut war blaugrau. Trotzdem waren seine schwarzen Augen ruhig, die Augen eines viel Älteren. Carlos schien gar nicht wütend auf Stoller zu sein. Weder er noch Ricia hatten während der Fahrt auf dem Laufband hierher seinen Namen auch nur erwähnt. Carlos war so ruhig und gelassen wie ein Vulkanier – nur irgendwie herzlicher. *Er wird bestimmt mal Arzt, wie sein Vater,* dachte Joey, als er der Gewandtheit des älteren Jungen mit dem Stimulator zuschaute.

Die auf der anderen Seite neben ihm sitzende Ricia beugte sich vor. Ihre Hände ruhten auf ihren Schenkeln, und sie inspizierte eingehend seine Lippe. »Die Schwellung läßt schon nach«, verkündete sie. Joey war bisher nie aufgefallen, wie hübsch sie war und welch makellose dunkelbraune Haut und dunkle Augen mit langen Wimpern sie hatte.

Er berührte seine Lippe vorsichtig mit der Zunge. »Es tut auch schon nicht mehr so weh.«

»Toll.« Carlos drückte einen Knopf, und das Summen wurde lauter. »Jetzt dauert's nicht mehr lange.«

Ricia richtete sich auf. »Also, Joey. Wieso hängst du überhaupt mit einem Typen wie Stoller herum?«

Carlos' Ton war leicht tadelnd. »Das ist doch *seine* Sache, Ricia. Außerdem sollten wir ihm danken, weil er uns geholfen hat.«

Ricias Direktheit verblüffte Joey. »Wir sind eigentlich gar nicht befreundet«, erwiderte er. Nun fiel ihm das Sprechen leichter. »Ich sitze bloß vor ihm, mehr nicht.« Was der Wahrheit entsprach. Und nach dem, was heute passiert war, war er sich ziemlich sicher, daß er Stoller nicht besonders mochte.

»Na ja, Stoller macht eben nur Ärger.« Ricia hielt inne. »Du hast gesagt, Dr. G'dath würde dich auf Bewährung setzen, wenn du nicht besser wirst – aber ich habe den Eindruck, daß du ganz schön schlau sein mußt, wenn er dich in deinem Alter in die Klasse aufnimmt.«

»Bei dir klingt es so, als wäre dreizehn eine Krankheit«, sagte Carlos gedämpft, während er den Blick auf seine Arbeit richtete.

Ricia hob eine rabenschwarze Braue und maß ihn mit einem Blick des Abscheus, der freilich durch Zuneigung gemildert wurde. »Du weißt doch, was ich meine. *Ich* wäre jedenfalls ziemlich stolz gewesen, wenn es mir gelungen wäre, zwei Jahre früher in die Klasse aufgenommen zu werden.« Sie schaute Joey an. »Du kommst doch mit, oder nicht?«

Joeys Gesicht wurde warm, als wäre Carlos mit dem Stimulator darüber hinweggefahren, und er wußte, daß Ricia sein Erröten sah. Ihre Frage machte ihn wütend und abwehrbereit. Zuerst wollte er sagen, sie solle sich um ihre eigenen Angelegenheiten kümmern, doch ihr Gesichtsausdruck wirkte dabei so offen und besorgt, daß er »Nein« sagte.

Joey blickte zu Boden, und Carlos sagte: »He, heb den Kopf wieder, ja?«

Joey hob den Kopf und seufzte. Dann sagte er, ohne Ricia anzusehen: »Es liegt nicht am Stoff. Ich ... Mir ist bloß nicht nach Arbeiten.« Er schaute zu ihr auf und bemühte sich, dabei nicht den Kopf zu bewegen. »Wir haben doch Sommer. Ich bin gerade aus der Schule gekommen. Eigentlich sollte ich Urlaub machen.«

»Hmmm.« Ricia verschränkte die Arme vor der Brust und lehnte sich an die Wand. »Das ist wohl ein Grund.« Aber ihre Augen verengten sich, und Joey wußte, daß sie ganz und gar nicht seiner Meinung war.

»Und außerdem kann Dr. G'dath mich nicht leiden«, sagte er aufgebracht.

»Wie kommst du denn darauf?« Ricia legte den Kopf schief und musterte ihn neugierig.

»Weil er 'n Klingone ist. *Reicht* das etwa nicht? Außerdem ... Es macht mich nervös, daß wir bei ihm immer aufstehen und etwas vortragen müssen. Ich vergess' die halbe Zeit, was ich sagen will. Er will uns Angst einjagen – du hast doch gesehen, wie er reagiert hat, als ich ihn bat, seine Frage zu wiederholen.«

»Halt still, Joey«, befahl Carlos. »Ich bin gleich fertig.«

Joey hielt still.

Ricia richtete den Blick zur Decke und seufzte. »Brickner, du hast doch Grips im Schädel. Warum wendest du ihn nicht an? So ist eben G'daths *Art*. Er ist als Klingone aufgewachsen. Als ich hörte, daß ich in diese Klasse durfte, habe ich etwas über die klingonische Kultur gelesen. Klar, G'dath lebt seit mehreren Jahren hier, aber seine klingonische Erziehung übt noch immer Einfluß auf ihn aus. Das Denken aller Lebewesen wird von ihrer Kultur beeinflußt, ob sie es nun wollen oder nicht. Jeder von uns hat gewisse unausgesprochene kulturelle Ansichten, die uns meist nicht mal bewußt sind. Und bei G'dath ist es nicht anders. Auch wenn er sich dessen bewußter ist als die meisten anderen.«

»Botschafterin Ricia«, sagte Carlos leise, aber sie ging nicht darauf ein.

»Verstehst du denn nicht«, fuhr sie fort, »daß er uns keine Angst einjagen will? Er will uns beibringen, keine Angst zu haben.«

»Na ja, dann macht er es aber auf 'ne komische Art«, sagte Joey.

»Nicht auf komische Art – auf klingonische. Und die basiert nun mal zu einem Großteil auf Ehre und persönlichem Stolz. Er will uns die Sache nicht leichtmachen, weil wir so mehr aus unseren Erfahrungen lernen können. Einem Menschen Honig um den Bart zu schmieren, ist eigentlich eine schlimme Beleidigung. Jemanden herauszufordern, ist das größte Kompliment.«

»Er glaubt, er tut uns einen Gefallen, wenn er uns so hart rannimmt?«

»Warum klingst du so skeptisch? Natürlich. Jetzt, wo ich weiß, daß er deiner Mutter gestern gesagt hat, dir würde die Bewährung drohen, verstehe ich auch, warum er dich heute als ersten gefragt hat. Ein klingonischer Schüler in der gleichen Situation wäre nämlich darauf vorbereitet gewesen. Er hat dir eine Chance eingeräumt, deine Ehre zurückzugewinnen. Und er war wahrscheinlich überrascht, daß du nicht damit gerechnet hast.«

»Fertig«, verkündete Carlos, und Joey bemerkte, daß das Summen aufgehört hatte. Er drehte sich um und musterte sich im Spiegel. Die Lippe war wieder normal. Er betastete sie von innen mit der Zunge; dort, wo der Riß gewesen war, war nur noch ein winziger Buckel. Es tat überhaupt nicht mehr weh. Er lächelte Carlos an. »He, toll! Danke!«

»Nichts zu danken.« Carlos lächelte schüchtern. »Immerhin hast du uns gerettet. Oh, hey ...« Er schaute an sich selbst hinab. »Ich stopf das lieber in den Recycler, bevor mein Vater nach Hause kommt.« Er zog sein Hemd aus und wartete, bis Joey – der ein bißchen verärgert war, sich in Ricias Anwesenheit ausziehen zu müssen – ihm das seine reichte. »Es dauert nur eine Minute.«

»Okay« rief Ricia hinter ihm her, als er aus dem Raum eilte, »aber dann kümmere ich mich um *deine* Nase!«

»Arbeitet seine Mutter auch?« fragte Joey. Er stand auf, nahm ein heißes, feuchtes Handtuch aus dem Spender und wischte sich das schmutzige Gesicht ab.

»Nein.« Ricia lehnte noch immer an der Wand. Ihr Kopf deutete in die Richtung, in der Carlos verschwunden war. »Sie ist vor ein paar Jahren gestorben.«

»Ach«, sagte Joey. Zum erstenmal seit Monaten war ihm plötzlich danach, etwas über Jase zu erzählen. »Dann kann ich mir fast vorstellen, wie ihm zumute ist.«

Ricia drehte den Kopf und schaute ihn an. »Ist bei euch auch jemand gestorben?«

Joey nickte. »Mein kleiner Bruder. Vor ungefähr einem halben Jahr.«

»Tut mir leid.« Ricias Ton war nun gedämpft. »Da habe ich wohl Glück gehabt.«

Joey errötete schon wieder. Er wollte kein Mitleid, er wollte nur – und zwar aus einem Grund, den er selbst nicht kannte –, daß jemand von Jase erfuhr. Sie standen in unbehaglichem Schweigen eine Weile da. Die Erwähnung seiner Mutter erinnerte Joey daran, wie sie am vergangenen Abend gewesen war, als sie ihn über G'daths Botschaft in Kenntnis gesetzt hatte. Sie war den Tränen nahe gewesen – und diesmal war alles nur seine Schuld.

Verdammte Schildkröte.

Dann dachte er an Ira Stollers Spruch. Vielleicht half er, die Stimmung zu verbessern.

Er holte tief Luft. »Hey, kennst du den über Tarzan und Jane?«

Ricia blinzelte. »Was?«

»Wenn Tarzan und Jane Klingonen wären...« Er sprach das Wort Schildkröte nicht aus, weil sie Stoller deswegen schon angeschrien hatte. »Was wäre dann Cheetah?«

Ihr Ausdruck wurde härter. »Ich will es gar nicht hören, Brickner.«

Nun konnte er nicht mehr zurück. Außerdem wer er fest davon überzeugt, daß sie lachen würde. »Ein begabtes Kind«, sagte er und kicherte.

Ricia lachte allerdings nicht. Sie lächelte nicht einmal. Sie schaute ihn nur starr an und sagte dann sehr langsam: »Wenn Tarzan und Jane Klingonen wären, was wäre dann Cheetah?«

»Hab' ich dir doch gerade erzählt.«

»Jetzt bin *ich* dran, und die Antwort fällt anders aus. Also los, Brickner. Wenn Tarzan und Jane Klingonen wären, was wäre dann Cheetah?«

»Ich geb's auf.«

Ricia schaute ihn noch immer an, aber sie lächelte keinesfalls. »Ein Brickner.«

»Hey«, sagte Joey. »Wo soll denn da der Witz sein?«

»Eben. Deine Version ist nämlich auch nicht witzig.« Ricia seufzte und entspannte sich. »Joey, verstehst du denn nicht? – Der einzige Grund, aus dem jemand ein gesamtes Volk beleidigt, ist der, daß er Angst hat oder so unsicher ist, daß er einen anderen erniedrigen muß, um sich für etwas Besseres zu halten. Stoller nennt G'dath eine Schildkröte, weil er wütend ist und emotionelle Probleme hat. Wenn er sich einen anderen greift, lenkt ihn das von seinen Problemen ab. Ich dachte, du wärst zu klug für so was.«

»Es war doch nur ein doofer Witz.« Joey warf das Handtuch auf die Theke. »Wenn ich belehrt werden will, geh' ich zur Schule.« Es war ihm alles schrecklich peinlich, fast so peinlich wie heute im Unterricht. Und es tat ihm auch schon leid, daß er Ricia hinsichtlich Jase ins Vertrauen gezogen hatte.

»Hör mal, du brauchst nicht gleich wütend zu werden ...«

Joey trat in den Korridor hinaus und wäre beinahe mit Carlos zusammengestoßen, der sein Hemd inzwischen wieder angezogen hatte und Joey sein frisch gereinigtes reichte. Er packte es und zog es sich über den Kopf.

»Hey, Joey, gehst du schon?«

»Yeah«, sagte Joey kurz angebunden. »Danke für alles.«

Ricia war ihm gefolgt. Carlos schaute sie stirnrunzelnd an. Seine dunklen, dichten Brauen berührten sich beinahe über der geschwollenen Nase. »Ricia, was hast du gesagt?«

»Ich muß jetzt wirklich gehen«, sagte Joey. »Meine Mutter ist in einer Stunde bestimmt zu Hause.«

»Hör mal, Joey«, sagte Ricia. »Bevor du gehst, sollst du wissen, daß G'dath dir bestimmt nur eine Chance gibt, damit du wieder auf die Beine kommst. Ich würde sie an deiner Stelle wahrnehmen.«

»Mach ich.« Joey eilte zum Ausgang. Ricia und Carlos folgten ihm.

»Gut.« Sie blieb vor der Tür stehen und versperrte ihm den Weg. »Weil die zweite Herausforderung nämlich schwieriger ausfällt als die erste. So wie ich G'dath kenne, macht er es bestimmt während der TV-Sendung. Du solltest also die Nerven behalten.«

»Wenn du mit uns pauken willst, ruf uns an«, sagte Carlos. »Wir stehen im Telefonbuch.«

»Ähm ... Danke. Ich denk' drüber nach.« Joey schob sich an Ricia vorbei und durch die Tür.

Die Fahrt mit dem Laufband nach Hause war eine einzige Marter.

Er hatte sich gezwungen, nicht auf Ricias Aussage über die TV-Sendung zu reagieren. Er hatte angenommen, die Leute von WorldNews würden G'dath aufnehmen, wenn er sie über irgendein Thema unterrichtete. Ihm war nie in den Sinn gekommen, sie könnten ihn aufnehmen, wenn er seine Schüler befragte. Und wenn das, was Ricia gesagt hatte, stimmte, würde G'dath ihn als *ersten* aufrufen.

Vor der ganzen Klasse drangenommen zu werden, war schon Grund genug, nervös zu werden.

Vor der ganzen Klasse drangenommen zu werden, wenn Dr. G'dath sie unterrichtete, reichte aus, doppelt nervös zu sein.

Doch vor der ganzen Klasse drangenommen zu werden, wenn Dr. G'dath unterrichtete und ein leibhaftiges Fernsehteam dabei war, war Grund genug zum Sterben.

Reiß dich zusammen, Brickner! Du hast das ganze Wochenende, um den Aufsatz zu schreiben und das ganze Material vorwärts und rückwärts zu studieren. Und um zu üben, wie man die Nerven behält. Denk nur an eins: Auch deine Mutter schaut wahrscheinlich zu ...

Als Joey endlich zu Hause war, wünschte er sich, Ira Stoller hätte ihn umgebracht.

Als Kirk nach Hause kam, vernahm er aus dem Schlafzimmer überraschenderweise das Geräusch von Loris Schritten. Es war noch nie vorgekommen, daß seine Gattin so früh von der Arbeit nach Hause kam. Und bei ihm war es kaum anders. Er legte seine Aktenmappe auf den Wohnzimmertisch und ging zum Schlafraum.

Im Korridor zögerte er. Er war zwar nicht abergläubisch, aber irgendwie hatte er es in den Knochen gespürt, daß der heutige Tag nicht gut enden würde. Und bis jetzt hatte er recht behalten. Zuerst hatte es geregnet, dann hatte er die *Enterprise* abgeben müssen (dies hatte er natürlich gewußt, also zählte die böse Vorahnung in diesem Fall nicht), und dann Noguras Beharren, den PR-Job zu übernehmen. Und nun stand er hier und stellte fest, daß er das Schlafzimmer eigentlich nicht betreten wollte. Er lauschte den Geräuschen von Loris Bewegungen und versuchte, den Stand ihrer Laune zu ergründen: kurze, rasche Schritte, dann eine Pause, dann weitere schnelle Schritte.

Sie hatte keine gute Laune.

Sie war seit Monaten nicht mehr glücklich. Er wußte es, aber er hatte keine Ahnung, was er tun sollte. Er mutmaßte, es könnte etwas damit zu tun haben, daß sie den diplomatischen Posten nicht bekam, den sie sich so sehr wünschte. Sie war ebenso ehrgeizig wie er, und er wußte, daß Noguras Entschluß sie zerschmettert hatte. Außerdem wußte er, daß sie auf seine Hilfe gezählt hatte, den Posten zu bekommen, und so fühlte er sich für ihre Enttäuschung verantwortlich.

Weil sie ihm so ähnlich war, hatte er ihr das gegeben, was er sich gewünscht hätte, wenn ihre Positionen umgekehrt gewesen wären: Raum, um die Wunden zu lecken. Er hatte keine Fragen gestellt, er hatte ihr so viel Intimsphäre gegeben, wie sie haben wollte.

In letzter Zeit schien sie allerdings sehr viel davon zu brauchen.

Trotzdem hatte er geduldig abgewartet, daß sie sich erholte. Sie war ihm schließlich sehr ähnlich, und er hätte es an ihrer Stelle nicht anders gemacht. Er wäre ungefähr einen Monat wütend auf Nogura gewesen und hätte sich dann einem neuen Ziel zugewandt.

Nur ... Lori kam nicht darüber hinweg. Ihre schweigende Unzufriedenheit hatte einen Punkt erreicht, an dem er aufgegeben hatte. Er hätte einen Wutausbruch herzlich willkommen geheißen, aber nicht ihre geistesabwesende, höfliche Kälte. Und allmählich wurde ihm klar, daß ihm allmählich klar wurde, daß es nicht nur an Nogura liegen konnte. Es hatte auch mit ihm zu tun.

Kirk trat in den Türrahmen des Schlafzimmers. Lori schaute überrascht auf, ihr silbernes und goldenes Haar flog herum, ihre Lippen teilten sich ein Stück. Auf dem Bett standen zwei große Koffer. Sie waren offen und enthielten die meisten ihrer Kleider aus dem Wandschrank.

Einerseits war er überrascht, andererseits aber auch nicht.

»Du bist früh zu Hause«, sagte sie mit großen Augen. Er glaubte eine Sekunde lang, wenn er nun einen Schritt näher an sie heranginge, würde sie wie ein wildes, verängstigtes Tier hochspringen. Dann riß sie sich wieder zusammen und reckte die Schultern, als wolle sie sich auf einen Kampf vorbereiten.

»Große Geister denken ähnlich«, erwiderte Kirk. Es war ein dummer Spruch, aber die Situation war schließlich auch ganz schön absurd. Er stand da und schaute ihr beim Packen zu. »Lori ...«

»Ich gehe.« Ihr Blick konzentrierte sich auf das Gewand, das sie in den vollgestopften Koffer quetschte. »Ich glaube, das ist auch offensichtlich. Ich brauche etwas Ruhe. Ich inspiziere die neuen Ansiedlungen.

Ich habe es schon seit geraumer Zeit im Sinn gehabt.«

»Nogura hat's dir also erzählt.«

Sie richtete sich auf und drehte den Kopf, um ihn anzusehen. »Was soll er mir erzählt haben?«

»Von dem Job in der Öffentlichkeitsarbeit, den er mir aufgehalst hat.« Kirk fühlte sich wie betäubt. Welch ein Blödsinn, hier herumzustehen und zu plaudern. Sie konnte ihn doch nicht verlassen. Doch nicht so plötzlich, so beiläufig.

Als ihr klar wurde, was er gesagt hatte, verzog sie die Mundwinkel. Sie ist irritiert, dachte Kirk. »Ja, Nogura hat's mir erzählt. Sieht so aus, als würden wir uns privat kaum noch unterhalten.« Sie wandte sich wieder ihrer Arbeit zu, ohne ihn anzusehen. »Ich werde zwei bis drei Monate fort sein.«

Ein paar Monate. Dann wollte sie ihn also nicht verlassen.

»Ich weiß aber nicht, ob ich zurückkomme.«

Seine Miene verhärtete sich. Er war geduldig mit ihr gewesen – aber sie hatte sein Verhalten als Desinteresse interpretiert. Vielleicht hatte sie recht. Vielleicht hatte er sich selbst verloren; vielleicht war er vom Umbau und Stapellauf der *Enterprise* zu besessen gewesen. Aber er liebte Lori, und er wollte es ihr nicht leichtmachen, ihn zu verlassen.

»Wenn ich dir gegenüber versagt habe«, sagte er ruhig, »wenn ich etwas getan habe, was dich unglücklich macht, möchte ich es wissen. Ich liebe dich, Lori. Ich möchte dich nicht verlieren.«

Sie drehte sich um und schaute ihn an. Er sah den kurzen Schmerz auf ihrem Gesicht. »Wir sind nicht glücklich miteinander, Jim. Du nicht, ich nicht. Ich bin nur die erste, die es bemerkt.«

»Ich bin glücklich.« Aber seine Worte klangen nicht aufrichtig.

Sie schüttelte den Kopf. Er durchquerte den Raum und wollte sie umarmen, aber sie schüttelte weiterhin den Kopf und umfaßte seine Hände mit den ihren. »Nein, bist du nicht. Und ich auch nicht. Jim, wir hatten ein großartiges Verhältnis. Aber wir hätten niemals heiraten sollen.«

Ich verstehe dich nicht, wollte er sagen, aber sie drückte einen Finger auf seine Lippen.

»Keiner von uns ist dort, wo er sein sollte. Ich *will* den diplomatischen Posten, und – verdammt – ich werde eine Möglichkeit austüfteln, ihn zu kriegen, und wenn Nogura platzt. Und du ...« Ihre Stimme fing nun an zu beben, und sie holte Luft, um sich zu beruhigen.

»Nogura hat mir versprochen, daß der PR-Auftrag nur zeitweilig ist«, sagte Kirk. »Dann kann ich wieder machen, was ich will – Schiffe umbauen.«

Sie setzte ein kurzes, ironisches Lächeln auf. »Außerdem machst du dir schon zu lange etwas vor. Das willst du doch gar nicht tun, Schatz. Du willst ein Raumschiff ...«

»Ich hatte eins. Es gehört nun Will Decker.«

»... befehligen.«

Er stieß einen ungläubigen Laut aus, aber es war kein Lachen. »Lori, wir wissen doch beide, daß das unmöglich ist.«

»Der Mann, in den ich mich verliebt habe, hat anders gedacht.« Sie löste sich von ihm. »Ich hätte dich nie von der *Enterprise* wegholen sollen, Jim. Ich hätte mich nicht über McCoys Empfehlung hinwegsetzen und den Feuerwehrposten schaffen sollen.«

»Damit hattest du doch nichts zu tun«, sagte Kirk knapp. »Der Feuerwehrposten hat mir wenigstens etwas aufregende Arbeit gebracht. Nogura hat mir keine Wahl gelassen, weißt du nicht mehr? Ich hätte die Beförderung zum Admiral annehmen oder den Abschied einreichen müssen. Er hat es doch wohl deutlich genug gesagt.«

Sie wandte jäh den Kopf und musterte ihn eingehend. »Ist dir schon mal der Gedanke gekommen, was passiert wäre, wenn du es darauf hättest ankommen lassen?«

»Dann wäre ich jetzt Pilot auf irgendeinem Handelsschiff«, sagte Kirk. »Und *dann* wäre ich wirklich am falschen Platz.«

»Aber hast du es jemals gemacht, Jim? Hast du Nogura je herausgefordert?«

Kirk antwortete nicht. Irgendwie verärgerte ihn ihre Frage. Er hielt nichts davon, einmal getroffene Entscheidungen zu bezweifeln, nicht wahrgenommenen Chancen nachzuweinen und sich zu fragen, was hätte sein können. Trotzdem hatte es ein, zwei Nächte gegeben, in denen er neben Lori aufgewacht war und sich gefragt hatte ...

Loris Stimme sank zu einem Flüstern herab. »Ich schon. Heute, zum allerersten mal. Und weißt du was? Der Alte hat *den Schwanz eingezogen.*« Dann, etwas lauter: »Er hat uns immer nur benutzt, Jim. Dich *auch.* Weißt du es denn nicht?«

Sie schwiegen eine Weile. Lori stopfte das letzte Kleidungsstück in den Koffer, klappte den Deckel zu und schaltete den Antigrav ein.

»Das ändert die Vergangenheit auch nicht mehr«, sagte Kirk schließlich. »Ich weiß nicht mal genau, ob ich es möchte, selbst wenn ich es könnte. Ich bin mehr mit der Gegenwart befaßt. Und mit der Zukunft. Lori, gibt es irgend etwas, was ich tun kann, um dich zum Bleiben zu bewegen?«

Sie schüttelte den Kopf, und er sah in ihrem Gesicht, daß er sie längst verloren hatte. »Nein, Schatz. Ich muß eine Weile über alles nachdenken. Wenn ich bleibe, würde es nur dazu dienen, daß wir uns beide miserabel fühlen.« Sie reckte erneut die Schultern; allmählich wurde ihm die Geste vertraut. »Ich gehe zum Transporter in der Admiralität. Die *Kongo* verläßt in sechs Stunden die Kreisbahn, da kann ich schon mal an Bord beamen und mich mit den Gegebenheiten vertraut machen. Ich hab' dem Computer meine Reiseroute und Instruktionen eingegeben, wie mit meiner Post und meinen Anrufen verfahren werden soll.

Vielleicht komme ich ja zurück. Wir werden uns bald unterhalten.« Sie berührte seine Wange, und er zog sie an sich. Sie umarmten sich – es war eher die traurige, doch herzliche Umarmung zweier Freunde, als zweier Menschen, die sich liebten –, und Lori sprach leise ihn sein Ohr:

»Versprich mir nur eins.«

Er bemühte sich, in ihr Haar zu lächeln. »Und zwar?«

Sie lehnte sich zurück und schaute zu ihm auf. Als sie einander zum erstenmal begegnet waren, hatte ihr Blick eine elektrische Intensität aufgewiesen, die die vergangenen acht Monate abgeschwächt hatten; nun sah er es wieder funkeln. »Besorg dir ein neues Schiff. Das wünschst du dir doch am meisten, Jim. Mehr als alles andere. Mehr als mich.«

Er zwang sich, keine Reaktion zu zeigen. Sie ist gekränkt, sagte er sich, und hat die Kränkung auf mich projiziert. Sie konnte nicht damit fertig werden, die Chance auf einen Botschafterposten zu verlieren; deswegen hatte sie entschieden, daß er nicht damit fertig werden konnte, sein Schiff verloren zu haben. Es hatte keinen Zweck, jetzt mit ihr darüber zu streiten.

Kirk ließ sie los. Sie nahm die Koffer auf und eilte schnell hinaus, damit er ihr Gesicht nicht sehen konnte. Er folgte ihr nicht nach draußen, sondern blieb im Schlafzimmer stehen und lauschte dem Geräusch der Wohnungstür, als sie sich hinter ihr schloß.

Kurz nach 21.00 Uhr kehrte G'dath mit Paketen beladen in seine Wohnung zurück. Hüpfer krabbelte im Wohnzimmer unter dem Sofa hervor. Er tanzte um G'dath herum und gab ihm so zu verstehen, daß die Pakete, die er mitgebracht hatte, ihn brennend interessierten.

»Gleich kriegst du dein Zeug, Hüpfer«, sagte G'dath. Er stellte die Pakete ab. »Aber zuerst muß ich nachsehen, wie weit das Testprogramm mit meiner Chip-Baugruppe gekommen ist.«

Das Kätzchen ignorierte ihn. Es kratzte an den Paketen und beschnupperte sie.

»Später, Kleiner«, sagte G'dath geduldig.

Hüpfer zerrte an dem Band, mit dem das größte Paket verschnürt war.

G'dath seufzte. »Ich hoffe, du weißt es zu schätzen, Hüpfer«, sagte er. Hüpfer miaute zustimmend.

»Na schön«, sagte G'dath. »Betrachten wir diese Unterbrechung als Prüfung meiner Selbstbeherrschung.« Er nahm das große Paket, an dem Hüpfer am meisten interessiert war.

Hüpfer schenkte ihm überhaupt keine Beachtung. Schon kratzte er mit seinen winzigen Krallen an einem anderen Paket.

»Moment, Katerchen«, sagte G'dath. »Wir schauen uns den Inhalt aller Pakete an.«

Er packte das Katzenspielzeug aus. Er hatte Latex-Mäuse, Bälle, in denen sich Glöckchen befanden, und andere Dinge dieser Art mitgebracht; alle in Übereinstimmung mit den zaghaften Vorschlägen der Verkäuferin in der Tierhandlung.

Wie sich herausstellte, war das, was er erstanden hatte, völlig unwichtig. Als er aus der Küche kam, in der er die Behälter mit dem Katzenfutter eingelagert hatte, stellte er fest, daß Hüpfer das Gekaufte links liegen ließ und fröhlich mit dem Packpapier spielte.

Als die Katze satt und zufrieden war, wollte G'dath mit seinem Terminplan weitermachen. Er ging ins Schlafzimmer und sah, daß die Prüfung der Chip-Baugruppe – wie erwartet – noch nicht beendet war. Als er feststellte, daß sich auf dem Bildschirm keinerlei Fehlermeldungen zeigten, seufzte er erleichtert.

Er setzte sich vor den Computer und schaute zu, als die Kodierungen mit einer Geschwindigkeit über den Bildschirm rasten, der man nicht folgen konnte. Falls mit dem Chip irgend etwas nicht stimmte und der Fehler nicht in der Herstellung, sondern an seinem Bauplan lag – es würde gewiß Monate dauern, bis er es sich leisten konnte, einen neuen zu bestellen –, bekam er vielleicht nie wieder eine Chance, bevor er ins Imperium zurückkehren mußte.

Eine Stunde und zehn Minuten vergingen. Langsam.

»Überprüfung beendet«, verkündete der Computer schließlich. »Ergebnisse innerhalb der Konstruktionsgrenzen. Nächster Auftrag?«

»Ende.«

»Vielen Dank«, sagte der Computer.

»*Ich* habe zu danken«, erwiderte G'dath, und seine Freundlichkeit dem Computer gegenüber war echt.

Er stand auf, trat ans Fenster und schaute hinaus. »Licht aus«, sagte er. Das Licht im Schlafzimmer wurde gedämpfter und erlosch dann ganz.

Es war eine Stunde nach Sonnenuntergang. Von hier, aus einer Höhe von fast zweihundertfünfzig Metern, konnte G'dath in der ganzen Stadt viele tausend Lichter sehen. Er wußte, daß jedes Licht mehrere Menschen symbolisierte, und sie alle waren Lebewesen, auf die er bestimmt einwirkte, wenn das Experiment des heutigen Abends funktionierte.

Er schaute auf und justierte seinen Blick. Auch am klaren Himmel über der Stadt waren neben dem Erdmond viele Lichter zu sehen. Es waren Sterne, von denen manche viele Milliarden Lebewesen symbolisierten. G'dath wußte, daß er auch auf sie einwirken würde – wenn sein Experiment klappte.

Er würde unwiderruflich auf sie alle einwirken – aber auch zum Besseren? Er hoffte es sehr stark. Die bekannten Zonen der Galaxis hatten im Augenblick genug Probleme, und er war nicht darauf aus, noch eins hinzuzufügen.

G'dath ging in die Küche und kehrte mit mehreren Obstsorten und einer Handvoll Sonnenblumenkernen ins Wohnzimmer zurück. Er neigte den Kopf, näherte sich dem *Vuv gho* und legte die Früchte in den flachen Behälter, der für diesen Zweck auf dem Altar stand. »Für den Erfolg, wenn ihr ihn wollt«, sagte er zu seinen Ahnen. Er murmelte ein Gebet und trat zurück. Er hatte es in seiner Kindheit oft gesprochen, und nun tröstete es ihn.

Es war Zeit, die Chip-Baugruppe in den Prototypen einzubauen. Diese beinahe triviale Aufgabe war das letzte Stück des Puzzles; der letzte Pinselstrich. Damit waren die letzten Momente von über fünf langen Jahren Arbeit zu Ende.

G'dath nahm den Prototyp aus der gepolsterten Kiste, in der er ihn aufbewahrte. Dabei handelte es sich um eine transparente Aluminiumkugel mit einem Durchmesser von einem halben Meter, die mit Elektronik vollgestopft war. Transparentes Aluminium war eine glückliche Wahl gewesen. Die Kugel war sehr hart, aber das Aluminium war trotzdem so weich, daß er es mit Werkzeugen, die man in jedem Haushalt fand, in eine bestimmte Form hatte bringen können. Dieses Heimwerkerverfahren hatte ihm beträchtliche Summen erspart, die es gekostet hätte, die Arbeit außer Haus zu geben.

Dank der Transparenz konnte er das elektronische Innenleben der Kugel sehen. Auch wenn es nicht unbedingt nötig war, hineinzuschauen – ihm gefiel das Spiel der darin befindlichen Lichter, und er war zutiefst davon überzeugt, daß auch Ästhetik etwas zählte. G'dath kam von einem Ort, an dem Ästhetik kaum Stellenwert hatte, und davon hatte er nun wirklich genug.

In der Kugel befanden sich drei voneinander abhängige Module. Eins erzeugte einen dünnen Schild, der sie schützte, ein anderes diente als Lenksystem, und im dritten befand sich der Antrieb. Die Chip-Baugruppe, die er zu installieren im Begriff war, würde den Antrieb steuern und die Funktionen der drei anderen Module untereinander koordinieren.

G'dath fügte die Baugruppe ohne Schwierigkeiten an die für sie vorgesehene Stelle ein. Nun war die Kugel fertig – das Experiment konnte beginnen. Er legte mit der Spitze eines Kugelschreibers direkt hinter der Zugriffsklappe einen Schalter um. Im Innern der Kugel leuchtete sanft eine Reihe von Lichtern auf.

G'dath lächelte triumphierend. Was nun auch geschah, es war ihm ziemlich gleichgültig, denn seine Haupttheorie hatte sich als richtig erwiesen. Die Lämpchen leuchteten auf, obwohl die Kugel weder eine Energiequelle enthielt, noch mit einem Empfänger ausgerüstet war.

Die Energie schien aus dem Nichts zu kommen.

Und das war die Sache, um die es ging.

G'dath stand da, hob die Kugel und musterte sie mit einem bewundernden Blick, als Hüpfer, der seine Freude zu spüren schien, hereinkam und sich an seinem Unterschenkel rieb. Kurz darauf ging G'dath ans Fenster, und Hüpfer trottete hinter ihm her.

Er warf einen erneuten Blick auf den Himmel. Der Vollmond würde noch etwa eine Stunde brauchen, ehe er seinen höchsten Punkt erreicht hatte. G'dath blickte zum Mond hinauf und musterte ihn beiläufig. Er sah bemerkenswert aus, fast einmalig im bekannten Weltraum, weil er im Verhältnis zu dem Planeten, den er umkreiste, sehr groß war.

Wie die meisten Außerirdischen, die zur Erde gekommen waren, hatte er eine Weile gebraucht, um den legendären Mann im Mond zu sehen. Was nicht sonderlich überraschend war, denn es gab auch viele Menschen, die dort oben keinen Mann, sondern den schlanken Körper einer Frau oder die geduckte Gestalt eines Kaninchens sahen. Irgendwann hatte G'dath zwar ein Gesicht da oben ausgemacht, aber das Geschlecht konnte er nicht bestimmen. Für ihn hatte es stets so ausgesehen, als würde das Gesicht weinen – vielleicht vor Schmerz, vor Schreck, vielleicht aber auch vor Erstaunen. Wenn heute abend alles klappte, würde die Kugel dem geheimnisvollen Gesicht einen bedeutsamen Besuch abstatten.

G'dath öffnete das Fenster. Die Abschirmung erlaubte es kleinen Brisen, Luft in die Wohnung wehen zu lassen. Sie roch nach Meer und frisch gemähtem Gras. Und sie roch ebenso nach einer Gelegenheit.

G'dath stellte die Kugel auf die Fensterbank. Er war auf eigentümliche Art ruhig. Daß die Prinzipien, nach denen die Kugel funktionierte, stimmten, wußte er nun. Er hatte es schon gewußt, als die Lämpchen beim Umlegen des ersten Schalters aufgeleuchtet waren. Jetzt brauchte er nur noch zu zeigen, daß man die Prinzipien auch auf einer praktischeren Grundlage anwenden konnte. Er wollte sich mit dieser Punktzahl zufriedengeben, bevor er seine Entdeckung irgend jemandem enthüllte. Dann, so meinte er, würde man ihm den Platz zuweisen, den man ihm in der Gesellschaft der Föderation bisher verweigert hatte.

G'dath schob den Kugelschreiber ohne großes Aufheben wieder in die Zugriffsklappe und legte eine Reihe von Relais um. Als er die Kugel nun bewegte, empfand er einen sachten und willkommenen Widerstand. Sie schien dort bleiben zu wollen, wo sie war.

»Trägheitsregulation, Hüpfer«, erklärte G'dath der Katze. »Siehst du?« Er bewegte die Kugel erneut, diesmal schneller, und sie widersetzte sich ihm noch stärker als zuvor. Hüpfer blinzelte den Prototyp fragend an.

G'dath deaktivierte die Trägheitsdämpfer der Kugel.

Dann stellte er sie auf die Fensterbank und schaltete sie wieder ein.

»In Ordnung, Kleiner«, sagte er. »Du bist – jedenfalls im Moment – mein einziger Zeuge. Du hast dich wirklich an einem spannenden Tag in mein Leben geschlichen.«

Beim Klang seiner Stimme blinzelte das Kätzchen erneut.

»Dann also los«, sagte G'dath. Er legte noch ein Relais um.

Als der Chip der Kugel befahl, das Minimum von Antriebsenergie anzuwenden, stieg sie langsam auf. Es war eine Kraft, der G'dath noch nicht einmal einen Namen gegeben hatte. Es war etwas Neues und Wunderbares im Universum, und er hatte es bisher nicht für nötig gehalten, es zu taufen.

Die abgeschirmte Kugel glitt problemlos durch den das Gebäude schützenden Schild, etwa so, wie eine Seifenblase eine andere passiert. Sie stieg in die Höhe, schwebte dann mehrere hundert Meter über den Häusern des Stuyvesant-Naturschutzgebietes und wartete darauf, daß der Chip den nächsten Befehl gab. Die blinkenden Lichter im Inneren des Prototypen waren noch sichtbar; G'dath beobachte ihn genau.

Plötzlich ertönte in der Nähe das Krachen eines Donnerschlags, und die Kugel verschwand aus seinem Blickfeld. Der verschreckte Hüpfer machte einen Satz und rannte mit Höchstgeschwindigkeit ins Schlafzimmer, um sich zu verstecken. Der Donnerschlag tat G'daths Ohren zwar weh, aber er machte sich nicht viel daraus. Es war das Geräusch seines Erfolges. Da er keinen Feuerblitz einer Katastrophe gesehen hatte, war das Geräusch nicht durch eine Explosion im Inneren des Prototypen verursacht worden. Die Kugel war davongerast, wie die Programmierung es ihr befahl. Der Donnerschlag war von der Luft erzeugt worden, die wieder in das Vakuum – den Himmelstunnel – zurückzischte, den der Prototyp hinter sich zurückgelassen hatte.

Die Kugel war unterwegs. Wenn weiterhin alles gut ging, würde sie den Mond umkreisen, einige Messungen vornehmen, um ihre Position zu bestätigen, und in knapp dreiundfünfzig Minuten wieder vor seinem Fenster schweben.

Nun konnte er nur noch abwarten.

Plötzlich ertönte ein zweiter Donnerschlag. G'dath eilte ans Fenster. Es war tatsächlich die Kugel; sie sank langsam zu ihm hinab.

G'dath empfand große Enttäuschung. *Na schön, es war der erste Flug,* dachte er, *aber ich hätte eigentlich mit einem schnellen Erfolg gerechnet.* Nun, es war eine Lektion, die er verdiente.

Die Kugel schwebte in seine Wohnung zurück und ließ sich auf dem Fensterbrett nieder. Was mit dem Gerät auch schiefgegangen war, das Trägheitslenksystem arbeitete einwandfrei. Als der Prototyp sich automatisch abschaltete, erloschen die Innernlichter.

G'dath nahm die Kugel an sich und untersuchte sie. Sie wirkte makellos. Die eingebaute Abschirmung und die Trägheitsdämpfer hatten sie bestens vor der Hitze und dem Druck ihrer stürmischen Abreise und Rückkehr beschützt.

Er öffnete die Zugriffsklappe und entfernte die Chip-Baugruppe, stellte die Kugel hin, ging ins Schlafzimmer, verband die Computerzuleitung mit dem Baugruppenport und überspielte das Reiselogbuch. Er musterte sorgfältig den Bildschirm. Wenigstens verfügte er nun über eine gültige Aufzeichnung des Kurses, den die Kugel genommen hatte. Er fühlte sich etwas besser, denn sie mußte außerhalb der Atmosphäre gewesen sein, um die notwendigen Messungen richtig vornehmen zu können. Er untersuchte die Daten zuerst flüchtig, dann jedoch immer genauer.

Sie sahen überhaupt nicht so aus, wie er sie erwartet hatte.

Die Daten waren, um die Wahrheit zu sagen, unmöglich.

G'dath prüfte alles sehr gewissenhaft, und zwar mehrmals hintereinander. Schließlich gewann er die Überzeugung, daß die Daten trotzdem stimmten – und daß die Folgerungen seines abendlichen Experiments weitaus größer waren, als er es sich je erträumt hätte.

Es würde die Journalistin bestimmt beeindrucken – falls er es wagen konnte, ihr davon zu erzählen. Er entschied sich schlagartig, es nicht zu tun – jedenfalls jetzt noch nicht.

Hüpfer kam zurück und schnupperte in der Luft.

»Tja, Kleiner«, brummte G'dath und deutete auf die Zahlen auf dem Computerbildschirm, »was hältst du davon?«

Das Kätzchen blinzelte ihn an.

»Sehr klug«, erwiderte G'dath. »Ich weiß nämlich auch nicht, was ich davon halten soll.«

Plötzlich lief es ihm kalt den Rücken hinunter. *Was habe ich getan?* dachte er. Viele Völker und Lebewesen würden für das, was er erschaffen, und für die unglaubliche Kraft, die er entdeckt hatte, töten. Ja, man hatte schon für viel unwichtigere Entdeckungen Kriege vom Zaun gebrochen. Die Erregung über seinen Erfolg wurde langsam zu einem trüben Gefühl des Grauens.

Was habe ich da erschaffen?

6

Klor schaute neugierig zu, als G'dath auf dem Bildschirm sein Gesicht mit den Händen bedeckte und den Kopf senkte, als trüge er eine unsichtbare Last.

Kurz zuvor war der Tag noch – wie immer – langweilig und ermüdend gewesen. Keth hatte sich wieder in sein winziges Quartier zurückgezogen und war nicht einmal zum Abendessen erschienen. Klor, der sich danach sehnte, ins Freie zu gehen und sich die Beine zu vertreten, hatte auf seinem Posten Überstunden gemacht, um eventuell in Erfahrung zu bringen, wozu die Chip-Baugruppe diente. Normalerweise hätte er seine Wache längst beendet und dem Computer aufgetragen, eine Bildaufzeichnung all dessen anzufertigen, was während der Abend- und Nachtstunden passierte. Wenn die Monitore in G'daths Behausung Waffen oder irgendwelche Spionageräte entdeckten, hätten sie ihn alarmiert.

Doch heute abend überwachte er ihn persönlich. Und als G'dath angefangen hatte, mit der Baugruppe einen Apparat zu konstruieren, war Klors Puls schneller geworden. Als die Kugel sich dann aus eigener Kraft in Bewegung setzte, war er erstarrt. Als sie mit einem Donnerschlag verschwand, um kurz darauf zurückzukehren, stand Klor auf. Er wußte, er hätte sich beeilen müssen, um den Commander zu verständigen, aber er konnte den Blick nicht von dem sich auf dem Bildschirm entwickelnden Drama abwenden. Weder er noch der Computer verstanden, was in der kurzen Zeitspanne zwischen den Donnerschlägen passiert war, aber G'daths Gesichtsausdruck bei der Untersuchung des Geräts sagte Klor, daß es sich um etwas Bedeutendes handelte.

Und nun verbarg G'dath zu Klors Überraschung sein Gesicht in den Händen.

Also ist der Test unseres Träumers schiefgegangen, dachte er mit einem eigentümlichen Gefühl der Enttäuschung. Als G'dath die Hände sinken ließ, sah Klor jedoch, daß der Gesichtsausdruck des anderen keineswegs enttäuscht war: Er zeigte Verwirrung und wirkte irgendwie ehrfürchtig.

Er ging zu Keths Quartier und betätigte den Summer.

Die Tür ging sofort auf. Zu dieser frühen Stunde schlief Keth noch nicht, auch wenn er sich in letzter Zeit früher als sonst zurückzog. Der Commander saß am Fenster und starrte zum nächtlichen Himmel hinaus. Beim Öffnen der Tür fuhr er in seinem Stuhl herum und hob mit einer ablehnenden Geste die Hände.

»Der Bürger G'dath hat eine Apparatur konstruiert«, meldete Klor und sah, daß Keths Augen bei diesen Worten anfingen zu funkeln. Keth stand kommentarlos auf und folgte ihm an die Konsole hinaus. Klor teilte den Bildschirm. Eine Hälfte des Bildes zeigte weiterhin G'dath, die andere wiederholte mit höherer Geschwindigkeit das, was sich zuvor in seiner Behausung abgespielt hatte. Keth beugte sich vor, stützte sich mit den Händen auf dem Bildschirm ab und schaute schweigend zu.

Endlich richtete er sich wieder auf. »Wir haben ein ungeheures Glück«, sagte er leise. Von plötzlicher Kraft erfüllt, wandte er sich zu Klor um. »Schick eine Nachricht an unsere Vorgesetzten. Dazu sämtliche Daten, die du G'daths Computer entnommen hast, und auch die Bildaufzeichnung, die du mir gerade gezeigt hast.

Vertrag abgelaufen war, hatte er es nicht mehr ausgehalten und ihr eine Nachricht geschickt. Die *Starhawk* hatte sich in Kommunikationsreichweite befunden. Sie war eigentlich so nahe gewesen, daß es bei der Bildwiedergabe nicht einmal Verzögerungen gab.

Als Anabs Gesicht, ihr atemberaubend schönes Gesicht, auf dem Bildschirm erschienen war, war er in ihrem Anblick – Nektar für einen Verdurstenden – ertrunken. Ihre feingliedrigen, dunkelbraunen Züge, ihr schwarzes, kurzgeschnittenes Haar, das den langen, aufregenden Schwung ihres Halses und ihrer Schulter enthüllte, ihre großen Augen mit den schweren Lidern…

Ihre Augen. Er hatte Luft holen müssen, als er sie und die Kühle gesehen hatte, die sie ausstrahlten. Er hatte ihr in die Augen geschaut und gesehen, daß seine schlimmste Befürchtung wahr geworden war. Noch ehe sich ihre Lippen bewegt hatten, hatte er genau gewußt, was sie sagen wollte.

Ich habe beschlossen, unseren Vertrag nicht zu erneuern, Kevin.

Durch irgendein Wunder des Willens hatte er sich zusammengenommen und ihren Blick ebenso kühl erwidert, und es war ihm gelungen, die Tatsache zu verbergen, daß er innerlich zitterte. Er hatte sie nicht, wie noch vor einem Jahr, zu bleiben gebeten.

Vor einem Jahr hatte sie ihm Hoffnungen gemacht; hatte gesagt, sie käme vielleicht zurück. Hatte gesagt, sie liebe ihn.

Doch diesmal war in ihrem Blick keine Liebe gewesen. Sie hatte sich eine Weile mit ihm unterhalten; hatte ihm wohl erklärt, warum sie ihn verließ. Aber er konnte sich nicht mehr daran erinnern.

Na schön, hatte er gesagt. *Mehr wollte ich nicht wissen.* Und er hatte die Verbindung unterbrochen.

Und dann, erst gestern, die Nachricht von ihr. Sie hatte ihn gebeten, ihr ihre Sachen zu schicken. Er war aus dem Büro heimgekommen und hatte den Abend damit verbracht, alles zusammenzupacken. Ihre letzten Kleider aus ihrem Wandschrank – *seinem* Wandschrank –, die gerahmten Lithographien an den Wänden. Die Ebenholzschnitzerei des Frauenkopfes, der ihn so sehr an sie erinnerte. Die Kunstwerke gehörten ihr allein. Ohne sie wirkte die Wohnung leer, unpersönlich.

Riley lag im Bett, schloß die Augen und dachte an die Anab vom vorigen Jahr. An die Anab mit der Liebe und der Besorgnis im Blick. Was hatte sie damals noch gesagt?

Verlaß die Flotte. Du mußt erkennen, was du wirklich mit deinem Leben anfangen willst. Laß deinen Job von jemandem erledigen, der ihn wirklich haben will. Du tust Kirk keinen Gefallen, wenn du nur halbherzig für ihn tätig bist. Aber was du auch beschließt, tu es für dich persönlich, nicht weil ich oder sonst jemand es so möchte.

Er wollte für Kirk arbeiten. Er wollte der beste Offizier sein, den es gab.

Doch im Moment mußte er sich eingestehen, daß er sich einen Dreck um Kirk, Starfleet oder um sonst etwas scherte. Ohne Anab spielte alles keine Rolle mehr. In einem weiteren Anfall von Selbstmitleid redete er sich ein, daß er nur für Kirk gearbeitet hatte – und auch weiterhin so verfahren würde –, weil er im Grunde nicht wußte, was er eigentlich wollte. Vielleicht war er nur Anabs wegen in der Flotte geblieben.

Seine Gedanken schweiften ab, und schließlich döste er ein. Da Samstag war, hatte er den Wecker nicht gestellt, doch irgendwann wurde er sich vage des hellen Sonnenscheins bewußt, der durch das Fenster strömte und fragte den Computer krächzend nach der Uhrzeit.

Es war 8.00 Uhr.

Riley sagte die Zeit vor sich hin, rollte sich träge auf die Seite und drückte sein Gesicht ins Kissen. Er war der Besinnungslosigkeit schon wieder nahe, als ihn die

Panik plötzlich wie ein Degen durchbohrte. Er riß die Augen auf.

8.00 Uhr. Er sollte den Admiral um 8.00 im Studio treffen.

Riley stürzte aus dem Bett und stellte sich nicht die Frage, ob er bei der Flotte bleiben wollte, sondern ob Admiral Kirk es ihm überhaupt erlauben würde.

Zwanzig Minuten später hatte er geduscht, sich angezogen, und nun eilte er durch die Empfangshalle der WorldNews, wo ihn die Produzentin der Sendung – eine kleine, energische Rothaarige namens Jenny Hogan – in Empfang nahm und zum wartenden Admiral Kirk führte.

Jenny hatte von einem grünen Raum gesprochen, doch als die Tür aufglitt, blieb Riley nur noch die Zeit, um (mit der Geistesabwesenheit einer verdammten Seele) zu bemerken, daß die Wände blau waren. Dann fiel sein Blick auf den Admiral. Kirk saß an einem Tisch, verzehrte ein Frühstück aus Eiern mit Speck und studierte ruhig seinen Datenblock. Sein Gesichtsausdruck war gelassen – er runzelte nicht mal die Stirn –, aber als Riley seinen Blick sah, blieb er auf der Stelle stehen.

»Kommen Sie doch rein, Mr. Riley«, sagte Kirk leise, »damit die Tür sich schließen kann.«

Kirks leiser Tonfall – er war leiser als je zuvor – überzeugte Riley, daß er nicht nur gereizt, sondern auch stinkwütend war. Und doch, meinte er, hatte einiges an der kalten Härte im Blick des Admirals nicht das geringste mit ihm zu tun. Er wußte, daß er nicht der einzige war, der eine schlaflose Nacht hinter sich hatte.

Aber daß er Kirk ausgerechnet an diesem Tag verärgern mußte ...

»Jawohl, Sir.« Riley trat drei Schritte vor, und die Tür schloß sich hinter ihm. »Ich muß mich entschuldigen, Admiral. Ich habe verschlafen. Mir ist klar, Sir ...«

»Ihnen ist natürlich klar, Mr. Riley«, sagte Kirk im gleichen, tödlich leisen Tonfall, »daß Verschlafen keine ausreichende Entschuldigung ist, nicht wahr? Mr. Riley, Sie haben sich um zwanzig Minuten verspätet.«

»Jawohl, Sir.« Riley spürte, wie Hitze seine Wangen und seinen Hals überspülte. Er wußte, daß er rot wurde wie eine Tomate. Er dankte seinem Bart, daß er einen Teil seiner Verlegenheit verbarg. »Ich hatte es auch gar nicht als Entschuldigung gemeint, Sir. Mir ist klar ...«

»Ihnen ist klar, daß ich mich darauf verlassen habe, daß Sie um 8.00 Uhr hier sind, um mir zu helfen, mich auf das Interview vorzubereiten?«

»Jawohl, Sir.«

»Und wo ist dann Ihr Datenblock?«

Riley Unterkiefer sackte herunter. Er stieß ein Keuchen aus. Bei dem verzweifelten Gerangel, ins World-News-Büro zu gelangen, hatte er völlig vergessen, ihn mitzunehmen – und er enthielt alle Notizen über das Dart-Projekt und die umgebaute Raumfähre *Enterprise*. Das Blut, das erst Sekunden zuvor in sein Gesicht geströmt war, wich nun in seine Magengrube zurück. »Mein Gott.« Er schloß die Augen. »Sir, ich ... Mir ist klar, es ist unverzeihlich. Ich ...«

»Riley«, sagte Kirk mit einem Seufzer, und Riley öffnete die Augen. Das Gesicht des Admirals wirkte einen Moment lang zutiefst ermattet. »Ich habe kein Interesse an der Zurschaustellungen von Reue. Ich brauche bloß die Informationen über das Dart-Projekt. Wie Sie sie beschaffen, ist mir egal. Ich möchte sie *gestern* haben, verstanden?«

»Jawohl, Sir«, sagte Riley. »Ich hole sie sofort, Sir.« Als er durch die Tür verschwand, hatte er nicht die leiseste Ahnung, wie er vorgehen sollte.

Als die Tür wieder geschlossen war, seufzte Kirk. Er hatte tags zuvor die beiden Dinge aufgegeben, die ihm in seinem ganzen Leben am wichtigsten gewesen waren, und so konnte er für Riley keine Geduld mehr aufbringen. Welche persönlichen Probleme ihn auch plagen mochten, Kirk hatte eine ruhelose Nacht hinter sich, und trotzdem war es ihm gelungen, um Punkt 8.00 Uhr im Büro von WorldNews aufzukreuzen – äußerlich fröhlich, geistig wachsam und zum Interview bereit.

Vielleicht hatte er seinen Stabschef schon immer falsch eingeschätzt. Er hätte dergleichen nicht von einem Offizier seines Kalibers erwartet. Als Riley den Raum betreten hatte, hatte es einen Augenblick gegeben, in dem Kirk versucht gewesen war, ihn in Ruhe zu lassen. Schließlich würde er in Kürze so beschäftigt sein wie immer, und er brauchte jemanden in seiner Nähe, auf den er sich verlassen konnte, wenn es darum ging, Details zu klären.

Die Tür öffnete sich erneut, und eine hochgewachsene blonde Frau trat ein. Sie war eine erfreuliche Unterbrechung seiner trüben Gedanken. »Guten Morgen, Admiral. Ich bin Nan Davis.« Sie reichte ihm die Hand.

Kirk erkannte sie sofort. »Natürlich. Sie haben doch auf Centaurus *Nans Nachrichtenstunde* gemacht. Ich habe Ihre Sendung regelmäßig gesehen, wenn ich dort war.«

Sie lächelte. »Ah, ein Fan! Vielen Dank.«

Sie nahmen am Tisch Platz, und Nan nahm eine Scheibe Toast. »Darf ich?«

»Aber bitte.«

»Danke.« Sie biß ein Stück ab. »Ich hatte zuviel zu tun, um zu frühstücken. Wissen Sie, eigentlich hätte ich gern die Chance gehabt, Sie zu interviewen, als die *Enterprise* von ihrer Mission zurückkam. Ich habe ein paar Fragen auf Lager, die nie jemand gestellt hat. Fragen, auf die ich gern die Antworten wüßte.«

»Wirklich?« Kirk schenkte sich noch eine Tasse Kaffee ein. »Tja, heute können Sie über mich verfügen. Kaffee?«

Sie schüttelte den Kopf. »Davon hab' ich schon zuviel gehabt. Was das Interview angeht, kommen wir bestimmt gut an, keine Sorge. Sind Sie bereit?«

»Immer bereit«, erwiderte Kirk.

»Nervös?« Sie bedachte ihn mit einem listigen Blick.

Kirk grinste. »Bin ich nie. Ich bin allerdings *ziemlich* neugierig auf die Fragen, die Sie hinsichtlich unserer Mission haben.«

Nan setzte ein geheimnisvolles Lächeln auf. »Das erfahren Sie noch früh genug. Vergessen Sie nicht, was Oscar Wilde gesagt hat: ›Früher hatten wir die Folter. Heute haben wir die Presse.‹ – Borgen Sie mir Ihre Serviette?«

Kirk reichte sie ihr. »Offen gesagt, ich kann es kaum erwarten. Das Dart-Projekt verdient alle Aufmerksamkeit, die es kriegen kann …«

»Hoppla!« Nan schaute auf ihre Uhr. »Ich freue mich, daß Sie darüber reden wollen, aber sparen Sie es sich bitte für die Sendung auf. Ich muß mich jetzt wirklich beeilen. Vor der Sendung sind noch Millionen Einzelheiten zu klären. Sehen Sie irgendwelche Krümel?« Sie hielt ihm das Gesicht hin, damit er es sich ansah.

»Blitzblank.«

Sie standen beide auf. »Bis später«, sagte Kirk.

»Verlassen Sie sich drauf.« Nan eilte durch die Tür, die offenblieb, da Riley zurückkehrte. Er blieb kurz hinter dem Eingang stehen und knallte die Hacken zusammen.

»Ich habe die erbetenen Informationen, Admiral.«

Kirk fiel auf, daß seine schlechte Laune verflogen war. Dennoch sagte er knurrig: »Ich will gar nicht wissen, wie Sie es geschafft haben, Riley. Trinken Sie jetzt eine Tasse Kaffee. Sie sehen so aus, als könnten sie eine brauchen.«

»Danke, Admiral.« Riley kam an den Tisch und schenkte sich eine Tasse ein. »Wollen Sie auch einen, Sir?«

»Danke, nein.«

Riley setzte die Tasse an die Lippen und hielt inne. Dann sagte er, ohne Kirk anzusehen: »Es kommt nicht wieder vor, Sir. Nie wieder.« In seiner Stimme war ein Anflug von Verteidigung.

Kirk schwieg einen Moment. »Geben Sie mir Ihr Wort darauf, Kevin?«

»Jawohl, Sir.«

»Na schön. In Ordnung.«

Rileys Schultern strafften sich und sanken dann herab. »Ich danke Ihnen, Admiral.«

»Erwähnen Sie's bloß nie wieder.«

Riley drehte sich um und reichte Kirk den Datenblock. »Meine Notizen zum Dart-Projekt, Sir.«

Kirk beschloß, das WorldNews-Emblem zu ignorieren, das in den Rückteil des Datenblocks eingraviert war. Wenn Riley sich das Gerät von irgendeinem Schreibtisch ›ausgeliehen‹ hatte, um die Daten von der Admiralität abzurufen, ging es eben nicht anders. Kirk mochte Leute mit Inprovisationstalent.

»Schön«, sagte er. »Gehen wir die Sache also zusammen durch. Wir haben noch etwas Zeit. Setzen Sie sich.«

»Jawohl, Sir.«

Einmal angefangen, arbeiteten sie sehr gut zusammen, aber natürlich kannten sie sich ja auch seit undenklichen Zeiten …

Als Jimmy Kirk vierzehn Jahre alt gewesen war, hatte er mit seiner Mutter und seinem Bruder Sam eine Reise unternommen. Dabei kam es planmäßig zu einem einwöchigen Zwischenaufenthalt auf der weit entfernten Kolonie Tarsus IV. Die Kirks warteten auf eine Anschlußverbindung, da sie Jimmys Vater treffen wollten. Seit über drei Jahren würde die Familie zum erstenmal wieder vereint sein, und alle freuten sich auf das Wiedersehen.

Doch bevor ihr Schiff ankam, wurden die Kirks in einen Aufruhr verwickelt. Grund dafür war eine rasch um sich greifende Vergiftung allen Getreides und der Lebensmittelvorräte der Kolonie; das Virus wurde später unter dem Namen tarsischer Mehltau bekannt. Die Seuche breitete sich aus wie ein Steppenbrand und machte mehr als neunzig Prozent der vorhandenen Lebensmittel ungenießbar.

Man meldete den Fall, und plötzlich wurde Tarsus IV von der Föderation unter strenge Quarantäne gestellt. Zwar setzten Hilfsorganisationen rasch Lebensmittellieferungen in Bewegung, doch es sollte mehrere Wochen dauern, bis sie die bereits Hunger leidende Bevölkerung des fernen Planeten erreichten. Wenn die Lieferungen auf Tarsus IV ankamen, dies stand fest, würde der Mehltau sie mit Sicherheit angreifen und größtenteils vernichten. Stasis, Bestrahlung und spezielle Verpackungen konnten die Ausbreitung des Mehltaus zwar hemmen, aber nicht verhindern.

Zwar verfügte die Kolonie noch über ihr Vieh und ein kleines, unberührtes Getreidelager, aber es war viel zu wenig, um jedermann zu ernähren. Und so entschied der Gouverneur Kodos, daß eine Hälfte der Kolonisten, etwa viertausend Männer, Frauen und Kinder, umgebracht werden mußten, um die andere zu retten. Kodos war bereit, das Risiko einzugehen, die überlebenden Kolonisten mit knappsten Rationen zu ernähren – bis ausreichende Hilfe kam oder ein Gegenmittel gegen den Mehltau gefunden wurde.

Kodos und seine engsten Vertrauten hatten ein geheimes Auswahlverfahren durchgeführt. Der Computer, der normalerweise dazu diente, den Bodenverkehr der Hauptstadt zu regeln, hatte die Opfer ausgewählt. Dann hatte Kodos genügend Beamte der Kolonialpolizei und Reservisten suchen müssen, die bereit waren, seinen Befehlen zu folgen und den Plan durchzuführen. In dieser Hinsicht verließ er sich auf seinen Instinkt und machte eine treffende Auswahl: Er mußte lediglich vier Beamte liquidieren, bis er die dreißig bis vierzig hatte, die nötig waren, um die Festnahmen und Exekutionen durchzuführen. Zwar bedauerte Kodos die Notwendigkeit dieser ersten vier Tode, aber er mußte die Sache geheimhalten und nahm an, daß diese vier Toten viele weitere Leben retteten. Für sie konnten vier andere am Leben bleiben.

Als Außenweltler spielten die Kirks und die anderen Touristen in Kodos' Plan keine Rolle. Man sperrte sie einfach in ihre Hotelzimmer und setzte sie auf kleinste Rationen. Sie warteten ab und hungerten, wie alle anderen auf Tarsus IV, langsam vor sich hin.

Etwa zwei Wochen nach Ausbruch der Krise wurde Sam Kirk krank. Jimmy, der so hungrig war wie alle anderen, beschloß, sich aus dem Hotel zu schleichen und nach Nahrung zu suchen. Der Gedanke, daß die noch vorhandenen Lebensmittel unter Bewachung standen und daß es gefährlich war, auf die Straße zu gehen, kam ihm nicht. Er wußte nur, daß seine Mutter sehr hungrig und sein Bruder krank geworden war und wollte ihnen helfen. Denn genau das hätte sein Vater von ihm erwartet.

Jimmy wich der rund um das Hotel stationierten Kolonialpolizei mit Leichtigkeit aus und schlich sich ins Stadtzentrum. Dabei achtete er sorgfältig auf Cops und andere potentiell gefährliche Erwachsene. Er war schnell, und von Natur aus athletisch gebaut. Auch wenn der Hunger ihn schwächte, seine Energiereserven waren beträchtlich.

Er fand nicht den geringsten Bissen, obwohl er stundenlang überall herumsuchte. Er bewegte sich durch die Stadt, indem er durch Nebenstraßen und Gassen pirschte, und wenn es nötig war, auch über Dächer.

Einmal, als er gerade in einer Gasse einen Müllhaufen durchstöberte, hätte ihn beinahe ein Polizistentrupp erspäht, der eine Reihe von Menschen durch die

Straße trieb, in die die Gasse mündete. Jimmy versteckte sich hinter einem Abfallhaufen und schaute ihnen zu.

Alle schienen ins Stadtzentrum zu gehen. Die Menschen wurden zwar getrieben wie Verbrecher, aber für Jimmy sahen sie nicht wie solche aus. Einige Marschierer waren kleine Kinder, die hinter den Erwachsenen herstolperten. Manche Erwachsene trugen Kleinkinder oder Säuglinge auf dem Arm.

Die Polizisten hatten ihn nicht gesehen, dafür aber eine junge Frau, die zu den Leuten gehörte. Jimmy sah, daß sie einen kleinen, dösenden Jungen auf den Armen trug. Dann sah er, daß sie Frau ihrem Nebenmann etwas zumurmelte. Der Mann schaute in Jimmys Richtung, blinzelte und zuckte die Achseln. Dann sprach die Frau wieder auf ihn ein, und der Mann nickte langsam. Jimmy sah, daß er sich die Lippen leckte.

Plötzlich heulte der Mann auf und griff die beiden Polizisten an, die ihm am nächsten waren. Deren Kollegen eilten ihnen zu Hilfe. In dem ganzen Durcheinander löste sich die Frau aus der Menge und rannte in die Gasse hinein. Der Junge, den sie trug, regte sich zwar, wachte aber nicht auf.

»Junge«, sagte sie und lief direkt auf Jimmy zu. »Junge, um Himmels willen, du mußt uns helfen!«

Plötzlich wurden auf der Straße Schreie laut. Ein Polizist hatte die Frau davonlaufen sehen.

Jimmy riß erschreckt die Augen auf. »Polizisten! Hinter Ihnen! Sie kommen!«

»Ich weiß«, sagte sie, ohne sich die Zeit zum Umdrehen zu nehmen. »Nimm meinen Jungen mit. Bitte... Bring ihn hier weg. Er heißt Kevin. Kevin Riley. Er ist vier Jahre alt.« Ihre Stimme bebte. »Um Gottes willen, er ist doch erst vier Jahre alt! Rette ihn. Bitte!«

Jimmy hatte zwar keine Ahnung, was hier vor sich ging, aber er sah in den Augen der Frau irgend etwas

Helles und Verzweifeltes. Es war mehr als nur Hunger. Und so reagierte er instinktiv. Er streckte die Hand aus und nahm ihr den Kleinen ab. Er wog fast nichts.

»Geh!« sagte sie und deutete in die Gasse hinein, fort von der Straße. »Dorthin! Lauf schnell, und möge Gott dir beistehen!« Dann drehte sie sich um und bückte sich, um zwei schwere Eisenstangen aufzuheben, die auf dem geborstenen Betonboden der Gasse lagen.

Jimmy drehte sich um und rannte mit dem Sohn der Frau auf den Armen los. Er hörte die Frau *»Mörder!«* schreien und wußte, daß sie die Eisenstangen auf die Polizisten schleuderte, denn er hörte ein lautes Klatschen und einen Schmerzensschrei.

Dann hörte er das Heulen eines Phasers und den schrillen Schrei der Frau... Einen Schrei, der mittendrin abbrach. Grünes Licht leuchtete an beiden Seiten der Mauern auf, an denen er entlangrannte.

Er lief schneller.

Nun jagten die Polizisten *ihn*. Sie schrien hinter ihm her und befahlen ihm anzuhalten. Aber darauf ließ er sich nicht ein. Er rannte um eine Ecke, stieß auf einen offenen Hauseingang und hechtete hinein.

Die Polizisten liefen vorbei.

Jimmy wußte zwar, daß sie bald zurückkommen würden, aber er wußte auch, daß sie nicht viel Zeit mit ihm vergeuden würden. Er dachte schnell nach und beschloß dann, die Gasse links liegen zu lassen und lieber das Gebäude zu untersuchen, in dem er sich befand. Vielleicht war es ein gutes Versteck.

Das Haus war nur drei Stockwerke hoch. Jimmy ging so schnell und leise wie möglich die Treppe hinauf. Er keuchte nur ganz leicht. Es war ein Wohnhaus. Von der Treppe gingen Wohnungen ab, aber da er nirgendwo Geräusche von Menschen hörte, versuchte er einige der Türen zu öffnen, an denen er vorbeikam. Sie waren alle abgeschlossen.

Als er in den oberen Stock kam, hörte er, daß seine

Verfolger das Haus durch die Eingangstür betraten. Er hielt den Atem an und rührte sich nicht.

Jimmy hörte die Männer fluchen, aber sie kamen nicht nach oben, um ihn zu suchen. Sie verließen das Gebäude. Erst als sich ihre wütenden Stimmen in der Ferne verloren, fing er wieder an zu atmen.

Eine altmodische Falltür führte aufs Dach hinaus. Jimmy zog den Kopf ein und sah, daß das Dach von einer etwa ein Meter hohen Ziegelsteinmauer umgeben war. Sie war hoch genug, damit man ihn von den Nachbarhäusern aus nicht sehen konnte. Es gab nur eine Möglichkeit, ihn und den Jungen zu entdecken: Man mußte über sie hinwegfliegen. Aber er wußte, daß er sich jederzeit mit dem Kleinen ins Haus zurückziehen konnte, wenn er etwas kommen hörte.

Da seine ermüdeten Arme schmerzten, setzte er den Kleinen mit dem Rücken an die hohe Mauer. Während der gesamten Flucht hatte Kevin sich kaum gerührt. *Wenigstens ist er still,* dachte Jimmy dankbar.

Obwohl er sicher war, daß in dem Gebäude niemand wohnte, bewegte er sich äußerst leise über das Dach und lugte vorsichtig über den Mauerrand.

Und stellte fest, daß er genau auf den Rathausplatz der Kolonie hinabschaute. Doch statt des hübschen Parks, den die Kirks bei ihrer Ankunft auf Tarsus IV gesehen hatten, sah der Platz nun wie ein Gefängnis aus. Hohe Zäune aus Stacheldraht grenzten ihn vom Rest der Stadt ab. Jimmy sah, daß sich da unten mehrere tausend Menschen aufhielten. Er hörte das Geräusch ihrer Gespräche. Hin und wieder hörte er auch einen Polizisten einen Befehl brüllen.

»Hallo?« sagte eine Stimme hinter ihm. Jimmy wirbelte herum, aber es war nur der Kleine. Er war aufgestanden, rieb sich die Augen und wanderte umher. »Wo ist meine Mama?« fragte er.

»Sie hat gesagt, ich soll mich um dich kümmern. Ich heiße Jimmy ... ähm ... ich meine Jim.«

»Ich heiße Kevin. Ich bin vier. Wo sind meine Mama und mein Papa? Was schaust du dir denn da an? Darf ich auch mal sehen?«

»Es ist zu gefährlich.«

»Laß mich doch mal ...«

»Na schön.« Jimmy hob Kevin auf, damit er über die Mauer blicken konnte. Genau in diesem Moment öffnete sich auf einem langen Balkon des größten Hauses am Platze eine Tür. Ein großer, bärtiger Mann trat ins Freie und musterte sekundenlang die unter ihm versammelte Menge. Jimmys Meinung nach sah er mit seinem Bart wie einer der drei Musketiere aus.

Als der Mann anfing, etwas von einem Blatt Papier abzulesen, hörten Jimmy und Kevin ihm zu.

»Die Revolution ist erfolgreich, aber das Überleben hängt von drastischen Maßnahmen ab«, sagte er mit klarer, theatralischer Stimme. »Ihre weitere Existenz ist eine Bedrohung für das Wohlergehen der Gemeinschaft. Ihr Leben bedeutet für die wertvolleren Angehörigen der Kolonie den langsamen Tod.« Er hielt kurz inne und fuhr dann etwas leiser fort: »Deswegen habe ich keine andere Alternative, als Sie zum Tode zu verurteilen. Die Exekution ist hiermit angeordnet. Unterschrift: Kodos, Gouverneur von Tarsus IV.«

Dann fingen die Menschen an zu schreien und zu rufen. Der bärtige Mann faltete das Papier gelassen zusammen, steckte es ein und kehrte in das große Gebäude zurück. Die Tür schloß sich hinter ihm, als die Polizisten ihre Phaser zogen und auf die Menge richteten.

Tausende von Menschen. Tausende.

Jimmy stellte Kevin auf den Boden. »Ich will zuschauen«, sagte der Kleine.

»Nein«, sagte Jimmy. Er setzte sich neben den Jungen. Sein Mund war trocken. »Nein, du schaust es dir nicht an – und ich auch nicht.«

Dann ging es los. Jimmy hielt sich die Ohren zu, als

das laute, schrille Heulen des massierten Phaserbeschusses losging. Er schaute auf und sah ein häßliches, grünes Licht, das die Unterseite der über ihnen dahinziehenden Wolken färbte.

»Sie sollen aufhören!« schrie Kevin und hielt sich die Ohren zu.

»Ich kann nichts dagegen tun«, sagte Jimmy. »Pssst!« Er schloß die Augen, bis alles wieder still war.

Als das letzte Opfer endlich gefallen war und die Polizei das Gelände verlassen hatte, hob er Kevin auf, verließ das Dach und machte sich vorsichtig auf den Rückweg zum Hotel, wo seine Mutter und sein Bruder vor Angst außer sich waren. Er berichtete seiner Familie, was er erlebt hatte. Die Kirks versteckten Kevin in ihrem Zimmer und ernährten ihn von ihren eigenen mageren Rationen.

Drei Tage später beamte ein Entsatzteam der Föderation auf den Planeten hinab, setzte in der Atmosphäre von Tarsus IV ein genetisch maßgeschneidertes Mittel gegen den Mehltau aus und entdeckte zu seinem Entsetzen unwiderlegbare Beweise für das Massaker auf dem Rathausplatz. Die Polizisten, die an dem Massenmord teilgenommen hatten, wurden verhaftet und vor Gericht gestellt. Kodos selbst wurde nicht gefunden – er tauchte erst viele Jahre später wieder auf.

Man hatte Kevin Riley zu Verwandten gebracht, die ihn im irdischen Irland aufgezogen hatten. Jim Kirk hatte ihn erst viele Jahre später und viele Lichtjahre entfernt wiedergesehen, als Mitglied der *Enterprise*-Crew. Wie er bald erfahren hatte, besaß Riley nur noch vage Erinnerungen an das Ereignis dieses schrecklichen Tages und war davon überzeugt, von einem Erwachsenen gerettet worden zu sein.

Kirk hatte ihn in dieser Hinsicht nie korrigiert.

7

Guten Tag, meine Damen und Herren«, sagte Nan Davis, als die Studioscheinwerfer heller wurden und die 3 D-Kameras den Betrieb aufnahmen. »Hier ist Nan Davis. Sie sehen die World-News am Samstag, und wir übertragen direkt aus dem kalifornischen San Francisco. Unser erster Gast ist Admiral James Kirk vom Starfleet-Oberkommando, mit dem wir uns heute über die Apollo-Dreihundertjahrfeier und die Rolle unterhalten werden, die seine Organisation dabei spielen wird.«

Kirk nickte in die nächste Kamera. Er war zwar schon früher von Journalisten interviewt worden, aber noch nie in einem Fernsehstudio, und deswegen neugierig gewesen, wie er wohl reagieren würde. Es war kein Problem. Außer Nan, ihm und dem einsamen Ingenieur, der die Anlage überwachte, damit nichts schiefging, befand sich niemand im Raum. Außer Kameras gab es hier nichts, das darauf hindeutete, daß sie zu Milliarden Zuschauern sprachen.

Nan drehte sich auf dem Stuhl herum, um ihn anzusehen. Sie hatte eine herzliche und sympathische Art. Kirk hatte sie auf den ersten Blick gemocht – nicht nur deswegen, weil er sie vom Fernsehen her kannte, sondern zumindest teilweise auch, weil ihre Art ihn an jemanden erinnerte, wenn er auch noch nicht wußte, an wen.

»Admiral«, sagte sie, »warum begeht Starfleet am nächsten Dienstag den Apollo-Tag?«

»Nun«, begann Kirk, »ich glaube, niemand wird bestreiten, daß die erste bemannte Mondlandung geschichtlich von Wichtigkeit war… Eigentlich ebenso wichtig wie Columbus' erste Reise. Es war das erste Mal, daß Menschen den Fuß auf eine andere Welt setzten. Und das ist für uns Grund genug, um an den Feierlichkeiten teilzunehmen.«

»Aber was sagen sie den Menschen, die meinen, daß es heutzutage keinen Sinn mehr hat, nationale Leistungen zur Kenntnis zu nehmen, wo doch Nationalismus nichts mehr bedeutet? Sie können doch nicht bestreiten, daß die Mondlandung das Ergebnis eines nationalistischen Wettrennens war, oder?«

Kirk lächelte. Die Davis war scharfsinnig. Sie hatte nicht vor, aus dem Interview einen Werbespot für Starfleet zu machen. Sie wollte ihm ein paar harte Fragen stellen, und er bewunderte sie wegen ihrer Professionalität. Glücklicherweise gehörte ihre Frage zu denen, auf die er vorbereitet war. »Natürlich nicht«, sagte er. »Ich kann nicht mal bestreiten, daß Columbus' Reise nationalistischen Zwecken diente. Trotzdem feiert man auf der Erde noch heute den Columbus-Tag. Man feiert das Erreichte, nicht das Ziel.

Ebenso wenig feiert man am Apollo-Tag Nationalismus. Man feiert vielmehr den Wagemut und die Tapferkeit mutiger Forscher. Aus dem gleichen Grund haben wir auch vor zwölf Jahren den *Sputnik*-Start durch die ehemalige Sowjetunion gefeiert.«

Der Minilautsprecher in Nans Ohr summte kurz, und sie wandte ihr Gesicht der nächsten Kamera zu. »Wir zeigen Ihnen nun einen Archivfilm über die erste Mondlandung.«

Man sah nun die verblaßten, verwaschenen Bilder zweier Männer in klobigen Raumanzügen, die sich auf der Oberfläche des Mondes bewegten. Ihr spindeldürres Raumfahrzeug stand im Hintergrund.

»Dieser Film wurde nicht für 3D-Empfänger bearbeitet«, erläuterte Nan. »Sie sehen ihn so, wie die Menschen ihn vor dreihundert Jahren in aller Welt sahen ... wenn man davon absieht, daß sie ihn live gesehen haben.«

Kirk schaute zu, als die beiden Astronauten zwischen der Mondlandefähre und der Kamera hin und her hüpften, ohne sich bei der ersten, vorsichtigen Expedition je zu weit zu entfernen.

»Vergessen Sie nicht, in welchem Jahr dies war«, sagte Nan leise, während die Welt sich den uralten Film ansah. »Neunzehnhundertneunundsechzig. Außer diesen beiden Männern, und einem dritten, der in der Kreisbahn auf ihre Rückkehr zum Mutterschiff wartete, gab es damals keine Menschen, die nicht auf der Erde leben. Keinen einzigen. Die Männer der Apollo 11 waren da oben mutterseelenallein. Wären sie auf der Mondoberfläche in Schwierigkeiten geraten, hätte es keine Möglichkeit gegeben, ihnen zu Hilfe zu kommen. Es gab dort oben keine mit allen Schikanen ausgerüsteten Stationen hinter dem nächsten Hügel. Es gab keine Rettungsteams, die nur auf dem Mond hätten zu landen brauchen.

Die einzigen Vorräte, die diese Männer bei sich hatten, waren die in dem kleinen, zerbrechlichen Fahrzeug, mit dem sie gelandet sind. Sie haben sie selbst mitgebracht. Wäre es dem kleinen Raumfahrzeug hinter ihnen nicht gelungen, wieder abzuheben – hätten seine primitiven, chemisch angetriebenen Motoren aus einem von hundert Gründen versagt –, hätten die Astronauten so gut wie nichts tun können, um es zu reparieren. Ihnen wäre einfach die Luft ausgegangen. Dann wären sie gestorben, so allein wie kein Mensch zuvor.

Manchmal sprechen wir von Mut, ohne genau zu wissen, was das Wort eigentlich bedeutet. Schauen Sie sich diese Männer an, dann wissen Sie, daß das, was Sie hier sehen, mehr als Mut verlangt.« Nan schwieg und gab den Zuschauern die Möglichkeit, den Stimmen der ersten Menschen zu lauschen, die sich auf außerirdischen Boden vorgewagt hatten.

Ihre Worte rührten Kirk. Die drei Männer von der Apollo 11 waren nicht nur sicher zur Erde zurückgekehrt, es hatte auch danach noch sechs Flüge gegeben, und alle waren ebenso sicher zur Erde zurückgekommen; darunter auch eine Mission, die unterwegs hatte abgebrochen werden müssen. Dieser tolle Rekord, dachte Kirk, ist vielleicht sogar eine größere Leistung als die Mondlandungen selbst. Er wußte, was es bedeutete, ein Schiff und seine Mannschaft sicher wieder nach Hause zu bringen.

Der Archivfilm war zu Ende, und sie erschienen wieder im Bild. »Admiral«, fragte Nan, »was genau wird Starfleet zur Dreihundertjahrfeier beitragen?«

»Nun, kurz nach dem Ende des Apollo-Programms kam die sogenannte Raumfähre – eine populäre Bezeichnung für das erste wiederverwendbare Boden-Kreisbahn-Raumfahrzeug. Einige dieser Fähren gingen bei Unfällen verloren, andere wurden verschrottet, doch die meisten durften einfach vor sich hingammeln. Heute gibt es nur noch eine. Sie ist tatsächlich das älteste noch existierende Raumfahrzeug der Welt, aber wir werden sie während der Dreihundertjahrfeier fliegen lassen.«

»Berichten Sie uns davon«, sagte Nan.

»Gern«, sagte Kirk. »Starfleet hat bei der Finanzierung eines Unternehmens geholfen, das wir Dart-Projekt nennen. Der Dart ist die Raumfähre, der Orbiter. Die letzte noch existierende Fähre ist jene, die vor Jahrhunderten nur bei Flugtests ohne Eigenantrieb eingesetzt wurde: die Raumfähre *Enterprise.*«

»Ein hübscher Name«, sagte Nan.

Kirk lächelte. »Ganz meine Meinung. Wir haben diese *Enterprise* vom Weltraummuseum des Smithsonian Instituts in Dulles Park, Virginia, ausgeliehen, wo sie momentan von Bug bis Heck überholt wird. Sie wird mit Impulstriebwerken und allem anderen ausgerüstet, worüber ein modernes Unterlicht-Raumfahrzeug verfügen sollte. Von außen sieht sie so aus wie vor nahezu dreihundert Jahren, aber innen wird sie komplett umgebaut. Wir schicken sie auf ihren allerersten Flug mit Eigenantrieb – auf einen Flug, der für sie seit fast dreihundert Jahren überfällig ist. Dank der Impulstriebwerke wird die Raumfähre *Enterprise* weiter und schneller fliegen als jedes andere Raumfahrzeug ihrer Art: am Apollo-Tag direkt von der Erde zum Mond. Weitere antike Raumfahrzeuge, die von privaten Sammlern, welche sie instandhalten, auch geflogen werden, werden ihr auf dem Weg zum Mond begegnen. Sie werden direkt über dem Landeplatz von Apollo 11 im Mare Tranquilitatis eine große Parade aus Raumschiffen des zwanzigsten Jahrhunderts bilden. Es dürfte eine ziemlich tolle Show werden.«

Nan wandte sich den Kameras zu. »Bei uns haben Sie es zuerst gehört«, sagte sie. »Die amerikanische Raumfähre wird am Apollo-Tag wieder fliegen. Gleich nach der Werbung unterhalten wir uns wieder mit unserem Gast: Admiral Kirk vom Oberkommando der Flotte.«

Jemand dämpfte das Licht. »Großartig!« sagte Nan. »Ich danke Ihnen, Admiral!«

»War es in Ordnung?« fragte Kirk todernst.

»Sie sind ein Naturtalent«, versicherte Nan. »Starfleet hat diesmal genau den richtigen Mann geschickt. Nach der Werbung nehmen wir, wenn Sie nichts dagegen haben, einige Anrufe entgegen.«

»Ich bin bereit«, sagte Kirk.

Als die Scheinwerfer wieder angingen, lächelte Nan herzlich in die Kamera. »Wir unterhalten uns noch immer mit Admiral James Kirk und sind bereit, Ihre Anrufe entgegenzunehmen. Wählen Sie die Nummer, die jetzt eingeblendet wird. Und vergessen Sie nicht – nur Ton.« Ihr Mikrolautsprecher summte erneut.

»Unser erster Anrufer kommt aus einem Ort namens Gruetli in Tennessee. Ja, bitte?«

»Hallo?« sagte eine Männerstimme.

»Ja, wir hören Sie«, sagte Nan.

»Ist der Mann bei Ihnen Captain Kirk?«

»Admiral Kirk ist hier, ja«, sagte Nan. »Wie lautet bitte Ihre Frage?«

»Ich möchte Captain Kirk nämlich fragen, ob ihm das Raumschiff, auf dem er früher war... die *Enterprise*... ob sie ihm fehlt. Danke, Nan. Ich finde Sie einfach toll, und auch Ihre Sendung. Machen Sie weiter so.«

»Danke, Tennessee.« Nan wandte sich an Kirk. »Nun, Admiral?«

Es war die gleiche Frage, die Nogura ihm gestern gestellt hatte. Diesmal hatte Kirk darauf eine Antwort parat... auch wenn sie nicht hundertprozentig stimmte. »Nein, eigentlich fehlt mir mein altes Schiff nicht. Ich habe eine Menge anderer Pflichten, und meine Tätigkeit ist aufregend und lohnend.« Wenigstens war sie es bis heute gewesen. »Mein altes Schiff, die *Enterprise,* hat einen neuen Captain, und ich bin mir ganz sicher, daß er der beste Mann für sie ist. Das heißt aber nicht, daß ich nicht noch immer eine Menge Zuneigung für sie empfinde.«

»Der nächste Anrufer kommt aus Maryland«, sagte Nan. »Auf geht's, Hughesville. Sie sind auf Sendung.«

»Hallo«, sagte eine Frau. »Ist das der Admiral?«

»Ja, ist er«, sagte Kirk. »Hallo.«

»Hallo, Admiral. Ich habe mich etwas gefragt. Es sind doch wahnsinnig viele Bücher über Ihre Fünfjahresmission geschrieben worden. Ich frage mich, was sie von dem ganzen Getöse halten.«

Kirk grinste. »Einige der Bücher, die Sie erwähnen, habe ich gelesen. Sie enthalten viel müßige Spekulation, aber manches ist einfach falsch. Keiner der Autoren dieser Bücher hat sich je mit mir unterhalten, und ich weiß auch, daß sie nie mit den Herren meines Stabes gesprochen haben. Ich nehme an, sie haben es nicht einmal versucht.«

»Admiral«, fragte Nan plötzlich – Kirk hatte den Eindruck, daß sie von ihrer vorbereiteten Frageliste abweichen wollte, um ihre persönliche Neugier zu befriedigen –, »warum haben Sie beschlossen, Ihr Kommando abzugeben und einen Posten in der Admiralität zu bekleiden? Wie man hört, soll Ihr medizinischer Offizier aus Protest seinen Abschied eingereicht und Ihr Stellvertreter das gleiche getan haben. Hätten Sie nicht so lange auf der *Enterprise* bleiben können, wie Sie wollten?«

Kirks Gleichgewicht wankte zwar nicht, aber sein Lächeln verblaßte. Die Frage ärgerte ihn. Er hatte zwar nichts dagegen, harte Fragen zu beantworten, solange sie sich auf die Flotte bezogen, aber er hatte nicht damit gerechnet, daß man ihn nach seinem Privatleben befragen würde.

Außerdem war er nicht in die Sendung gekommen, um an Pille und Spock erinnert zu werden. Nan schien seine Verärgerung zu spüren, aber sie hielt seinem Blick stand und wartete auf eine Antwort.

»Hinsichtlich der Funktion der Flotte haben Sie falsche Vorstellungen, Miss Davis. Raumschiffe sind nun mal kein Privatbesitz. Sie haben doch gestern mit Bob April gesprochen …«

»… dem ersten Captain der *Enterprise*«, warf Nan ein, um die Zuschauer ins Bild zu setzen.

»… denn wenn es so wäre, daß man so lange auf einem Schiff bleiben könnte, wie man möchte, ohne Rücksichten zu nehmen, säße ich gar nicht hier; dann würde nämlich Bob April noch im Kommandosessel der *Enterprise* sitzen.«

»Tja, das ist wohl wahr«, lenkte Nan ein. Ihr Blick war interessiert bei der Sache. Und plötzlich fiel Kirk ein, an wen sie ihn erinnerte. Er hatte diesen Elan und diesen glühenden Ehrgeiz zu oft in Loris Augen gesehen. »Aber Sie haben die Frage bezüglich Ihrer Offiziere noch nicht beantwortet.«

»Der Erste Offizier, Miss Davis, hat aus persönlichen Gründen den Abschied genommen und ist auf seinen Heimatplaneten zurückgekehrt – und nicht, wie es Ihre Frage impliziert, um gegen irgend etwas zu protestieren. Und der Chefarzt ist deswegen in den Ruhestand getreten, weil man sich über seine Empfehlung hinweggesetzt hat – nicht um gegen meine Beförderung zum Admiral zu protestieren.«

»Ach so«, sagte Nan leise und holte tief Luft, um noch eine Frage zu stellen – eine Frage, die Kirk vorhersehen konnte. *Und was stand in der Empfehlung Ihres Chefarztes, Admiral? Und warum hat man sich über sie hinweggesetzt?*

Bevor sie Gelegenheit erhielt, diese Fragen zu stellen, sagte Kirk: »Ich möchte hinzufügen, daß mir meine neue Tätigkeit gefällt. Ich bin nun nicht mehr für ein einzelnes Raumschiff verantwortlich. Ich bin für mehr als vierzig verantwortlich, und es werden ständig mehr.« *Ich weiß, daß Sie zuhören, Nogura; deswegen mache ich es öffentlich bekannt – für den Fall, daß Sie das Versprechen vergessen, daß ich diese Position hier nur zeitweilig ausfülle.* »Und das kann man wohl kaum als Degradierung verstehen.«

Er hörte das Summen des Mikrolautsprechers in ihrem Ohr und wußte, daß ein weiterer Anrufer ihn gerettet hatte. Nan schenkte ihm einen Blick, der besagte, daß sie ihre Frage nicht vergessen würde. »Und wieder ein Anruf, diesmal als Conyers in Georgia. Ja, bitte?«

Eine knurrige Stimme, deren schleppender Südstaatenakzent Kirk mehr als vertraut war, sagte: »Warum bitten Sie den Admiral nicht mal, Ihnen zu erklären, was 'ne Achterdeckbande ist?«

Pille, hatte er sagen wollen, *ich dachte, du bist gar nicht auf der Erde.* Sein erster Instinkt wollte ihn lächeln lassen, doch dann registrierte er den Zorn in McCoys

Stimme – die gleiche Verärgerung, der er am ersten Tag in der Admiralität begegnet war, als McCoy sich die Mühe gemacht hatte, ins Hauptquartier zu kommen und mit Nogura höchstpersönlich über seine Beförderung zu streiten. Es war über ein Jahr her, seit er ihn zuletzt gesehen hatte, und er hatte gehofft, Pille sei inzwischen über den Verlust der *Enterprise* hinweg. Obwohl Kirk nicht besonders sanft mit ihm umgesprungen war, war er selbst wütend darüber gewesen. Was hatte er damals gesagt?

Wahrscheinlich willst du nur, daß alles so bleibt, wie es früher war; daß wir alle auf der Enterprise *bleiben. Werd erwachsen, Doktor. Die Dinge ändern sich nun mal.*

»Achterdeckbande?« Nan setzte eine verwirrte Miene auf.

Der Anrufer legte auf, und ein leises Summen ertönte.

»Ein alter nautischer Begriff.« Kirk zwang sich zu einem Lächeln. »Das war ein alter Freund von mir, der uns einen Streich spielen wollte.«

»Tja«, sagte Nan und schaute leicht verwirrt drein, »wir scheinen den Anrufer aus Georgia verloren zu haben. Allerdings geht unsere Sendezeit auch zu Ende. Admiral, ich danke Ihnen sehr.« Sie drehte ihren Stuhl herum und schaute direkt in die Kamera. »Wir sprachen mit Admiral Kirk vom Starfleet-Oberkommando über die zu neuem Leben erweckte Raumfähre *Enterprise* und den Plan, sie am Apollo-Tag zum Mond starten zu lassen. Nach der Werbung sind wir wieder da – mit einem ersten Überblick über die prominentesten Teilnehmer der diesjährigen Winterolympiade.«

Die Studioscheinwerfer verloren an Kraft und erloschen. »Tja, das war's«, sagte Nan zufrieden. Der Studioingenieur reckte sich.

»Jenny?« rief sie einer rothaarigen Frau zu, die gerade eintrat. »Organisierst du mir bitte zwei tragbare Kameras?«

»Mach ich.«

»War das schon alles?« fragte Kirk verblüfft. »Was ist mit der Olympiade?«

»Haben wir aufgezeichnet«, sagte Nan. Sie nahm ihn am Arm und geleitete ihn in die Nachrichtenredaktion. »Für heute bin ich hier fertig. Ich frage mich fortwährend... Ich bemühe mich, unseren Chef vom Dienst zu überzeugen, daß er mich über den Apollo-Tag berichten läßt, und es würde meine Chancen bestimmt erhöhen, wenn ich etwas mehr über die Hintergründe wüßte. Sind Sie heute noch sehr beschäftigt, oder könnte ich mich irgendwann mit Ihnen treffen?«

»Ich habe den ganzen Tag frei«, sagte Kirk. »Und zwar genau von jetzt an.« Der verwirrende Anruf aus Georgia hatte ihn nun schon an Pille und Spock erinnert; er sah keinen Sinn darin, nun in die leere Wohnung zurückzukehren und sich auch noch an Lori erinnern zu lassen. Und nun, da MacPherson sich um die Umbauten kümmerte, hatte er in der Admiralität gar nichts mehr zu tun.

»Ah«, sagte Nan geziert. »Aber ich möchte mich Ihnen am Wochenende nicht aufdrängen. Ich weiß, daß Sie und Ihre Frau wahrscheinlich nicht allzuviel Zeit miteinander verbringen können...«

»Sie ist auf Dienstreise«, warf Kirk ein. Sie hatte offenbar gründlich recherchiert. Sie wußte von McCoy und Spock, und daß er verheiratet war.

Aber wenigstens hatte sie noch nicht in Erfahrung gebracht, daß Lori ihn gestern abend verlassen hatte.

»Ach so.« Sie legte den Kopf schief und musterte ihn neugierig. »Tja, aber ich fürchte, im Moment kann ich nicht. Ich muß nach New York, um einen Klingonen zu interviewen.«

»Einen Klingonen?« Kirk lächelte schwach. »Was macht ein Klingone in New York?«

Nans Gesichtsausdruck wurde ernster. »Ich mache eine Reportage außer der Reihe. Er ist ein anerkannter

Physiker, aber er unterrichtet an einer High-School, weil man ihm nicht traut und ihn fürchtet.«

Kirk runzelte die Stirn. »Das klingt aber gar nicht gut.«

Nan schüttelte den Kopf. »Natürlich nicht. Und die Tatsache, daß seine Schüler nach einem Jahr in seiner Klasse zu dem einen Prozent gehören, die regelmäßig die besten Noten nach Hause bringen, scheint auch niemanden zu interessieren.«

»Wissen Sie das genau?« fragte Kirk. »Es soll doch da so gewisse Gesetze geben ...«

»Die üblichen Gesetze funktionieren eben manchmal nicht besonders gut«, sagte Nan. »Wer bösen Willens ist, kann sie ziemlich leicht umgehen. – Hören Sie, es tut mir leid, aber ich muß mich beeilen. Mein Flitzer geht in einer knappen Stunde, und selbst dann werde ich mich noch verspäten. War nett, Sie wiedergesehen zu haben, Admiral. Könnten wir uns irgendwann am späten Nachmittag treffen?«

»Vielleicht könnte ich Ihnen etwas Zeit sparen, Miss Davis. Ich glaube, ich würde Ihren Klingonen gern kennenlernen.«

»Soll das heißen, Sie wollen mitkommen?«

»Ja, soll es. Sie haben mein Interesse an dieser Sache wirklich geweckt. Ich bin nämlich noch nie einem Klingonen begegnet, der nicht zur Kriegerkaste gehört. Und ich glaube, das würde ich gern. Wer weiß? Vielleicht kann ich etwas tun, das ihm weiterhilft.«

Nan nickte. »Nun, ich habe nichts dagegen, wenn Sie mitkommen, aber wenn wir den Flitzer noch erreichen wollen, müssen wir uns beeilen. Ich wünschte, ich könnte meine Chefs überreden, einen zu chartern, aber ...«

»Warum beamen wir nicht einfach nach New York?« schlug Kirk vor. »Ich brauche nur meinen Adjutanten in der Admiralität anzurufen und eine Transporterplattform für uns reservieren zu lassen. Dann kommen

Sie pünktlich an, machen Ihr Interview, und wir können anschließend zusammen zum Essen gehen.«

»Beamen?« sagte sie. »Mit einem echten Transporter? Es wäre phantastisch!«

Kirk lächelte. »Es gehört nun mal zu meinem Berufsbild, den Medien gelegentlich einen kleinen Gefallen zu erweisen, Miss Davis.«

Als Kirk und Nan Davis gegangen waren, suchte Riley die Nachrichtenredaktion auf, um sich bei Jenny Hogan zu bedanken. Sie lungerte mit einigen anderen Leuten an einem Schreibtisch herum und amüsierte sich gerade über einen Witz. Was für ein Persönchen, dachte Riley. Als sie ihn sah, drehte sie sich um. Ihr Lächeln verblaßte leicht, und ein besorgter Blick rückte an seine Stelle.

»Kevin?« Sie entschuldigte sich bei ihren Kollegen und kam zu ihm hinüber. »Ist jetzt alles in Ordnung?« Sie trug einen waldgrünen Overall, der ihre meergrünen Augen und ihr kupferrotes Haar zur Geltung brachte.

Riley lächelte sie an, und dabei vergaß er sogar sein Selbstmitleid. Er hatte an diesem Morgen einen Freund gebraucht, und Jenny Hogan hatte sich genau als die richtige erwiesen. »Scheint so.« Er stieß einen Seufzer tiefster Erschöpfung aus. »Ich glaube, der Admiral hätte mich in der Luft zerrissen, wenn Sie mir nicht ...«

Irgend jemand rief Jenny eine Frage zu. Sie brauchte einen Moment, um sie zu beantworten, dann drehte sie sich wieder zu Riley um. »Entschuldigen Sie. Sie haben mich gerade gelobt, Kevin. Machen Sie damit weiter ...«

Riley errötete angesichts der offenen Wertschätzung in ihrem Blick. Immerhin war er verhei ...

Moment. Das war gestern gewesen. Jetzt war er wieder Junggeselle – der sich aber nicht danach sehnte, so schnell neu vereinnahmt zu werden. Jenny gefiel ihm.

Natürlich nur als Freundin. »Ähm… sicher…«, stotterte er. »Wenn Sie mir Ihren Datenblock nicht geliehen hätten, wäre ich jetzt wahrscheinlich arbeitslos. Ich bin Ihnen etwas schuldig, Jenny. – Eigentlich bin ich Ihnen eine Menge schuldig.«

»Ja, was hätte ich denn machen sollen?« fragte Jenny achselzuckend. »Soll ich etwa einen irischen Landsmann hängenlassen? Ich bin Produzentin; ich bin dafür da, die Probleme anderer Leute auszubügeln. Ich will Ihnen mal was sagen: Wenn Sie es wirklich wiedergutmachen wollen, gehen wir jetzt raus und futtern irgendwo etwas. Wie's die Großen tun.«

»Es ist aber noch nicht Mittag«, sagte Riley leicht nervös. »Es ist nicht mal neun Uhr dreißig… Halb zehn, meine ich.«

»Dann gehen wir ein bißchen spazieren«, sagte Jenny. »Sechsmal um den Block. Es ist ein schöner Tag. Anschließend gehen wir essen. Geht Ihre Dankbarkeit so weit, daß Sie mich zum Brunch ins St. Francis ausführen würden?«

Riley öffnete den Mund. Und schloß ihn schnell wieder. Nach allem, was sie für ihn getan hatte, konnte er doch nicht so grob sein und sie abweisen. Außerdem gefiel ihm die Vorstellung, sich in ihrer Gesellschaft aufzuhalten. Es war eindeutig besser, als den Rest des Tages in seiner Wohnung den Mop zu schwingen. Vielleicht suchte sie nur einen Freund. Was ihn anging, so konnte er eine Freundin im Moment gut gebrauchen.

»Aber klar«, sagte er. »Nur der Himmel ist die Grenze.«

Aber das schlechte Gewissen, das ihm zu schaffen machte, konnte er nicht abschütteln.

8

Die Wohnungstür glitt auf, und G'dath stand im Rahmen. Er war groß und wirkte einschüchternd – aber nur bis er anfing zu lächeln. »Guten Tag, Admiral. Guten Tag, Miss Davis. Es ist mir eine Freude, Sie kennenzulernen. Kommen Sie bitte herein.« Er trat zur Seite und machte den Eingang frei.

Als sie eintraten, fegte dicht über dem Boden ein grauer Schatten aus der Wohnung und eilte durch den Gang dem Aufzugschacht entgegen. Nan zuckte zusammen. »Was war das?« fragte sie.

»Das war Hüpfer«, sagte G'dath. »Meine Katze.«

Kirk blinzelte. »Ihre *Katze?*«

»Ja, sie ist noch klein. Würden Sie mich bitte einen Moment entschuldigen? Miss Davis, Sie können den Koffer abstellen, wo Sie wollen.« G'dath eilte durch den Gang auf ein kleines, graues Ding zu, das etwa zehn Meter entfernt auf dem Boden hockte. Kirk und Nan schauten zu, als er die Hand ausstreckte, das Kätzchen aufhob und sanft auf es einredete. Das Kätzchen schmiegte sich weich an seine Schulter.

»Was hat er gesagt?« flüsterte Nan.

Kirk grinste leicht. »Was man kleinen Kätzchen halt so erzählt ... Aber ich habe noch keinen Klingonen so leise sprechen hören.«

»Hüpfer geht gern in den Hausflur«, erklärte G'dath, als er in die Wohnung kam und die Tür hinter sich schloß. »Ich nehme an, er glaubt, er sei ein Teil unserer Wohnung, den ich ihn nicht betreten lasse, und das stachelt seine Neugier sehr an. Aber es wäre mir am liebsten, er würde drinnen bleiben – wegen der Sicherheit.«

Das Kätzchen musterte Nan aus großen Augen. »Ein schönes Tier«, sagte sie. Sie kraulte Hüpfers Kopf genau an der richtigen Stelle zwischen den Ohren, und er fing freudig an zu schnurren. »Seit wann haben Sie ihn?«

»Erst seit gestern«, sagte G'dath. »Und eigentlich hat er mich.« Er erzählte ihnen die Geschichte.

»So was möchte ich unbedingt in das Interview einbauen, G'dath«, sagte Nan. »Es würde dazu beitragen, daß die Menschen Sie besser verstehen und mehr Sympathie für Sie aufbringen.«

Der Klingone wirkte plötzlich nervös. »Ich hoffe, Sie erwähnen Hüpfer nicht in Ihrem Bericht. In diesem Haus darf man nämlich keine Tiere halten.«

»Es würde mir nie einfallen, Ihnen Schwierigkeiten mit dem Hausherrn zu verursachen«, sagte Nan. »Na schön. Wo kann ich meine Ausrüstung aufbauen?«

»Im Wohnzimmer, wenn Sie es für passend halten.« G'dath machte eine Geste mit seiner großen, starken Hand.

Wenige Minuten später hatte Nan die Technik aufgebaut, und sie konnten anfangen. »Sie, Admiral«, sagte sie, »setzen sich lieber auf einen Stuhl in die Speiseecke, damit die Kamera Sie nicht erfaßt.«

Kirk nahm schweigend Platz, und G'dath brachte zwei Stühle ins Wohnzimmer.

»Danke. In Ordnung. Ich sage den Kameras nun, wo wir uns im Raum befinden, damit sie uns aufnimmt und genau verfolgen kann.« Nan schnippte mit den Fingern und rief: »Hier drüben.« Man vernahm ein leises Geräusch, als die beiden Würfel sich nach hier und dort drehten und ihre glasigen Augen auf G'dath und sie justierten. Nan schnippte noch einmal mit den Fingern und rief erneut, doch sie rührten sich nicht mehr.

»In Ordnung. Es ist alles bereit. Wir brauchen uns auch keine Sorgen um Versprecher zu machen; es wird alles geschnitten.«

G'dath dachte darüber nach. »Was machen Sie lieber – Aufzeichnungen oder Direktübertragungen?«

Nan zögerte keine Sekunde. »Ich zeichne so oft auf, wie ich kann. Es erspart einem eine Menge Ärger.«

»So wie gestern, als die Kommandosektion der *Enterprise* später abhob als erwartet?« fragte G'dath. »Ich könnte mir vorstellen, daß Ihnen dies eine Menge Probleme bereitet hat.«

Nan verzog sarkastisch den Mund. »Manchmal kann es ganz schön nervend sein.«

»Meiner Meinung nach verlief die Sendung ziemlich gut, Miss Davis«, sagte G'dath. »Ich habe sie mir in der Schule mit meinen Schülern angesehen. Sie war ziemlich erhellend. Wir hatten anschließend eine prächtige Diskussion.«

»Vielen Dank«, sagte Nan. »Ihr Unterricht ist ja auch das Hauptthema, über das ich berichten will. Es wird dazu beitragen, daß man Sie besser versteht. Wir wollen den Menschen eine Vorstellung davon vermitteln, wie Sie wirklich sind – als wären sie diejenigen, die vor Ihnen sitzen und sich mit Ihnen unterhalten. Ich möchte, daß man versteht, was Ihnen passiert ist, wie Sie Ihre Lage empfinden und wie man sie verbessern könnte.«

G'dath nickte. »Wie ich Ihrer Produzentin schon erklärt habe, Miss Davis«, sagte er, »lebe ich zwar nun schon seit einigen Jahren auf der Erde, aber ich verstehe noch immer nicht, wie sich hier die öffentliche Meinung bildet. Wenn wir dazu beitragen können, mehr Verständnis zwischen unseren Völkern zu wecken, bin ich mehr als bereit, einen Versuch zu wagen.« Er lächelte. »Können wir?«

»Im Imperium war ich Physiker, Miss Davis«, erwiderte G'dath. »Mein Spezialgebiet war das Studium überlichtschneller Elementarteilchen. Ich wurde beauftragt, in einem Institut auf einem der Grenzplaneten der Gegend zu arbeiten, in der es zwischen der Föderation und dem Imperium vor sechs Jahren zur Krise kam.«

»Auf einem Grenzplaneten? Die liegen ja nun nicht gerade sehr zentral.«

»Ich glaube, meine Versetzung dorthin war absichtlich.« G'dath lächelte. »Um ganz offen zu sein, man hielt mich für eine Art Spinner, deswegen hat man mir auch keine praktische Forschung anvertraut. Im klingonischen Reich muß die Forschung, und besonders die Physik, praktische Erfolge zeigen. Ich war jedoch stets mehr ein Theoretiker.«

»Und wie sind Sie zur Erde gelangt?«

»Als Diplomaten der Föderation einen Austausch wissenschaftlichen Personals vorschlugen, hat man mich geschickt, weil man mich für ›sicher‹ hielt. Das Reich hat nicht geglaubt, daß ich der Föderation irgendwelche nützlichen Geheiminformationen zukommen lassen könnte, selbst wenn ich es gewollt hätte.«

Nan nickte. »Sie sagten, ihr Spezialgebiet seien überlichtschnelle Elementarteilchen. Arbeiten Sie noch heute auf diesem Gebiet?«

»Nein, Miss Davis. Ich bin beruflich überhaupt nicht mehr als Physiker tätig. Ich kann in dieser Branche keine Stelle finden.«

»Und woran liegt das?«

»Man sagt mir, es seien keine Stellen frei.«

»Glauben Sie das?«

»Ich vermute, daß es nicht so ist. Ich vermute, daß die Menschen in der Föderation trotz des Geistes der Offenheit, der mein zeitweiliges Visum für die Erde ermöglicht hat, mir nicht vertrauen, weil ich Klingone bin.«

»Und was tun Sie im Moment?«

»Ich arbeite in dem Beruf, den man allgemein als

den eines High-School-Lehrers bezeichnet«, sagte G'dath. »Die New Yorker Schulbehörde hat mich eingestellt, damit ich eine experimentelle Klasse leite. Es ist eine gute und nützliche Arbeit. Sie gefällt mir, und ich bin dankbar, daß ich sie tun darf.«

»Aber es ist eben keine Arbeit für einen Physiker?«

G'dath zögerte. »Ohne meinem Arbeitgeber oder meinen Schülern nahetreten zu wollen«, sagte er langsam, »muß ich sagen, daß diese Tätigkeit nicht mein Idealberuf ist. Ich würde viel lieber wieder als Physiker tätig sein.«

»Welche Diplome können Sie als Physiker vorweisen?«

G'dath nannte seine Abschlüsse, und nach einer Weile hob Nan eine Hand. »Ich weiß nicht, ob ich Ihnen geistig folgen kann«, sagte sie entschuldigend. »Sind das nicht Doktortitel? Ich glaube, Sie haben bisher drei genannt.«

»Zwei entsprechen Doktortiteln«, sagte G'dath. »Der dritte liegt eine Stufe höher, aber leider gibt es im Bildungssystem der Föderation keine Entsprechung dafür. Ich weiß jedoch, daß die vulkanischen Institutionen der höheren Bildung einen Titel verleihen, der ihm im Ansehen ungefähr entspricht.«

»Oh«, sagte Nan. »Wenn ich überhaupt von etwas ausgehen kann, dann doch wohl davon, daß die Vulkanier die Gelehrten der Galaxis sind ...«

»... und die Klingonen die Krieger?« beendete G'dath ihren angefangenen Satz.

»Ja.«

G'dath nickte. »Mein Volk hat diesen Ruf. Es ist ein Klischee – und wie alle Klischees im Kern bösartig gemeint.« Er setzte eine ernste Miene auf. »Ich bin kein Krieger. Die meisten Klingonen sind keine Krieger. Meine Angehörigen sind – waren – friedliche Bauern. Meine Eltern haben schwer gearbeitet, damit ich studieren und Gelehrter werden konnte.

Es stimmt, daß ich, als ich jünger war, in der imperialen Flotte gedient habe, weil der Militärdienst auch für jene vorgeschrieben ist, die nicht zur Kriegerkaste gehören. Ich war Warp-Antrieb-Assistenzmaschinist auf einem Schiff von der ungefähren Größe und den ungefähren Fähigkeiten eines Starfleet-Scouts.«

»Waren Sie im Kampfeinsatz?« fragte Nan.

»Oft«, sagte G'dath. »Wir wurden am Rand unseres Imperiums gegen Piraten eingesetzt. Technisch gesehen war ich allerdings kein Kombattant. Nur Berufsoffiziere dürfen eigentlichen Kampfesruhm erringen – Strategien entwickeln, Waffen zum Einsatz bringen und so weiter.«

»War es auch für Sie ruhmreich?«

»Ruhmreich? Es ist nichts Schimpfliches daran, sein Volk vor denen zu beschützen, die sie höchstwahrscheinlich töten oder versklaven würden. Wir haben gegen Piraten gekämpft, und ich bin stolz auf meinen Dienst in der Flotte.«

»Hatte Ihr Schiff je eine Konfrontation mit einem Föderationsschiff?« fragte Nan. Kirk hörte aufmerksam zu.

»Nein, hatte es nicht«, sagte G'dath mit einem sarkastischen Gesichtsausdruck. »Ich glaube, es hätte uns auch ziemlich überrascht, in unserem Sektor ein Schiff aus der Föderation zu treffen, da wir so weit von der Grenze entfernt waren, wie man nur kann, ohne das Imperium zu verlassen.« Er hielt kurz inne und dachte nach. »Außerdem waren wir so weit vom Zentrum des Imperiums entfernt, wie es nur möglich ist. Es war ein einsamer Dienst.«

»Was geschah, als Sie aus der Flotte ausschieden?« fragte Nan.

»Ich ging, wie man es bei Ihnen sagen würde, wieder zur Schule. Ich erhielt meinen dritten akademischen Grad und war in der Forschung tätig.«

»Und als Sie zur Erde kamen – wie erging es Ihnen da?« fragte Nan.

G'dath schaute traurig drein. »Ich stieß auf den allgemein verbreiteten Glauben, ich und meine Kollegen seien nicht vertrauenswürdig und ohne Ausnahme Wilde. Ich stellte fest, daß ich eigentlich jeden Moment Amok hätte laufen müssen, weil der Auslöser uns angeblich im Blut steckt. Jedenfalls hat es meines Wissens jemand so ausgedrückt.

Ich brauchte einige Zeit, um meine gegenwärtige Stellung zu sichern. Die New Yorker Schulbehörde mußte gegen einen Sturm der Entrüstung ankämpfen, als meine Einstellung bekanntgegeben wurde. Aber ich muß sie loben, denn sie hat fest zu mir gestanden und sich auf den Text und Geist der Antidiskriminierungsgesetze gestützt. Wie Sie sehen, bin ich seither weder durchgedreht, noch habe ich jemanden umgebracht. Die Kontroverse ist abgeflaut, und ich nehme an, die Erfolge, die ich bei meinen Schülern erzielt habe, haben den Glauben meines Arbeitgebers in mich gerechtfertigt.«

»Sie sagen, Sie glauben nicht, daß Ihre momentane Arbeit Ihrer Qualifikation entspricht«, sagte Nan. »Was haben Sie getan, um eine andere Position zu bekommen?«

»Ich habe heute morgen die fünfhunderteinundsechzigste Bewerbung für eine akademische Anstellung an eine höhere Bildungsinstitution verschickt, Miss Davis«, sagte G'dath. »Ich habe es längst aufgegeben, etwas zu suchen, das besser zu meinem Lebenslauf paßt. Ich habe es überall versucht – in Harvard, in Oxford, an der Sorbonne und an den Gemeinde-Colleges des amerikanischen Mittelwestens. Ich habe ausnahmslos Absagen bekommen, die besagen, daß es keine passende Stelle für mich gibt. – Miss Davis, ich möchte nicht herumwinseln, ich bin auch nicht auf Mitleid aus, aber ich habe zwei Doktortitel und einen dritten, der mehr als ein Doktortitel ist, und doch sagt man mir immer wieder, daß ich nicht einmal für eine Anfängerposition qualifiziert bin, die in der Regel jemand ausfüllt, der noch an seiner Magisterarbeit schreibt.«

»Was wünschen Sie sich?« fragte Nan. »Was ist Ihr sehnlichster Wunsch? Was möchten Sie den Menschen der Erde mitteilen?«

»Ich möchte einen Beitrag leisten«, sagte G'dath einfach. »Ich habe es mir selbst ausgesucht, hier zu leben und zu arbeiten. Ich kann eine Menge zum Wohl der Allgemeinheit beitragen. Warum läßt man mich nicht?«

»Wunderbar«, sagte Nan. »Ich glaube, das reicht. G'dath, ich möchte noch etwas anderes tun. Ich brauche ein paar Aufnahmen von Ihnen, wie Sie durch die Umgebung spazieren.«

G'dath nickte. »Kein Problem.«

Kirk stand auf und reckte sich. »Ein interessantes Interview, Miss Davis«, sagte er. »G'dath, ich möchte mich irgendwann mit Ihnen über die Piraten vom Rand des Reiches unterhalten. Könnte sein, daß wir einiges gemeinsam haben. Am Anfang meiner Laufbahn war ich mit ähnlichen Aufgaben betraut.«

»Gewiß, Admiral«, sagte G'dath. »Ich hätte nicht das geringste dagegen. Dann könnten Sie mir vielleicht auch von Ihrer Fünfjahresmission erzählen. Ihr Name ist im Imperium sehr bekannt, aber ich fürchte, ich habe nicht unbedingt objektive Versionen Ihrer Erlebnisse zu hören bekommen.«

Kirk grinste. »Aber gern.«

Klor erwachte, als sich eine stählerne Hand auf seine Schulter legte. Er griff instinktiv nach dem Phaser an seinem Gürtel ...

Dann fiel ihm ein, daß er jetzt kein Krieger mehr

war. Er öffnete die Augen, sah die Monitorkonsole vor sich und warf einen Blick über seine Schulter.

Keth schaute ihn stirnrunzelnd an.

»Commander«, keuchte Klor und rappelte sich auf. In seinem Eifer, mehr über G'daths geheimnisvolle Erfindung zu erfahren, hatte er die ganze Nacht damit verbracht, seine Wohnung zu überwachen. G'dath war wenige Stunden vor Morgengrauen endlich zu Bett gegangen. Er hatte über G'daths Computerdaten gebrütet und sich den Zwischenfall mit der Kugel mehrmals angesehen. Klor wußte, daß sein Vorgesetzter etwas ausbrütete, um seine Ehre wiederherzustellen, deswegen war es politisch opportun, nicht bei ihm in Ungnade zu fallen.

Leider war er bei Tagesanbruch eingedöst. Das durchs Fenster fallende Licht deutete an, daß es schon tagte. Er maß Keth mit einem entschuldigenden Blick. Zwar wurde nicht von ihm verlangt, die ganze Nacht aufzubleiben, aber wenn man auf seinem Posten schlafend erwischt wurde, war dies unverzeihlich.

Doch der aufgeregte Keth schien es gar nicht zu bemerken.

»Ich habe eine Nachricht von unseren Vorgesetzten«, sagte er. Er wirkte wie ausgewechselt, glich dem deprimierten Wicht von vorgestern überhaupt nicht mehr, sondern war ganz der alte Commander. Er stand aufrecht da, seine Bewegungen waren zuversichtlich und zielgerichtet, und der Funke in seinen Augen hatte sich zu echtem Feuer verdichtet. »Man ist hinsichtlich des Planfragments äußerst interessiert. Man erwartet den Bürger G'dath und den kompletten Bauplan oder das Gerät so schnell wie möglich.« Seine dünnen Lippen verzogen sich zu einem Lächeln. »Man hat uns gelobt, weil wir sie auf die Angelegenheit aufmerksam gemacht haben.«

Klor lächelte. Man hat *uns* gelobt. »Soll ich einen

neuen Bericht machen?« Es war das Standardverfahren.

Keth dachte nach. »Noch nicht. Noch nicht. Wir wollen erst sehen, was unsere Zielperson vorhat.«

Klor schaute auf den Bildschirm, der G'daths Wohnung zeigte, und empfand einen Anflug von Panik. Die Zielperson war nicht in ihrem Schlafzimmer. Er sah nur das Kätzchen, das protestierend vor der geschlossenen Tür saß. Das Mäulchen des winzigen Lebewesens öffnete sich und enthüllte kurz eine rosafarbene Zunge und kleine, spitze Zähne.

Keths Finger krallten sich in Klors Schulter. »Wenn der Verräter in der Nacht geflohen ist...«

Klor kämpfte seine Angst nieder und behielt die Nerven. Er suchte schnell die Wohnung ab und fand G'dath mit einer Erleichterung, die ihn schwindlig machte, im Wohnzimmer, wo er sich mit einer Erdenfrau unterhielt – einer Frau, die ihm eigenartig bekannt vorkam.

»Commander! Es ist eine Journalistin von World-News! Wenn er mit ihr über seine Erfindung spricht...«

Keths Blick saugte sich am Bildschirm fest, als er über Klors Schulter blickte. »Nimm sofort Verbindung mit unserer vorgesetzten Dienststelle auf und melde...« Er hielt inne und fluchte wütend. *»Z'breth!«*

Klors Blick folgte dem seines Vorgesetzten auf den Schirm... und er sah, daß sich G'dath und die Journalistin von den Stühlen erhoben hatten und sich nun ein Dritter zu ihnen gesellte – ein Starfleet-Admiral, der zu den wenigen gehörte, die ihm nicht unbekannt waren.

James T. Kirk. Klor sank in seinen Sessel zurück.

Keth riß die Augen auf. »Kirk! Starfleet weiß Bescheid! Ist dir klar, was das bedeutet?«

Klor sah, daß Keths Hoffnung auf eine politische Rehabilitation sich in nichts auflöste. »Soll ich um Verstärkung bitten, Commander?«

Keth strich sich mit der Hand übers Kinn und antwortete so zögerlich, daß Klor Verwirrung empfand. »Ich schätze, das müssen wir wohl. Aber setze sie ins Bild ...« Er hielt nachdenklich inne. »Setze sie ins Bild – keine Phaser. Nur normale Waffen.«

»Aber, Commander ...«

Keth maß ihn mit einem jähen Blick. »Es dürfen keinerlei Energiewaffen eingesetzt werden, nicht einmal zum Lähmen. Die Behörden könnten ihren Einsatz sofort messen. Und ich will keine Zeugen. Befiehl dem Kommando, es soll G'dath sofort in Gewahrsam nehmen. Ich möchte ihn lebend haben.«

»Und die Menschen?«

»Nehmt den Admiral, wenn möglich, lebend fest. Bringt die Frau um.«

Kirk, Nan Davis und G'dath traten aus dem Wohnhaus auf den Gehsteig, der zu einem grasbewachsenen, von Bäumen umsäumten Park führte. Die Julisonne war hell und warm, aber die Luftfeuchtigkeit war niedrig, und vom Fluß her wehte eine kühle Brise heran. Kirk war dankbar für die Ablenkung, die G'dath und Nan ihm boten. Er hatte nicht damit gerechnet, an diesem Tag in der Gesellschaft eines Klingonen durch New York zu spazieren, aber G'dath war ein faszinierender Charakter. Er bewunderte seine Hartnäckigkeit ... Und er bewunderte Nan, weil sie seine Situation der Öffentlichkeit bekannt machen wollte. Als sie G'daths Geschichte zugehört hatte, war das Mitgefühl auf ihrem Gesicht absolut echt gewesen – an ihr war ganz und gar nichts Unaufrichtiges.

Als sie vom Gehsteig auf den weichen Rasen wechselten, stellte Nan ihren Koffer ab, öffnete ihn und reichte Kirk eine Kamera. »Hier, damit Sie auch etwas zu tun haben. Richten Sie die Linse einfach auf G'dath; den Rest erledigt der Würfel dann allein. Ich nehme die andere.« Sie gab ihm mit einem Wink zu verstehen, er solle zwei Meter vor dem Klingonen hergehen. Als Kirk es tat, spürte er das Summen des Würfels in seinen Händen.

G'dath, der die Kamera völlig vergaß, hielt sein breites Gesicht in die Sonne und schloß kurz die Augen. »Wir haben ausgezeichnetes Wetter für einen Spaziergang. Ich freue mich, vor die Tür zu kommen.« Er öffnete die Augen und seufzte. »Ich fürchte, ich versenke mich zuviel in meine Arbeit, besonders am Wochenende.«

Nan richtete ihre Kamera auf ihn und nahm ihn von rechts auf, während Kirk sich seine linke Seite vornahm. »Arbeit? Um welche Arbeit geht es, G'dath?«

»Ich meine meine Studien«, erwiderte G'dath schnell und wandte den Blick ab. »Ich bemühe mich, mit den neuesten physikalischen Entwicklungen Schritt zu halten, aber es gibt jeden Tag mehr zu lernen.«

»Anhalten«, sagte Nan hinter der Kamera. »Sie wirken plötzlich so bedrückt. Könnten Sie mal lächeln oder so etwas?«

Der Klingone verzog den Mund zu einem Lächeln und zeigte zwei ebenmäßige, einschüchternde Reihen großer, gelblicher Zähne.

»So doch nicht«, sagte Nan. Obwohl sie es gut verstand, ihr eigenes Lächeln zu unterdrücken, hörte Kirk es in ihrer Stimme. »Nicht so *gestellt*.«

G'dath kicherte. »Ich kann nicht gut auf Befehl lächeln. Das zeigt schon das Holo auf meinem Bürgerpaß.«

»Das habe ich gesehen«, sagte Nan. »Eins zu null für Sie. Denken Sie doch an etwas Erfreuliches. Na, bitte, das ist schon besser. So sehen Sie viel...«

»... menschlicher aus?« schlug Kirk vor.

»Freundlicher.«

G'daths Ausdruck hatte sich beträchtlich erhellt. »Es würde mir sehr schwerfallen, menschlich auszusehen. Aber freundlich könnte schon klappen.«

Sie gingen weiter und zeichneten auf, bis sie auf eine von hohen Bäumen umsäumte Lichtung kamen.

»Nun«, sagte Nan, »ich glaube, Naturaufnahmen brauchen wir nicht...«

G'dath hob eine Hand und legte den Kopf schief. »Moment mal, ich glaube, ich höre da etwas. Es klingt ganz so, als liefen vier Personen auf uns zu.«

Als Kirk Schritte hinter sich hörte, duckte er sich instinktiv. Als er sich umdrehte, zischte eine Hand, die einen Totschläger hielt, über seinem Kopf durch die Luft. Er warf die Kamera auf den Angreifer und wich zurück, während G'dath einen weiteren Mann mit einem jähen Schlag gegen den Hals kampfunfähig machte.

Kirks Angreifer, ein junger, muskulöser Bursche mit glattrasiertem Gesicht, in dessen Wangen Buchstaben eintätowiert waren, taumelte zurück, als die Kamera gegen sein Schienbein knallte und ihn von den Beinen riß. Während er darum kämpfte, wieder auf die Beine zu kommen, hechtete ein dritter Schatten hinter einem Baum hervor und stürzte sich auf Nan Davis.

»Nan!« schrie Kirk. »Hinter Ihnen!«

Nan drehte sich um, als der dritte Mann hinter ihr auftauchte. Sie schwang ihre Kamera und drosch sie dem Schläger in den Bauch. Der Angreifer, der nicht darauf vorbereitet gewesen war – er war bärtig und hatte ein gebrochenes Nasenbein –, ging in die Knie und rang nach Luft.

»Rücken an Rücken!« befahl Kirk.

»Was ist hier los, verdammt?« fragte Nan, als sie zu dritt in Verteidigungsstellung gingen.

G'daths Angreifer lag besinnungslos da, doch die beiden anderen kamen wieder auf die Beine. Ein vierter Mann gesellte sich zu ihnen. Sie waren alle jung, schlampig gekleidet, schmutzig und stellten bunte Tätowierungen zur Schau. Und alle, registrierte Kirk voller Scham, waren Menschen. Nun setzten sie dazu an, ihre Opfer vorsichtig zu umkreisen.

»Hin und wieder«, sagte G'dath schnell, als die Burschen näher kamen, »treiben sich auch Hooligans hier herum und greifen Bewohner des Naturschutzgebietes an.«

»Der besonders häßliche Vogel da trägt eine Plakette der Barclayiten«, sagte Nan und deutete auf den bärtigen Kerl, der sie angegriffen hatte.

»Ach«, sagte Kirk. »Die sind es.« Nun erkannte er auch, was in die Wangen des kahlköpfigen Angreifers eintätowiert war: ALIENS RAUS.

»Barclayiten?« fragte G'dath.

»Sie mögen keine Nichtmenschen«, sagte Nan. »Sie mögen auch die meisten Menschen nicht. Die Bewegung hat auf Centaurus angefangen. Ich wußte nicht, daß sie sich auch schon hier ausgebreitet hat.« Als die Angreifer sie zu umkreisen begannen und Keulen und Messer zückten, räusperte sie sich. »Ähm, sagen Sie, Admiral, ich möchte Ihnen zwar nicht den Spaß verderben, aber könnten Sie nicht Ihren Freund Harry anfunken und ihn bitten, uns so schnell wie möglich hier wegzubeamen? Es ist schließlich ein *Notfall.*«

»Oh«, sagte Kirk in einem leicht enttäuschten Tonfall. »Tja, ich nehme an, das können wir wohl machen.« Er griff in seine Jacke und nach dem Kommunikator – und zwar genau in dem Moment, in dem sich die drei restlichen Schläger auf sie stürzten.

G'dath brüllte auf und drosch mit einer weit ausholenden Bewegung seines starken Arms zwei der Burschen zu Boden. Kirk nahm sich den dritten vor. Nan hob den Kamerawürfel auf, den sie schon einmal zum Einsatz gebracht hatte und unternahm den Versuch, dem Mann, mit dem Kirk rang, einen Schlag auf den Schädel zu versetzen, aber sie bewegten sich einfach zu schnell.

Plötzlich vernahm sie hinter sich ein gedämpftes »Uff!« Als sie sich umdrehte, sah sie, daß G'dath den wieder zu sich gekommenen Angreifer am Schlafittchen hielt. Die Füße des Mannes zappelten mehrere Zentimeter über den Boden, und er wand sich im starken Griff des Klingonen. »Laß mich los, du außerirdischer Schweinehund!« schrie er.

»Sie sind eine furchtbare Nervensäge«, sagte G'dath. »Miss Davis, in solchen Situationen sollte man immer darauf achten, was in seinem Rücken vor sich geht. – Und was Sie angeht, Nervensäge, schlafen Sie weiter.«

»Häh?« machte der Mann.

»Mir reicht's jetzt«, sagte G'dath, versetzte ihm einen Schlag auf den Kopf und ließ ihn zu Boden fallen. »Sind Sie fertig, Admiral?«

»Einen Moment noch«, sagte Kirk. Er hockte auf dem Brustkorb seines Gegners. »Willst du jetzt brav sein?« fragte er.

»Fahr zur Hölle, du Verräter!« zischte der Mann. Er bekam eine Hand frei und zückte ein Messer.

Doch bevor er damit etwas anrichten konnte, drosch Kirk mit der Faust gegen seine Kinnlade. Der Mann verlor die Besinnung.

»Sehr wirkungsvoll«, sagte G'dath bewundernd.

»Sie waren aber auch nicht übel«, sagte Kirk grinsend und stand auf. Er schmeckte Blut und wischte sich einen dünnen Streifen von der Unterlippe. »Ich freue mich, daß Sie nichts abbekommen haben, Miss Davis.«

»Danke, Admiral. Aber Ihre Uniform ist etwas beschmutzt.«

»Das kann man abbürsten«, sagte Kirk grinsend. »Das neue reißfeste Gewebe ist unverwüstlich. Es gab Zeiten, in denen ich fast jeden Monat eine Uniform gebraucht habe. Was machen Ihre Kameras?«

Nan bückte sich, um sie zu untersuchen. »Ihre ist in Ordnung«, meldete sie kurz darauf. »Aber meine ist verbogen. Wie *das* wohl passiert ist? Aber der Speicher ist in Ordnung. Sie nimmt sogar noch auf. Wir haben nicht nur das ganze Interview im Kasten, wir haben wahrscheinlich auch noch ein paar tolle Aufnahmen von der Rauferei. Wenn wir es heute abend senden, sind Sie beide Helden.«

»Erstaunlich«, sagte Keth, der, nachdenklich einen Finger an sein Kinn pressend, den Bildschirm betrachtete. »Es war eine bestens ausgebildete Angriffseinheit. Hinter unserem Bauern steckt mehr als ich dachte.« Er schaute auf Klor hinab, der im Blick seines Vorgesetzten keine Überraschung, sondern Zufriedenheit sah. Klor begriff, daß sich die Dinge genau so entwickelt hatten, wie Keth es erhofft hatte. Geplant hatte.

»Commander«, sagte er, »haben Sie irgendwelche Befehle für den Leiter Verdeckter Aktionen?« Er stellte die Frage, weil Keth damit gerechnet hatte. Aber er hatte schon vermutet, daß er sie nicht bestätigend beantworten würde.

»Nein. Das Kommando ist zwar von den örtlichen Behörden in Gewahrsam genommen worden, aber ihre Legenden halten jedem Routineverhör durch die Polizei stand.« Keth lächelte wieder, auch diesmal mit erstaunlichem Glanz. »Bis dahin ...« Er hielt inne und musterte Klor mit einem Blick höchster Bedeutung. »... müssen wir eigene Pläne entwickeln.«

Klor lächelte vor sich hin. Denn nun wußte er genau, daß sie beide irgendwann wieder nach Hause zurückkehren würden.

9

Nachdem Nan Davis und Admiral Kirk gegangen waren, befreite G'dath Hüpfer aus seinem zeitweiligen Gefängnis im Schlafzimmer, nahm im Wohnzimmer Platz und fragte sich, ob es ein Fehler gewesen war, den beiden nichts von der Kugel zu erzählen. Doch zuvor war ihm Diskretion als der klügste Weg erschienen. Er hatte nichts über die Sache verlauten lassen wollen, bevor er die Kraft – und die Gefahr – nicht hundertprozentig verstand.

Er hatte irgendwie ein schlechtes Gewissen, Miss Davis nichts erzählt zu haben. Sie war so nett zu ihm gewesen und hatte seinen Worten so aufmerksam gelauscht. Und sie hatte sich sofort bereit erklärt, Teil der Verschwörung hinsichtlich der Geheimhaltung von Hüpfers Anwesenheit im Haus zu werden. Eine äußerst bemerkenswerte Person: großzügig, intelligent und – für eine Menschenfrau – auch recht anziehend. G'dath gestattete sich derlei Gedanken nicht allzu oft. Miss Davis mußte ihn wohl für äußerst unattraktiv halten. Na, egal; er hatte sich schon vor langer Zeit mit seiner Einsamkeit abgefunden. Aber er glaubte, daß man ihr vertrauen konnte, und hatte unbedingt gewollt, daß sie die Reportage machte. Sie war hilfreich für ihre Karriere, und er wußte auch, daß das heutige Interview der seinen auf die Beine half.

Obwohl niemand bei dem Angriff Verletzungen davongetragen hatte, fühlte G'dath sich noch immer erschüttert. Nicht körperlich, aber emotionell. Gewalt war zutiefst verwirrend für ihn... und dieser Zwischenfall um so mehr. Nicht weil er die Schwierigkeiten verdeutlichte, denen er sich auf der Erde gegenübersah ... Nein, es ging um mehr. Um irgendeine Saat der Besorgnis, die sich in seinem Unterbewußtsein festgesetzt hatte und langsam sproß.

Ohne sich einer Entscheidung bewußt zu sein, stand er abrupt auf und holte die Kugel aus dem Wandschrank. Ihre glänzende Oberfläche war makellos. Er spürte das Summen ihrer Energie in seinen Fingerspitzen. G'dath öffnete die Zugriffsklappe und drückte ein Relais. Die Innenbeleuchtung schaltete sich ein. Die Kugel funktionierte noch immer perfekt, auch nach den Reisen des vergangenen Abends.

Gath hatte sich nach dem fünften Flug gezwungen gesehen, ihren Messungen Glauben zu schenken. Die Daten stimmten mit ihrer ursprünglichen Reiserichtung überein. Die Entfernung, die sie zurückgelegt hatte, war die wahre Revolution.

Die Kugel bezog offenbar Energie aus dem Nichts, und das war eigentlich schon revolutionär genug. Doch das von ihr angezapfte Kraftreservoir wies gewisse Charakteristika auf, die man untersuchen, messen und sich dienstbar machen konnte. Dies machte die Sache zu einer wissenschaftlichen Angelegenheit, die nichts mit Zauberei zu tun hatte.

Als G'dath vor vielen Jahren erstmals angefangen hatte, sich diesem Thema zu widmen, hatte er geglaubt, er hätte möglicherweise in den Warp-Raum gegriffen – ohne die komplizierte Technik und die dazu benötigten riesigen Energiemengen. Er hatte jedoch bald erkannt, daß das, was er anzapfte, nicht der Warp-Raum war, sondern etwas, das hinter ihm lag. Was es auch war, es handelte sich um etwas, worin der Warp-Raum – und damit auch der Normalraum – enthalten war. Es gab auch keinen Grund zu der Annahme, daß dies alles war. Ein Räderwerk in einem Räderwerk ...

Seine Entdeckung hatte ihn rasch auf eine kosmologische Theorie gebracht, die alles, was man gegenwärtig über das Universum wußte, überholen würde. Für die heutigen Physiker bedeutete seine Entdeckung das gleiche, wie die des Warp-Raum-Pioniers Zephram Cochrane für die Einsteinsche Physik: Er hatte sie überholt.

Keine üble Leistung für einen High-School-Lehrer.

Bei ihrem ersten Flug sollte die Kugel zum Mond fliegen, ihn umkreisen, einige Sternmessungen vornehmen, um ihre Position zu bestätigen, und zurückkehren. Doch sie war am Mond vorbeigeschossen und hatte sich auf einen Punkt im All zubewegt, der knapp tausend Lichtjahre entfernt war. Dann war sie direkt zu ihm ans Fenster zurückgekehrt. Sie hatte die gesamte Strecke in weniger als 6,7 Sekunden zurückgelegt.

G'dath hatte den Fehlerprozentsatz berechnet, zu dem es kam, wenn die Kugel eine bestimmte Stelle im All verließ, tausend Lichtjahre zurücklegte und praktisch am gleichen Punkt wieder ankam und dabei auch die verschiedenen Bewegungen berücksichtigt, die die Erde während dieser Zeit im Raum machte. Seine Zahlen wiesen eine Genauigkeit der Navigation von eins zu sechzig Billionen auf – aber dafür hatte er die Kugel eigentlich gar nicht konstruiert. Er hatte sie freilich auch nicht dafür konstruiert, daß sie fast dreihundert Lichtjahre pro Sekunde zurücklegte ... Und doch hatte sie es getan.

Außerdem hatte er den erforderlichen Energieaufwand berechnet, um einen Gegenstand in wenigen Augenblicken tausend Lichtjahre weit und zurück zu schicken. In Wärme ausgedrückt, hätte die Energie reichen müssen, um das Erde-Mond-System verdunsten zu lassen. Aber die Energie war keine Wärme. Sie war reine Bewegung. Selbst wenn ein bedeutungsloser Bruchteil der ungeheuren Energie in Hitze umgewandelt worden wäre, hätte die Kugel wenigstens mit der

Kraft eines riesigen Materie-Antimaterie-Generators explodieren müssen – mit allen nachfolgenden Konsequenzen für New York. G'dath schüttelte sich. Wäre ihm das potentielle Risiko für die anderen bekannt gewesen, hätte er den Test nie durchgeführt. Dann hätte er die Kugel lieber gleich zu Testzwecken an die Föderationsbehörden weitergegeben, damit man sie an einem fernen Ort prüfte.

Es gab viele unbeantwortete Fragen über das Geschehene – und nicht zuletzt die, wieso die Kugel bei Abreise und Rückkehr nicht mehr als einen nicht einmal besonders lauten Donnerschlag erzeugt hatte. Ihre Geschwindigkeit durch die Luft mußte ein Vielfaches des Lichts betragen haben, wenn sie den Punkt X so schnell erreicht hatte und zurückgekommen war. Sie konnte bei ihrer Fluchtgeschwindigkeit kaum Zeit gehabt haben, auf der Reise durch die Atmosphäre zu trödeln.

G'dath wußte, daß noch viel zu tun war, bevor er es sich leisten konnte, seine Entdeckung bekanntzumachen. Es war enttäuschend, daß er nicht sofort an die Öffentlichkeit gehen konnte, aber schließlich wartete er schon eine ganze Weile darauf, daß man ihn anerkannte. Die Sache war zu bedeutend, um ihr weniger als seine gesamten Bemühungen zu widmen. Er wußte, daß es das beste für ihn war, noch eine Weile zu warten. Er mußte die theoretische Arbeit analysieren und die Kugel dann der Föderation übergeben, damit diese sie weiter – und *sicherer* – testete.

Außerdem waren bei einer derart mächtigen Technik noch andere Dinge zu berücksichtigen.

Er dachte an Admiral Kirk und an Miss Davis' Frage: *Haben Sie je gegen ein Föderationsschiff gekämpft?* Er war erleichtert gewesen, diese Frage negativ beantworten zu können – nicht weil er fürchtete, was die beiden wohl von ihm dachten, wenn es anders gewesen wäre, sondern weil er den unnötigen Aufwand an Leben bedauerte. Er hatte den Admiral wirklich gemocht, und ihn zu treffen, erinnerte ihn an die Tatsache, daß es bei Schlachten auf beiden Seiten ehrenwerte Krieger gab. Es war reine Verschwendung, derart edles Blut zu vergießen.

Und doch war ihm allmählich klar geworden, daß seine Erfindung auch zu Konflikten führen konnte. Sie konnte Konflikte *fördern.* Mit der Kugel konnte man schnell zuschlagen und ohne Verluste wieder verschwinden.

G'dath sah, daß Hüpfer neben ihm stand. Der kleine Kater schaute mit hellen, fragenden Augen zu ihm auf. Er streichelte ihn.

»Hüpfer«, sagte er, »weißt du, was ›Gleichgewicht der Macht‹ ist?«

Hüpfer miaute.

»Nein? Dann erlaube mir, daß ich es dir erkläre. Stell dir zwei rivalisierende politische Parteien vor. Beide sind groß und stark. Jede hat ihren eigenen Einflußbereich. Die Reibungen zwischen ihnen führen zwar gelegentlich zu offenen Feindseligkeiten, aber allgemein vermeidet man eine totale Konfrontation, weil jeder ungefähr genauso stark ist wie der andere. Da keine Seite einen klaren Vorteil hat, ist auch keine bereit, den zwischen ihnen bestehenden Frieden aufs Spiel zu setzen. – Hast du's soweit verstanden?«

Hüpfer fing an zu schnurren.

»Ausgezeichnet«, sagte G'dath. »Also, weiter. Man kann das Gleichgewicht der Macht leicht erhalten, wenn jede Seite über ungefähr den gleichen Wohlstand, die gleichen Ressourcen und die gleiche Technik verfügt. Wenn nun aber zwischen ihnen ein ernstliches Ungleichgewicht auf einem dieser drei Gebiete existiert, kommt es zu Reibereien, und die Wahrscheinlichkeit einer Konfrontation nimmt zu. Verstehst du?«

Hüpfer blinzelte ihn an.

G'dath verfiel in Schweigen. Er hatte die Kugel als

tragbare Quelle frei verfügbarer Energie geplant. Doch statt dessen hatte er etwas erschaffen, das potentiell das Schrecklichste war, was man je erfunden hatte: ein Gerät mit unbekannten Kräften, das man nicht nur billig herstellen konnte, sondern das auch fähig war, sich mit fast unberechenbarer Geschwindigkeit und absoluter Genauigkeit zu bewegen.

Er nahm die Kugel und stellte sie vorsichtig in den Wandschrank. Doch er schloß ihn nicht, sondern blieb vor ihm stehen und starrte seine Erfindung an.

Der Angriff beschäftigte ihn noch immer. Er enthielt eine Warnung; irgend etwas, das sein Unterbewußtsein ihm zu sagen versuchte.

Er empfand ein Gefühl kalter Angst. Er hatte nicht mehr die geringsten Zweifel, daß man ihn *beobachtete.* Man hatte ihm nachspioniert. Und heute war es beinahe so gewesen, als hätte der Observant seine Gedanken gelesen. Als er mit Nan Davis und dem Admiral im Park spazierengegangen war, hatte er stumm mit sich gerungen, ob er ihnen von der Entdeckung berichten sollte. Und irgendwann waren die Worte sogar auf seinen Lippen gewesen.

In dem Moment, als der Angriff erfolgt war.

Nein. Nein, die Angreifer waren ausnahmslos Menschen gewesen. Sein besorgter Geist entwickelte paranoide Phantasien. Er wurde nicht überwacht. Und doch …

Im Reich hatte er nie bezweifelt, daß man ihn bespitzelte.

Wieso sollten sie ihn nicht auch hier überwachen? Wieso sollten sie nicht von seiner Erfindung erfahren haben, auch wenn sie nicht verstanden, um was es eigentlich ging? Hatte der Überfall der ›Barclayiten‹ ihn zum Schweigen bringen sollen?

Aber der Überfall war schiefgegangen. Und das bedeutete, daß ihm bis zum nächsten nur noch wenig Zeit blieb.

G'dath stand eine Zeitlang unschlüssig vor der Tür des Wandschranks. Seine Vernunft haderte mit seiner Angst, doch am Ende gewann letztere. Es war weitaus sicherer, sich einer Paranoia hinzugeben, die niemandem schadete, als das Risiko der Alternative einzugehen. Er hob das Kätzchen auf, das miauend zu seinen Füßen saß, und sagte so vergnügt, daß es sogar in seinen eigenen Ohren gekünstelt klang:

»Warum weinst du denn, Kleiner? Wird dir langweilig, wenn du den ganzen Tag drinnen bleiben mußt? Vielleicht sollte ich dich mal kurz an die frische Luft und an die Sonne bringen. Aber nur einen Moment. Und du mußt versprechen, daß du nicht wegläufst.«

Hüpfer, der G'daths innere Aufgewühltheit spürte, wand sich in seinen Händen.

G'dath zögerte, dann schloß er die Schranktür. Wenn er *wirklich* beobachtet wurde, wäre es absolut falsch, die Kugel mitzunehmen. Es würde die Bewacher nur noch mißtrauischer machen. Dann ergriffen sie ihn womöglich noch, bevor er aus dem Gebäude herauskam. Wenn sie glaubten, er ginge nur kurz an die Luft, hatte er eine bessere Chance zur Flucht.

G'dath ließ die Kugel nicht ohne böse Ahnungen zurück. Er hatte einen Plan, um sie später an sich zu bringen, der für niemanden Gefahr barg. Mit etwas Glück konnte er sie in weniger als einer Stunde haben – vorausgesetzt, Nan Davis und Admiral Kirk waren bereit, ihm zu helfen. Nur er wußte, wie man die Kugel aktivierte, und er war der einzige, der sie konstruieren konnte. Als Sicherheitsmaßnahme hatte er, was die Pläne anging, nur einen Teil der Informationen im Computer gespeichert. Der fehlende Teil befand sich in seinem Gedächtnis.

Und er hatte die Absicht, sich für jede interessierte Gruppierung unerreichbar zu machen. G'dath beruhigte das Kätzchen mit leisen Worten und verließ seine Wohnung mit festem Schritt.

Kevin Riley räkelte sich dankbar und gähnend in seinem bequemen Plüschsessel im Speisesaal des St. Francis. Die gedämpfte Beleuchtung und die leise Geigenmusik erweckten in ihm den Wunsch, seine Wange auf den Tisch zu legen und friedlich einzuschlafen. Bis zu diesem Moment hatte ihn die Triebkraft seiner vorherigen Panik wachgehalten – und die von Jenny Hogan bezogene Energie. Jenny strahlte förmlich Kraft aus, und es überraschte ihn, daß er fähig gewesen war, auf dem Weg zum Hotel mit ihr Schritt zu halten.

Ein Teil ihrer Ausstrahlung war nun abgeschwächt, und sie musterte ihn wieder mit Besorgnis. Er begriff, daß er, seit sie Platz genommen hatten, noch kein Wort gesagt hatte. Nur Jenny hatte geredet. Der Kellner hatte ihnen gerade das Essen serviert, aber Riley hatte noch nicht die Kraft gesammelt, um seine Florentiner Eier zu kosten.

Das Schweigen zog sich dahin, bis er sich entschloß, etwas zu sagen, aber Jenny kam ihm zuvor.

»Kevin, wo haben Sie die Nacht verbracht? Sie sehen aus wie der letzte, der aus Iran herauskam, bevor Khan Noonian Singh es dem Erdboden gleichmachte.«

Riley stocherte mit der Gabel in einem matschigen Ei herum und schaute zu, wie es auf seinem Salatbett wabbelte. Dies ließ ihn auch noch den letzten Appetit verlieren. Jennys Frage kündete zweifellos von unverhohlener Neugier, aber die Art, wie sie sie gestellt hatte, war so genial, daß man es ihr nicht übelnahm. Trotzdem war er unsicher: Hatte sie nur aus bloßer Neugier gefragt, oder wollte sie erfahren, ob er an jemanden gebunden war? Er beschloß, so aufrichtig wie möglich zu sein, selbst wenn es bedeutete, über Anab reden zu müssen. Er kannte Jenny zwar erst kurz, aber sie hatte ihm geholfen. Und sie hatte irgend etwas an sich, daß sie vertrauenswürdig machte.

Riley seufzte noch einmal und legte die Gabel hin.

»Ich habe nur verschlafen. Weil ich nicht einschlafen konnte. Ich leide seit geraumer Zeit an schrecklicher Schlaflosigkeit.«

»Ach.« Sie aß etwas und schaute ihn mit unschuldigen grünen Augen an. Sie hatte, wie er, ein Kindergesicht, und da sie dazu noch sehr schmal war, wirkte sie wie höchstens zwanzig.

Anhand ihres erwartungsvollen Gesichtsausdrucks sah er, daß sie das, was sie in Erfahrung hatte bringen wollen, nicht bekommen hatte. Er nahm einen neuen Anlauf.

»Ich war allein, Jenny.«

Sie warf einen raschen Blick auf ihren Teller, als sei es ihr irgendwie peinlich. »Es geht mich natürlich nichts an«, sagte sie, obwohl ihm klar war, daß sie genau das hatte hören wollen.

»Macht doch nichts«, sagte er fröhlich und mußte beinahe grinsen, als er sah, daß ihre Miene sich sofort aufhellte.

»Aber was ist sonst mit Ihnen los? Liegt's an der Arbeit? Jim Kirk wirkt eigentlich nicht so, als würde er zum Frühstück kleine Lieutenant Commanders futtern.« Sie gestikulierte mit ihrer Gabel. »Und Sie schon gar nicht – wenn man bedenkt, daß er Ihnen vor vielen Jahren das Leben gerettet hat und Sie dann später zusammen in der Flotte gedient haben.«

Riley kniff die Augen zusammen. Seine Verwirrung *mußte* mit dem Mangel an Schlaf zu tun haben. »Ich fürchte, ich kann Ihnen nicht ganz folgen.«

»Hoppla.« Jenny biß sich auf die Unterlippe. »Tut mir leid, ich wollte das Thema nicht anschneiden. Aber Produzenten neigen nun mal dazu, die Lebensläufe aller Leute zu recherchieren. Als Kirk in die Sendung eingeladen wurde, habe ich mich mit seinem Leben befaßt, und dabei ist mir aufgefallen, daß es sich mit dem Ihren auf Tarsus IV überschnitten hat. Verzeihung. Ich wollte es nicht so … unbekümmert erwähnen. Ich kann mir vorstellen, daß es eine grauenhafte Tragödie für Sie gewesen sein muß.«

Riley zwang sich, bei der Erwähnung des Planeten nicht nervös zu werden, und es gelang ihm, eine ruhige Antwort zu geben. »Es ist schon sehr lange her. Eigentlich weiß ich gar nicht mehr viel. Ich war noch klein. Kirk war auch auf Tarsus – aber eins verstehe ich nicht: Was meinen Sie damit, er hätte mir das Leben gerettet? Wir kannten uns doch damals noch gar nicht. Wir haben uns doch erst kennengelernt, als ich auf die *Enterprise* versetzt wurde.«

Sie starrte ihn verständnislos an. »Ich bin im Archiv auf eine alte Reportage gestoßen. Jemand hat etwas über Jim – beziehungsweise Jimmy – Kirk geschrieben, als er vierzehn war. Und darin steht, er hätte ein Kind gerettet, einen vier Jahre alten Jungen namens Kevin Thomas Riley, der zur Exekution anstand. Ich hab's überprüft, und es stimmt. Sie scherzen, wie? Natürlich haben Sie es gewußt ...«

Riley glaubte ihr kein Wort. Er war sicher, daß sie ihn aufzog. Doch dann, als Jenny den Namen aussprach – *Jim; Jimmy* – zögerte er.

In seinem Gedächtnis rührte sich etwas Dunkles und Abstoßendes. Jimmy. Jim. *Es ist zu gefährlich ...*

Riley griff sich an die Stirn. Er hatte nie genau verstanden, warum Kirk sich so für ihn interessierte, so ungemein besorgt über seine Laufbahn und so bereit gewesen war, ihm eine Chance zu geben. Er hatte immer behauptet, Riley hätte es verdient und besäße die Fähigkeit, ein Kommando zu führen.

Doch seine eigene Unsicherheit hatte ihm nie gestattet, dies zu glauben.

Riley schloß die Augen und rief sich zum erstenmal seit fünfundzwanzig Jahren das Gesicht des Fremden in Erinnerung zurück, der ihm das Leben gerettet hatte. Und ihm wurde deutlicher als je zuvor bewußt, wie sehr er den Admiral heute morgen enttäuscht hatte.

Jenny beugte sich vor und betrachtete ihn stirnrunzelnd. »Ist alles in Ordnung, Kevin?«

»Bestens«, erwiderte er. »Bin nur etwas müde.« Er ließ die Hand sinken und lächelte schwach. »Natürlich habe ich das mit Kirk gewußt.«

»Also ist er nicht derjenige, der Ihnen zu schaffen macht.«

»Nein, nein.« Riley hielt inne. Er war froh, daß sie das Thema wechselte, wußte aber nicht genau, wie er anfangen sollte. »Es liegt an mir.«

Das Interesse und das Mitgefühl in ihrem Gesicht waren so aufrichtig, daß sich seine Kehle zusammenzog. »Möchten Sie darüber reden, Kevin?«

Er holte Luft und riß sich zusammen. »Jenny ... Ich war bis vor einer Woche verheiratet. Sie hat mich verlassen.«

Sie erbleichte und legte ihre Gabel hin. »Es tut mir wirklich leid, Kevin. Ich hätte wohl nicht ...«

»Ist doch nicht Ihre Schuld. Ich hab's doch von mir aus erzählt. Und da ich schon mal angefangen habe, kann ich Ihnen wohl auch alles erzählen. Wenn Sie's überhaupt hören wollen.«

Sie stützte sich mit einem Ellbogen auf dem Tisch ab und rückte näher. »Ich möchte es hören.«

Riley konzentrierte sich auf einen Punkt in weiter Ferne. »Wir hatten einen Jahresvertrag, aber nach sechs Monaten nahm sie einen Auftrag im interstellaren Raum an. Ich habe sie überredet, den Vertrag um achtzehn Monate zu verlängern, so daß er ablief, wenn auch ihr Auftrag beendet war. Ich wollte sie wohl unterbewußt zwingen, zwischen der Dienstverlängerung und der Ehe zu wählen.« Er hielt inne und war erstaunt, daß er so leicht mit jemandem darüber sprechen konnte. Es erstaunte ihn auch, daß Jenny es ihm so leicht machte, und er war ein wenig erschrocken darüber, daß er ihre Gesellschaft so schätzte. Er kam sich irgendwie untreu vor. »Es ist nicht so, daß ich sie erst gestern verloren hätte. Wir waren doch schon ein ganzes Jahr auseinander. Ich hätte damit rechnen müssen. Aber … Ich schätze, bis vor einer Woche konnte ich es mir nicht eingestehen.« Seine Lippen zuckten. »Ich habe an dem Tag Kom-Kontakt zu ihr hergestellt, an dem unser Vertrag auslief. Ich hätte den Wink wohl verstehen sollen. Und dann, gestern, hat sie mir eine Nachricht überspielt, in der sie mich bittet, ihr ihre Sachen zu schicken.«

»Tja …« Jenny wirkte wie erschlagen. »Deswegen haben Sie verschlafen. Und deswegen hätte Jim Kirk Sie beinahe vors Kriegsgericht gestellt. War wohl nicht Ihr Glückstag.«

»Ich hab's verdient«, sagte Riley offen. »Aber ich habe auch schon *bessere* Zeiten erlebt.«

Sein todernster Ausspruch ließ sie kichern, und Riley mußte auch lächeln. Er aß einen Happen und stellte fest, daß er irgendwie doch leichten Hunger verspürte. »Aber lassen wir's. Danke, daß Sie mir zugehört haben, Jenny. Ich wollte es nur erklären, weil …« Er zögerte.

»Weil?« Sie hörte auf, so zu tun, als äße sie, und beugte sich vor, um zu hören, was er sagen wollte. Riley empfand ein Aufwallen von widerstreitenden Gefühlen. Der Ausdruck in Jennys Augen war genau der, den er in Anabs Augen zu sehen gehofft hatte. Er empfand tiefe Dankbarkeit, ein schlechtes Gewissen und Furcht – und fühlte sich gleichzeitig von ihr angezogen.

Er senkte den Blick. Er traute sich nicht, ihr in die Augen zu schauen. »Weil …«, sagte er, sein Tonfall nun neutraler, »ich für einen Freundschaftsbeweis Dankbarkeit empfinde.«

Sie lächelte etwas unsicher und bemühte sich, den Inhalt seiner Worte zu analysieren. Er beschloß, ihr zu helfen.

»Freundschaft ist im Moment das einzige, was ich zu vergeben habe, Jenny.«

»Sicher.« Ihr Lächeln wurde zwar breiter, aber er vernahm eine Spur von Enttäuschung in ihrer Stimme. »Wer könnte es Ihnen verübeln? Gute Freunde findet man nicht an jeder Ecke.«

Das Gespräch wandte sich anderen Dingen zu, und Riley fühlte sich trotz seiner Erschöpfung wunderbar. Jenny erholte sich rasch und war eine geistreiche Begleiterin. Als sie fertig waren, tauschten sie ihre Nummern aus, und Jenny bat ihn, sie anzurufen, falls er eine Freundin zum Reden brauchte.

Er versprach, ihrer Aufforderung nachzukommen. Aber natürlich wußten beide, daß daraus nichts werden würde.

10

Nan Davis' innere Uhr lief noch nach San Francisco-Zeit. In New York war es schon Nachmittag, und obwohl es für ihren Körper ein Frühstück war, beschloß sie, zusammen mit Jim Kirk zu Mittag zu essen. Nach dem Überfall im Park und dem anschließenden Verhör durch die örtlichen Behörden war sie leicht zittrig auf den Beinen. Die Chance, sich zu setzen und etwas zu essen zu bekommen, erschien ihr nun eine ideale Lösung.

Gleichzeitig fühlte sie sich durch das Erlebnis, so ärgerlich es auch gewesen war, eigenartig aufgekratzt. Sie empfand nun ein Gefühl freundschaftlicher Verbundenheit mit Kirk. Jetzt noch offiziell zu bleiben, wäre ihnen nach dem Geschehenen – immerhin hatten sie sich in derselben Schlacht bewährt – lächerlich erschienen, deswegen hatten sie in unausgesprochener Übereinstimmung angefangen, sich zu duzen.

Man hatte Nan vor dem legendären Charisma des Admirals gewarnt, und sie hatte es auch schon einmal während einer kurzen Begegnung auf Centaurus erlebt. Natürlich war er damals der offizielle James T. Kirk gewesen... Nun bemerkte sie, daß der private Kirk noch anziehender war.

Natürlich hatte sie nicht vor, sich von seinem Charme vereinnahmen zu lassen. Sie hatte ihre Recherchen gemacht und wußte, daß er mit der Vizeadmiralin Ciana verheiratet war. Allerdings hatte sie der Schatten interessiert, der heute morgen bei der Erwähnung seiner Frau über sein Gesicht gehuscht war.

Kirk selbst verhielt sich äußerst geschäftsmäßig. Das Gespräch berührte keine privaten Dinge, und sie waren gerade mitten in einer Diskussion über das Dart-Projekt, als sich Nans Piepser meldete.

Sie seufzte auf. Wahrscheinlich Jenny, die ein Problem im Studio hatte. »Tut mir leid, Jim. Würdest du es für schlechtes Benehmen halten, wenn ich den Anruf hier entgegennehme?«

Kirk schenkte ihr ein schwaches, gnädiges Lächeln. »Überhaupt nicht.«

Sie nahm ihr Handy aus dem Gürtel und schaltete es ein. »Nan Davis.« Sie rechnete mit Jennys Sopran, doch statt dessen hörte sie einen dröhnender Baß.

»Bitte entschuldigen Sie, Miss Davis, daß ich Sie so einfach anrufe. Aber wenn es kein Notfall wäre, hätte ich die Nummer, die Sie mir heute morgen gegeben haben, nicht gewählt.«

»Dr. G'dath!« Nan runzelte die Stirn und warf Kirk über den Tisch einen bedeutungsvollen Blick zu. Er schaute überrascht von seinem Datenblock auf und runzelte ebenfalls die Stirn. »Was ist das für ein Notfall? Sagen Sie bloß nicht, daß diese greulichen Barclayiten wieder da sind!« Einen Moment empfand sie das ehrliche Entsetzen, er könne verletzt sein. Der Überfall hatte Scham über ihre eigene Spezies in ihr hervorgerufen. Es erschien ihr ungerecht, daß ein so brillanter, talentierter und freundlicher Geist wie G'dath das Ziel so dümmlichen Hasses sein konnte. Dann hörte sie das Kätzchen und Straßengeräusche im Hintergrund. »Sind Sie in Ordnung? Ist das Hüpfer? Wo stecken Sie?«

»Hüpfer ist bei mir, aber er ist ziemlich verärgert, weil er nicht frei herumlaufen kann. Ich bin unverletzt – aber mein Anruf hat direkt mit dem Überfall von heute morgen zu tun. Ich rufe aus einer öffentlichen Zelle an. Ich habe meine Wohnung verlassen und die Katze mitgenommen. Miss Davis ... Sind Sie allein?«

»Nein. Jim – Admiral Kirk – ist bei mir. Wir sind in einem Restaurant, aber es hört uns niemand zu.«

»Admiral Kirk«, sagte G'dath. »Welch ein Glück! Ich brauche nämlich auch seine Hilfe. Als Sie mich interviewt haben, hatte ich eigentlich die Absicht, über eine Erfindung zu sprechen. Aber deren Ergebnisse übertreffen meine Erwartungen so sehr, daß ich noch warten wollte, um weitere Daten zu sammeln.«

»Was ist das für eine Erfindung?« fragte Nan.

»Ein... Gerät. Eine Kugel, die aus eigener Kraft große Entfernungen im Weltraum zurücklegen kann. Ich weiß nicht, ob es das Maximum ist, aber sie erreicht eine Durchschittsgeschwindigkeit von knapp dreihundertfünfzig Lichtjahren pro Sekunde.«

Kirk schnappte auf der anderen Tischseite nach Luft.

Nans Stirn runzelte sich noch mehr. »Wieviel ist das als Warp-Faktor?«

»Sie geht nicht durch den Warp-Raum, also hätte es keinen Sinn, solche Begriffen zu benutzen. Es reicht wohl, wenn ich sage, daß sie um ein Vielfaches schneller ist als ein Raumschiff bei Höchstgeschwindigkeit.«

Kirk rückte seinen Stuhl neben den ihren und deutete auf Nans Handy. Nan hielt es zwischen sie, so daß er in das Gitter sprechen konnte.

Kirks Miene zeigte zunehmende Skepsis. »Dr. G'dath, Sie stellen da eine erstaunliche Behauptung auf. Warum erzählen Sie uns jetzt davon? Und was hat es mit den Barclayiten zu tun?«

»Ich habe nachgedacht, Admiral. Ich habe zwar lange an dem Gerät gearbeitet, aber ich konnte es erst am letzten Freitag testen. Ich finde es ziemlich... opportun, daß es während des Interviews zu dem Überfall kam – bevor ich in der Lage war, Miss Davis über meine Erfindung in Kenntnis zu setzen.«

Nan hob die Brauen und schaute Kirk an. Ihr Blick sagte *Glaubst du, daß er die Wahrheit sagt? Oder ist er nur paranoid?*

Kirk schüttelte den Kopf auf eine Weise, die *Schwer zu sagen* besagte.

G'dath schien ihre Zweifel zu spüren. »Sie haben doch gewiß von dem Gerücht gehört, daß klingonische Bürger überwacht werden, Admiral?«

»Ich habe zwar davon gehört, weiß aber nicht, ob es stimmt. Ich halte es jedoch für möglich.«

»Mein Instinkt sagt mir, daß ich überwacht worden bin – und daß der Überfall das Ergebnis der Überwachung war.«

Kirks Ton wurde plötzlich trocken. »Warum hätte man bis heute damit warten sollen?«

»Weil nicht einmal *ich* die Fähigkeiten der Kugel vor heute morgen gekannt habe, Admiral. Ich nehme an, meine Bewacher haben zudem aufgrund meiner... Vorsichtsmaßnahmen länger gebraucht. Es gibt keinen vollständigen Plan für den Aufbau der Kugel... Er existiert nur in meinem Gedächtnis.« G'dath legte eine Pause ein. »Admiral Kirk, Miss Davis, ob mein Instinkt richtig oder das Ergebnis von Paranoia ist – es ist nur logisch, wenn ich ihm gehorche. Wenn ich mich irre, habe ich mich höchstens zum Narren gemacht. Aber wenn ich recht habe ...«

»Mein ehemaliger Erster Offizier war Vulkanier, G'dath. Ich glaube, er würde mit Ihrer Logik konform gehen.« Auf Kirks Gesicht zeigte sich ein leichtes Lächeln.

»Ich habe den Eindruck, das war gerade ein Kompliment«, sagte G'dath.

Nan beugte sich vor und sagte: »G'dath, was sollen wir Ihrer Meinung nach tun? Brauchen Sie einen sicheren Platz, an dem Sie bleiben können? Ich habe zwar nur eine kleine Wohnung, aber Sie und Hüpfer sind jederzeit willk...«

»Ich weiß Ihr Angebot zu schätzen, Miss Davis, aber ich kann Sie nicht in Gefahr bringen. Admiral Kirk...«

»Ja, G'dath. Sie haben gesagt, Sie brauchen meine Hilfe?«

»Die Kugel, die ich erwähnt habe. Ich habe sie in meiner Wohnung gelassen. Ich hielt es nicht für sicher, sie mit ins Freie zu nehmen, weil ich dachte, man würde mich dann abfangen ... Ich glaube, die sicherste Methode wäre wohl die, sie einfach aus meiner Wohnung zu beamen.«

»Stimmt«, sagte Kirk. »Aber warum sollte Starfleet Ihnen die Benutzung eines Transporters anbieten?«

»Weil ich Starfleet auch etwas anzubieten habe. Wenden wir die gleiche Logik an wie eben: Wenn ich lüge, was die Fähigkeiten der Kugel angeht, hat Starfleet nur ein paar Sekunden Transporterzeit investiert. Aber wenn ich die Wahrheit sage ...«

»Ich verstehe, G'dath. Ich setze mich mit unseren Transporteringenieuren in Verbindung. Sagen Sie mir, wo Sie sind. Und bleiben Sie dort. Wir holen zuerst Sie ab, dann die Kugel. Wenn sie das kann, was Sie behaupten, bin ich sicher, daß Starfleet sich um Ihren Schutz kümmern wird.«

»Vielen Dank, Admiral. Ich schlage vor, wir beeilen uns. Ich habe den Verdacht, daß es höchste Zeit ist.«

Keth hatte den Portier in der Eingangshalle schnell außer Gefecht gesetzt. Ein Kinderspiel für einen ausgebildeten Agenten. Klor hatte sich inzwischen um das Sicherheitssystem des Lifts gekümmert und das Stimmerkennungsprogramm kurzgeschlossen.

Als der Lift sie gehorsam in den einundfünfzigsten Stock brachte, warf Klor einen Blick auf seinen Commander. Nach der Meldung, G'dath habe die Wohnung verlassen, hatte Keth einen mörderischen Wutanfall bekommen. G'dath war doch ihr Flugticket nach Hause! Er hatte Klor als Schwachkopf bezeichnet. Wie hatte er ihm nur die Flucht gestatten können? Er war so wütend gewesen, daß Klor nicht zu sprechen gewagt hatte. Er hatte nicht einmal zur Sprache gebracht, daß G'dath in Bälde zurückkehren würde; schließlich hatte er doch die Kugel nicht mitgenommen.

Dann hatte Keth einen überraschenden Befehl gegeben: Sie würden selbst in seine Wohnung gehen und die Kugel an sich bringen. Seither hatte er kein Wort mehr gesprochen. Die Drohung, G'dath könne ihnen entwischen, nagte so sehr an Keth, daß Klor um seine geistige Gesundheit fürchtete.

Nun, im Lift, preßte Keth die Lippen fest aufeinander. Die Brauen über seinen grimmigen, gefährlich blickenden Augen bildeten ein buschiges V. Er hatte den Blick eines Besessenen.

Zuerst hatte er Klor versprochen, er werde an Ansehen gewinnen und nach Hause zurückkehren. Nun fürchtete Klor um seine Position und war eifrig bestrebt, seinen Fehler wiedergutzumachen.

Der Lift hielt an. Die Tür ging auf. Klor schritt rasch durch den Korridor, bis er G'daths Nummer fand.

»Schnell.« Keth deutete auf die Tür. Klor duckte sich, nahm ein kleines Instrument aus dem Beutel an seinem Gürtel und machte sich daran, die in den Türrahmen eingebauten Sicherheitsscanner außer Gefecht zu setzen. Glücklicherweise hatte der Systemhersteller es nicht für nötig gehalten, ihn gegen klingonische Spezialisten resistent zu machen.

Als am anderen Ende des Ganges eine Tür aufging, zischte es leise.

Klor warf einen Blick zurück und richtete sich auf. Ein grauhaariger, blasser, schwach aussehender alter Mann trat in den Gang hinaus. Zu seinem Erstaunen schien er überhaupt nichts dabei zu finden, zwei Klingonen im Inneren des Gebäudes gegenüberzustehen. Er schaute Klor sogar an und lächelte.

»Ich dachte, ich hätte etwas gehört«, sagte er mit freundlicher, altersschwacher Stimme. »Sind Sie Freunde von G'dath? Ich glaube, er ist gerade hinausgegangen.«

Keth und Klor schauten sich an. Sie waren sprachlos. Dann sagte Keth: »Umbringen.«

Klor zögerte – doch nicht so lange, daß Keth es bemerkt hätte. Er wollte ihm keinen weiteren Grund liefern, ihm zu mißtrauen. Er zögerte auch nicht so lange, daß der alte Mann etwas hätte bemerken und einen Versuch hätte machen können, ihm aus dem Weg zu gehen. Doch sein Zögern dauerte lange genug, um Klor Bedauern empfinden zu lassen. Man hatte ihn Ehrfurcht vor den Ahnen gelehrt, und der grauhaarige Mann stellte für sie nicht die geringste Gefahr dar. Im Gegenteil: Er vertraute ihnen und lächelte sie an. Noch nie zuvor hatte jemand Klor freundschaftlich angelächelt.

Aber Keth hatte einen Befehl gegeben, und Klor wußte: Wenn er nun ungehorsam war, würde er ihn als Verräter brandmarken. Dann würde er die Heimat nie wiedersehen.

Er trat vor und packte den Mann mit einer mühelosen, schnellen Bewegung seitlich am Hals. Er bemühte sich, ohne daß Keth es bemerkte, einen Schlag anzubringen, der sein Opfer die Besinnung verlieren lassen sollte, ohne es zu töten, doch plötzlich vernahm er das Knacken von Knochen.

Es geschah so schnell, daß der alte Mann weder einen Schrei ausstieß noch eine Hand hob, um sich zu verteidigen. Er sackte zu Boden.

Klor fing ihn auf. Der Mann war leicht und wirkte zerbrechlich in seinen Armen. Keth streckte die Hände aus und nahm ihm die Last ab.

»Erfülle deine Aufgabe, Klor. Ich schaffe ihn beiseite.«

»Jawohl, Commander.« Klor duckte sich – seltsamerweise schweren Herzens – und nahm seine Arbeit an der Tür wieder auf. Er hörte, daß Keth den alten Mann hinter seinem Rücken in seine Wohnung zurückwarf. Er hörte das schwere, häßliche Aufklatschen des Körpers, als er zu Boden fiel, und das Zischen der sich schließenden Tür. Dann sah er Keths Füße neben sich.

»Schneller«, sagte Keth. »Es könnte sein, daß das Sicherheitssystem des Gebäudes irgend etwas registriert hat.«

Kurz darauf knackte Klor die Abschirmung, die G'daths Wohnungstür schützte. Die Tür glitt problemlos auf. Sie traten ein.

Die Wohnung war spärlich möbliert. G'dath hatte sich dem Verlangen der Erdbewohner nach Luxus eindeutig nicht unterworfen. Klor schaute zu, als Keth zum *Vuv gho* hinüberging und geringschätzig dagegentrat. Irgendeine Frucht fiel herunter und rollte ans andere Ende des Raumes.

»Hierher, Commander.« Klor deutete auf das Schlafzimmer. Er eilte mit heftig schlagendem Puls darauf zu und drückte den Steuerknopf, der den Wandschrank öffnete.

Die Kugel lag glänzend und schön auf dem Boden. Klor streckte die Arme nach ihr aus, aber Keth hielt ihn zurück. Er bückte sich und hob das Gerät selbst auf. Anhand seiner überraschten Reaktion wurde Klor deutlich, daß es nicht schwer sein konnte. Keth drehte sich zu ihm um und fletschte vor Freude die Zähne.

»Dies ist der Kiesel, der den gegnerischen Berg zermalmen wird.«

Eine Stunde später saß G'dath in Admiral Kirks Büro im Starfleet-Hauptquartier und verbarg sein Gesicht in den Händen. Nan Davis saß neben ihm und streichelte den leise und schläfrig schnurrenden Hüpfer. Kirk saß mit vor der Brust verschränkten Armen da und schaute die beiden an.

Die Fernabtastung von G'daths Wohnung hatte keine Spur von der Kugel gezeigt. G'dath hatte darauf beharrt, selbst in seine Wohnung zu beamen, um nachzuschauen, und Kirk hatte darauf bestanden, ihn zu begleiten. Sie war durchwühlt worden, und die Kugel war – wie G'daths Instinkt befürchtet hatte – weg.

Aber das war noch nicht das Schlimmste gewesen. Als sie sich vor dem Eintreffen der Polizei aufbruchsbereit gemacht hatten, hatte G'dath draußen auf dem Gang einen Tumult vernommen. Er hatte durch den Türspion geblickt und gesehen, daß Sanitäter Mr. Olesky auf einer Trage aus seiner Wohnung holten. Die Nachbarn hatten sich versammelt, und G'dath hatte jemanden sagen hören, der alte Mann sei auf mysteriöse Weise erschlagen worden – und außerdem hätten Experten das Sicherheitssystem des Hauses überlistet. »Klingonen«, hatte jemand gesagt. »Frances hat heute nachmittag, als sie hinausging, am Eingang zwei herumlungern sehen.« Olesky, so hieß es, würde es wahrscheinlich nicht überleben.

Ein Mensch, der anderen gegenüber nur Freundlichkeit gezeigt hatte. G'dath stöhnte. Er war sich nur vage bewußt, daß Nan Davis eine tröstende Hand auf seinen Arm gelegt hatte.

Seine Erfindung war kaum einen Tag alt... Und schon klebte Blut an seinen Händen. Hätte er die Kugel in diesem Moment in seinem Besitz gehabt, er hätte sie vernichtet.

Doch nun wußte Starfleet von dem Gerät – und würde ihn drängen, ein zweites zu bauen. Er würde es tun müssen – falls es dazu kam, daß es einem ihm ebenbürtigen Klingonen gelang, die fehlenden Stellen des Plans auszufüllen und herauszufinden, wie alles funktionierte.

»Dr. G'dath...«, sagte Kirk leise.

G'dath hob den Kopf und legte das Kinn auf seine gefalteten Hände. Nan drückt tröstend seinen Arm und zog ihre Hand dann zurück. Er bemühte sich, ihr ein Lächeln zu schenken.

Falls der Admiral noch irgendwelche Zweifel an G'daths Ehrlichkeit gehabt hatte, so existierten sie nach dem Besuch in der Wohnung nicht mehr. Kirk reckte sich und trat einen Schritt von seinem Schreibtisch zurück. »Momentan sieht es leider nicht danach aus, als könnten unsere Leute die Kugel zurückbekommen.«

»Aber die größte Gefahr steht nun G'dath bevor«, warf Nan ein. Ihr Ton war ungehalten. G'dath schaute sie an. Er war von ihrem Einsatz milde überrascht.

Kirk nickte. »Einverstanden. Das heißt, wenn Dr. G'dath absolut sicher ist, daß sie nicht in der Lage sind, die Kugel ohne ihn einzusetzen.«

»Ich bin ziemlich sicher«, seufzte G'dath. »Wenigstens in der unmittelbaren Gegenwart. Es ist jedoch möglich, daß sie das Prinzip in einigen Jahren verstehen. Wäre es ihnen gelungen, mich zu schnappen, hätte ich ihnen natürlich nichts verraten – aber ich bin nicht so arrogant, daß ich glaube, einem Wahrheitsfinder widerstehen zu können. Selbst wenn ich jetzt der Gefangennahme aufgrund meines Visums entgehe... In einem Jahr muß ich ins Imperium zurück. Und dann steht mir zweifellos ein Verhör bevor.«

»Dazu lassen wir es nicht kommen«, sagte Kirk. »Wir können Sie, so lange Sie wollen, in San Francisco behalten und unter schwere Bewachung stellen.«

G'dath empfand ein plötzliches Aufwallen von Unruhe. »Meine Klasse... Miss Davis wollte doch Montagmorgen eine Direktübertragung aus meiner Klasse machen. Ich kann sie doch nicht enttäuschen...«

»Und meine Produktion schon gar nicht«, warf Nan ein.

»... wenn ich jetzt einfach absage. Ich möchte den Unterricht trotz allem nicht ausfallen lassen. Ich bin meinen Schülern verpflichtet. Außerdem bezweifle ich, daß man in so kurzer Zeit einen passenden Ersatz findet. Andererseits kann ich sie aber nicht einer solchen Gefahr aussetzen. Schon jetzt ringt jemand meinetwegen mit dem Tode. Ich will nicht noch mehr Leben aufs Spiel setzen.«

Kirk runzelte die Stirn. »Ich kann mir nicht vorstellen, daß man Sie in einem Raum voller Menschen angreift, Dr. G'dath. Und schon gar nicht vor laufenden Fernsehkameras. Die meisten Agenten arbeiten am liebsten geheim. Die meiste Gefahr droht Ihnen, wenn Sie allein sind. Wir können Sie natürlich rund um die Uhr bewachen, und wenn es Sie beruhigt, können wir Sie auch während des Unterrichts bewachen. Natürlich wollen auch wir niemanden gefährden.«

»Und diese Bewachung ist unfehlbar?« fragte G'dath.

»So unfehlbar, wie eben möglich«, sagte Kirk. »Darauf haben Sie mein Wort. Ich möchte Ihnen noch etwas anderes sagen: Ich lasse in dieser Sache den normalen Dienstweg aus. Ich kümmere mich darum, daß meine Leute für Ihre Sicherheit sorgen. Sie werden es mir zuliebe tun. Der Dienstweg ist ein langwieriger Prozeß – und offen gesagt, Starfleet würde eine Woche brauchen, um Ihre Computeraufzeichnungen zu analysieren, um in Erfahrung zu bringen, ob Sie bezüglich der Fähigkeiten der Kugel die Wahrheit gesagt haben.«

G'dath legte neugierig den Kopf schief. »Und warum vertrauen Sie mir, Admiral Kirk?«

Kirk lächelte nur mit den Augen. »Mein Instinkt sagt mir, daß ich Ihnen vertrauen kann. Und ich würde es zu schätzen wissen, wenn Sie ihn nicht enttäuschen würden.«

In den frühen Sonntagmorgenstunden ging Klor erneut zum Quartier seines Vorgesetzten. Er hatte seit G'daths Flucht kein Auge mehr geschlossen und nahm an, daß Keth das Imperium inzwischen über alles in Kenntnis gesetzt hatte – auch seine, Klors, Rolle. Nun konnte er nur noch abwarten, wie sein Schicksal ausfiel. Es lag nun in Keths Händen.

Alles hing vom guten Willen des Commanders ab. Man konnte ihn an einen noch unangenehmeren Posten versetzen (auch wenn kaum vorstellbar war, daß es einen solchen gab), ins Exil oder vielleicht sogar in ein Gefangenenlager schicken. Alles kam darauf an, wie Keth den imperialen Beamten seinen Fehler dargestellt hatte.

Seither hatte er nicht mehr mit seinem Vorgesetzten gesprochen. Keth blieb in der Abgeschiedenheit seines Quartiers, so daß Klor allmählich fürchtete, die Depression, die ihn vorher in den Klauen gehabt hatte, sei noch massiver als zuvor zurückgekehrt. Und daran war nur einer schuld: er selbst. Die Chance, daß sie irgendwie Ruhm erlangen und einen angeseheneren Posten erhielten, weil sie dem Imperium die Erfindung gemeldet hatten, war mit G'dath zusammen entwischt. Gäbe es doch nur eine Möglichkeit, sich loszukaufen... Klor hatte alle diesbezüglichen Hoffnungen aufgegeben.

Als die Tür zu Keths Quartier auf sein Summen hin aufglitt, verschwand Klors Hoffnung auf Nachsicht. Keth schlief nicht. Er saß vielmehr in der Dunkelheit, wandte ihm den Rücken zu und stierte den Himmel des allmählich heraufdämmernden Morgens an. Hinter ihm, auf dem Schreibtisch, leuchtete das Holo seines Weibes und seiner Söhne. Als Klor eintrat, rührte Keth sich nicht. Er schaltete auch das Licht nicht ein, sondern blieb mit müde hängenden Schultern in seinem Sessel sitzen, als hätte er mehrere Tage nicht geschlafen.

Klor blieb im Türrahmen stehen, damit das Licht aus dem Gang in den Raum fiel, und räusperte sich. Commander Keth blieb, wo er war. »Ich kann G'dath nicht ausfindig machen, Commander. Du hast gesagt, ich soll mich melden, wenn neue Befehle eintreffen. – Wir sollen ein neues Einsatzkommando zusammenstellen, das zuschlagen kann, sobald der Gesuchte gefunden ist.«

Keth stierte weiterhin zu den verblassenden Sternen

hinauf. Dann sagte er so langsam und geistesabwesend, daß Klor sich fragte, ob er ihm überhaupt zugehört hatte: »Allmählich verstehe ich diesen versponnenen Bauernsohn. Ich weiß zwar nicht, wo er sich im Moment versteckt, aber ich weiß, wo er morgen sein wird.«

»Wo denn, Commander?« fragte Klor. Er war überrascht, aber hoffnungsfroh, daß dies ein Beispiel der legendären List Keths sein könnte.

Keth drehte sich um und sah ihn an. Seine Augen funkelten im Zwielicht, und er lächelte ironisch. »Ich habe noch niemanden über deinen Fehler informiert, Klor.«

Klor schlug den Blick zu Boden, als er darauf wartete, wie sein Schicksal ausfiel. Selbstmitleid oder Bedauern gestattete er sich nicht. Als Krieger mußte er Keths Verordnung ohne Widerspruch hinnehmen. Doch auf das, was Keth dann sagte, war er nicht vorbereitet.

»Ob ich es noch tue, hängt von dir ab. Du möchtest doch sehr gern wieder nach Hause?«

Klor schaute verwirrt auf. »Ich bitte um Vergebung, Commander, aber ich verstehe nicht.«

»Es war doch eine ganz einfache Frage.« Keths Ton blieb ruhig, aber er musterte Klor mit beängstigender Intensität. »Wie sehr möchtest du nach Hause?«

Klor hielt sich zurück. Er machte den Versuch, seine Gefühle zu diesem Thema in einem Satz zusammenzufassen.

»Du willst ehrenvoll nach Hause gehen«, sagte Keth abrupt. »Als Held. Ist es das, was du willst?«

Klor sagte leise: »Um ehrenvoll nach Hause zu gehen, würde ich alles riskieren. Auch mein Leben.«

Keth nickte zufrieden. Sein Lächeln wurde breiter. »Gut. Sehr gut. Vielleicht brauche ich unsere Vorgesetzten gar nicht zu informieren. Ich meine, dein Fehler war doch verständlich. Irgendwann haben wir in unserer Laufbahn doch gewiß alle mal einen Irrtum begangen.« Er hielt inne. »Ich denke, unser Einsatzkommando ist schon da.«

Klor spannte sich. Wenn er Commander Keth richtig verstand, schlug er vor, daß sie beide das Kommando bildeten. Ein unverschämter und ziemlich fragwürdiger Schachzug, die Befehle so frei zu interpretieren.

»Ich habe einen recht… unkonventionellen Plan. Vertraust du mir, Klor?«

»Natürlich, Commander«, erwiderte Klor sofort, ohne der Zurückhaltung, die er empfand, zu erlauben, in seiner Stimme oder in seinem Verhalten deutlich zu werden.

Keth wirkte erfreut. »Mein Vorhaben ist wirklich sehr riskant. Aber als Krieger bin ich es leid, ohne Risiko zu leben.« Sein Ton änderte sich abrupt. »Weißt du eigentlich, wann ich zuletzt mit meiner Gattin gesprochen habe? Wann ich sie zuletzt berührt habe…?« Er seufzte und warf einen Blick auf das Familienholo, das über dem Schreibtisch leuchtete. »Es ist besser, tot zu sein, als ehrlos zu leben.« Er schaute zu Klor auf. »Wir können keine Phaser einsetzen – keine Waffen, die man aufspüren kann. Wir werden uns nur auf den Überraschungseffekt und den Zeitpunkt verlassen. Wenn der Plan schiefgeht, können wir uns auch nicht darauf verlassen, daß die Gesandtschaft uns von hier fortbringt.« Er lächelte knapp.

»Morgen schlagen wir zu, Klor. Bist du bereit?«

»Ich werde bereit sein, Commander«, sagte Klor. Er hatte kaum eine Wahl. Keth hatte ihm seine Optionen klargemacht. Entweder machte er mit und erntete Ruhm, oder er würde noch tiefer in Ungnade fallen.

Doch im Zwielicht erschien ihm das Leuchten in Keths Augen eher irre als inspiriert. Vielleicht war es aber auch nur eine optische Täuschung. Schließlich, machte Klor sich klar, ist Keth nicht ohne Grund in den Rang eines Commanders aufgestiegen... und Genie lag ja bekanntlich immer in der Nähe des Wahnsinns.

Sonntagnachmittag erhielt Nan einen Anruf ihres Redakteurs: Sie sollte die Berichterstattung zum Apollo-Tag übernehmen. Sie war erleichtert und rief Jenny an, um sie zu bitten, am Montag mit Kirks Stabschef Kontakt aufzunehmen. Jenny reagierte merkwürdig zurückhaltend auf diese Idee. Dann rief Nan Jim Kirk an. Sie verabredeten sich für Montag früh, damit sie etwas Archivmaterial über das Dart-Projekt bekam. All dies brachte zwar etwas Hektik in ihre Pläne, aber ihre Moderation für das Live-Segment aus G'daths Klassenzimmer hatte sie für alle Fälle schon aufgezeichnet. Eigentlich bestand der einzige direkt übertragene Teil der Sendung aus G'daths Unterricht und dem Frage-und-Antwort-Spiel mit den Schülern.

Nan erkundigte sich nach G'dath. Kirk informierte sie zwar, daß es ihm gut ging, wollte aber nichts über seinen Aufenthaltsort sagen. Nan übte keinen Druck auf ihn aus. G'dath und Kirk waren sich in gewisser Weise ähnlich: Beide waren Männer mit hohen Prinzipien und in ihrem Beruf respektierte Persönlichkeiten – auch wenn G'dath über Talente verfügte, die seine Kollegen nicht anerkannten. Noch nicht. Sie hoffte, daß ihre Reportage dies änderte.

Nan sorgte sich nun nicht mehr über die Frage, ob G'dath ihnen über die Fähigkeiten der Kugel die Wahrheit erzählt hatte. Sie vertraute – wie Jim Kirk – auf ihren Instinkt, und dem glaubte sie. Seit der ersten Unterredung mit G'dath, hatte seine Offenheit, Unverfälschtheit und Herzlichkeit sie für ihn eingenommen. Wenn die Reportage über den Apollo-Tag die World-News-Bosse so beeindruckte, daß man sie ins New Yorker Büro versetzte, würden G'dath und sie bestimmt gute Freunde werden.

Nach dem Überfall am Freitag hatte er so ausgesehen, als könne er Freunde brauchen.

Am Montagmorgen materialisierten Kirk, Nan und der Techniker Eddie direkt vor dem Dulles Park-Hangar, den das Dart-Projekt angemietet hatte, auf dem Asphalt. Dulles Park war früher ein Flughafen gewesen, und zwar in jenen Zeiten, als die polternden Maschinen noch durch ein langwieriges Abbremsmanöver zum Stillstand gekommen waren. Diese Art der Landung verlangte eine Menge Platz. Doch irgendwann hatten die Flugzeuge keine Landebahnen mehr gebraucht, um zum Halten zu kommen. Man hatte Dulles geschlossen, das Gelände umgestaltet und als größten Freizeitpark des östlichen Nordamerika neu eröffnet.

Aber es gab noch einen Hangar, in dem gearbeitet wurde…

Der erste Mensch, der ihnen beim Eintreten begegnete, war Alice Friedman, die Pilotin der Raumfähre. Sie trug die genaue Kopie eines NASA-Overalls aus dem 20. Jahrhundert. »Seien Sie gegrüßt«, rief sie ihnen zu. »Willkommen beim Dart-Projekt.« Alle schüttelten sich die Hände. »Verzeihen Sie, daß wir keinen großen Bahnhof für sie organisiert haben«, sagte sie, »aber die Zeit ist verflixt knapp, und wir sind alle schwer beschäftigt. Da ich nur die Pilotin bin, hab' ich natürlich Zeit.« Sie lächelte.

Kirk erwiderte ihr Lächeln. »Freut mich, Sie kennenzulernen«, sagte er.

»Ja, mich auch«, sagte Nan. »Danke, daß wir bei Ihnen sein dürfen, Captain Friedman.«

»Finde ich auch«, grunzte Eddie.

»Wollen Sie unser Baby mal sehen?« fragte Alice. »Ich glaube, es kann jetzt schon Gesellschaft ertragen.«

»Dann gehen Sie mal vor«, sagte Kirk. Zusammen traten sie in die kühle Dunkelheit des Hangars.

Kirk wußte zwar, was er zu sehen bekommen würde, aber der Anblick nahm ihm trotzdem den Atem.

Es war die Orbiter 101, die erste Raumfähre. Sie sah so nagelneu aus wie an dem Tag, an dem sie zum erstenmal in Kalifornien aus einem Hangar der U.S. Air Force gerollt war. Man hatte sie *Enterprise* getauft, weil der im Zweiten Weltkrieg gefallene Bruder eines Managers der Konstruktionsfirma Rockwell auf einem Flugzeugträger gleichen Namens stationiert gewesen war.

Die *Enterprise* hatte eine neue Ära der Weltraumfahrt eingeleitet. Später hatte man sie herzlos beiseite gelegt, im Lagerhaus eines Museums verstaut und im Laufe der Jahrzehnte vergammeln lassen – bis jemand vorbeigekommen und sich so um sie gekümmert hatte, wie es ihr zustand. Nun stand sie frisch renoviert auf der Landevorrichtung: das strahlende Weiß ihrer schützenden Hülle trotz des Zahns der Zeit glatt und fleckenlos.

Die *Enterprise* war gigantisch. Sie war ungefähr achtmal so groß wie die Shuttles der Gegenwart. Sie war die Königin ihrer Ära gewesen, so kurz sie auch gewesen war. Die Anfang des 21. Jahrhunderts erfolgte Entwicklung des Impulsantriebs hatte dem Raumfähren-Programm den Untergang gebracht. Fähren ihrer Art hatten mit ihrem eigenen Antrieb nicht einmal wieder in die Lufthülle eintreten können. Sie waren abhängig von der Atmosphärenbremse und hatten nur begrenzte Fähigkeiten, aerodynamisch zu manövrieren, wenn sie landen wollten. Kirk fiel ein, daß man die *Enterprise* als fliegendes Brikett bezeichnet hatte, und kam erneut zu dem Schluß, daß ihre Mannschaft tatsächlich aus Menschen mit sehr viel Mut bestanden hatte.

Man hatte die ursprüngliche Bemalung der *Enterprise* restauriert – auch die schwarzen Lettern, die die Worte UNITED STATES und ENTERPRISE bildeten. Es gab nur einen Unterschied: Die auf ihren Rumpf gemalte

US-Flagge befand sich auf dem neuesten Stand und zeigte nun sechsundfünfzig Sterne. Und man hatte daneben die rotsilberne Standarte der Föderation der Vereinten Planeten gemalt.

»Haben wir's nicht gut gemacht?« erkundigte sich Alice Friedman. Ihr Gesicht besagte, daß sie die Antwort schon kannte.

Kirk sagte nichts, er nickte nur langsam und ließ das Bild auf sich einwirken. Schließlich sagte er: »Gehen wir doch an Bord.«

»Bitte hierher«, sagte Alice.

Sie gingen zu viert die zur Einstiegsluke führende Behelfsgangway hinauf und betraten das Schiff. Obwohl das Äußere der Raumfähre eine genaue Restaurierung der Arbeit der Handwerker des 20. Jahrhunderts war, hatte man sich im Inneren unbarmherzig aller Originale entledigt. Das gesamte Innere der *Enterprise* zeigte die neueste Technik des 23. Jahrhunderts.

Sie betraten das Cockpit, und Kirk schaute sich die installierten Kontrollen an. Sie wirkten tausendmal einfacher als die Originale, die er von den Fotos kannte. »Das da kommt mir vertraut vor«, sagte er mit ausgestreckter Hand. »Es sieht aus wie etwas, das ich von unseren Fähren her kenne.«

»Ist es auch«, sagte Alice nickend. »Der Einbau der Standard-Steuerelemente hat uns viel Zeit und Ausgaben erspart. Und da wir nicht allzuviel anpassen mußten, um sie einzubauen, haben wir sie eben verwendet.«

»Verwenden Sie auch Standard-Impulstriebwerke?« fragte Nan.

»Ja«, erwiderte Alice. »Wir haben da, wo der alte Antrieb war, einen Klasse-II-Impulseinheiten-Block installiert. Ihre Schubkraft wird durch die alten Antriebsdüsen geleitet.«

»Und die alten Düsen können die Hitze aushalten?« fragte Kirk.

»Aber klar«, erwiderte Alice. »Mit dem verglichen, was die Düsen früher aushalten mußten, ist die Impulsschubtemperatur nur eine warme Brise. Früher wurden diese Schiffchen mit Flüssiggas gefüllt. Sie haben gebrannt wie Zündhölzer. Und das war wirklich *heiß*.«

»Warum haben Sie nicht versucht, die Kiste zu fliegen, wie sie war?« fragte Nan.

»Wir hätten es vermutlich tun können«, sagte Alice, »aber die Tanks und der Feststoffraketenantrieb würden zur Impulskonfiguration nichts beitragen, also haben wir es sein lassen. Wir hätten dann aber Kopien herstellen müssen, weil es keine Tanks und Feststoffantriebe mehr gibt, und wenn wir das getan hätten, hätte es mehr gekostet. Warum sich also abmühen?« Sie grinste. »Außerdem sieht sie so ordentlicher und sauberer aus, finden Sie nicht auch?«

»Doch«, sagte Nan. »Wann wollen Sie starten, Captain?«

»Wir sind in ein paar Minuten fertig«, sagte Alice. »Es ist der erste Testflug – ein gefahrloser Einsatz, in einer Höhe von etwa fünftausend Metern die Küste rauf und runter. Wenn alles klappt, ist es morgen nachmittag soweit. Schätze, es wird alles hinhauen. Wird sechs Stunden dauern. Dann haben wir noch zwei Tage, um die Macken abzustellen, bevor wir zur Raumschiffparade rausfliegen.«

»Rechnen Sie mit Problemen?« fragte Nan.

»Nee. Ich kann Ihnen sagen, die Kiste ist 'n echtes Schätzchen. Sie hat lange auf ihren großen Tag warten müssen. Sie *möchte* fliegen.« Alice tätschelte die Armaturen.

»Ganz meine Meinung«, sagte Kirk. »Sie ist bereit.«

»Tja, dann wollen wir mal.« Alice winkte sie zur Luke.

Nan zögerte. »Ich weiß nicht, ob meine Zeit für einen Flug reicht. Ich muß heute noch eine Live-Übertragung aus New York moderieren. Könnten wir die Kameras nicht einfach hier drin aufstellen und ein paar Aufnahmen machen?«

»Kein Problem. Wissen Sie was? Ich kann das Schiff, wenn Sie wollen, ein paar Meter über dem Boden rauf- und runtergehen lassen, damit Sie ein paar Aufnahmen machen können, die zeigen, wie es von innen wirkt, wenn sie startet. Haben Sie noch so viel Zeit?«

Nan grinste. »Es wäre toll! Captain Friedman, Sie sind wunderbar!«

»Weiß ich. Das hör' ich alle naselang. Außerdem hab' ich mir gedacht, Sie würden es gern selbst sehen. Sonst hat ja nur Ihr Techniker sein Vergnügen.« Nun grinste auch Alice. »Auf, Leute, laßt uns fliegen!«

11

Ungefähr fünfzehn Minuten vor neun kam Joey Brickner ins Klassenzimmer. Dabei fühlte er sich wie ein Opfer, das bereitwillig zur eigenen Exekution schritt. Er hatte das ganze Wochenende mit Lernen und der Überarbeitung seines Aufsatzes verbracht und zwei Nächte lang kaum geschlafen. Die Schule hatte ein Memo über die geplante Fernsehsendung nach Hause geschickt. Dies hatte seine Mutter natürlich in Aufregung versetzt, und sie hatte seinen Vater und seine Großeltern benachrichtigt, damit sie sie nicht verpaßten.

Toll. Nun würde also die ganze Welt zuschauen, wie er sich blamierte.

Carlos Siegel hatte Samstagnachmittag angerufen, um sein Angebot zu wiederholen, mit ihm und Ricia zu pauken. Da Joey Carlos mochte, war er freundlich zu ihm gewesen, aber Ricia gegenüber hatte er nach dem Klingonenwitz ein peinliches Gefühl und glaubte, sie könne ihn nicht leiden. Außerdem war er Samstagnachmittag nach all der Paukerei nicht allzugut auf Klingonen zu sprechen. Die Nennung von G'daths Namen hätte schon ausgereicht, um ihn zu verleiten, klingonenfeindliche Parolen auszuspucken. Er war auf seinen Lehrer wütender als je zuvor – so wütend, daß er sich fragte, ob Stoller nicht recht gehabt hatte. *Schildkrötenfreund.*

Als er eintrat, saßen Carlos und Ricia an ihren Tischen. Carlos lächelte. Ricia grinste, als hätte es am Freitag gar keine Verstimmung gegeben und er sich mit seinem doofen Cheetah-Witz nie blamiert. Sie flüsterte ihm »Hals- und Beinbruch, Brickner« zu.

Erstaunlicherweise saß auch Ira Stoller früh an seinem Tischchen, hinter dem er nur aus Armen und Beinen zu bestehen schien. Er zappelte nervös hin und her und sah an diesem Morgen ebenfalls ziemlich elend aus. Joey nahm an, daß die Abnahme seines Mutes etwas mit den TV-Kameras zu tun hatte. Bevor er sich vor ihn auf seinen Platz setzte, hielt er kurz im Gang zwischen den Tischreihen an und musterte fest seinen Nachbarn. Er *schaute* ihn nur an.

Das reichte. Stoller zuckte nervös zusammen und flüsterte mit dem entschuldigenden Anflug eines Lächelns: »Hey, Brickner, die Sache Freitag war 'n Unfall, okay? Kam einfach so über mich. Ich weiß auch nicht – ich bin einfach ausgerastet.« Er blickte nervös auf die Kameras, um sich zu versichern, daß sie nichts aufnahmen.

Joey lächelte zwar nicht, aber er schaute Stoller eine Weile an. Dann sagte er leise, damit die Fernsehleute nichts hörten: »Mit Zuschlagen löst man keine Probleme, Stoller. Es macht sie nur noch schlimmer. Man haut andere doch nur, weil man dann nicht über seine eigenen Probleme nachzudenken braucht.«

Als er auf seinen Stuhl sank, neigte Stoller leicht den Kopf und schaute weg. Joey hatte kaum Platz genommen, als er ihm ins Ohr flüsterte: »Haben sie mich in die Pfanne gehauen?«

Joey schüttelte den Kopf und hörte, daß Stoller hinter ihm mit einem Seufzer die Luft ausstieß. Und dann, kurze Zeit später: »Hey, Brickner, worin besteht der Unterschied zwischen meiner Körpertemperatur und dem IQ einer Schildkröte?«

Joey tat so, als höre er ihn nicht. Er schaute nach vorn, wartete mit den anderen ab und *bemühte* sich, nicht an die 3D-Kameras und das zu denken, was ihm bevorstand, aber es dauerte keine Minute, dann war seine Kehle staubtrocken. Nach einem Wochenende des Lernens mit wenig Schlaf war ein unzusammenhängender Wirrwarr von Gedanken in seinem Kopf. Er versuchte, geistig ein paar der Fragen zu beantworteten, die Dr. G'dath ihm wahrscheinlich stellen würde, aber seine Gedankenkette zerriß unaufhörlich, und er vergaß schon wieder sämtliche Antworten.

Wenn G'dath ihn aufrief, würde er versagen. Er *wußte* es. Joey versuchte erfolglos zu schlucken, faltete die Hände auf dem Tisch und drückte fest zu, damit niemand sah, wie sehr sie zitterten.

Dr. G'dath war noch nicht da. Nan Davis, die Journalistin von WorldNews, die eigentlich hätte hier sein sollen, war auch nirgendwo zu sehen. Er sah nur einen älteren Typen, der die Kameras aufbaute und sich um das Licht kümmerte, und eine sehr hübsche Rothaarige, die viel zu jung aussah, um schon beim Fernsehen zu sein. Sie schaute alle naselang auf ihre Armbanduhr, und dann zur Tür.

Fünf Minuten vor Anfang der Stunde fingen alle ungeduldig an zu tuscheln. Dr. G'dath kam *immer* fünf Minuten vor, meist sogar zehn Minuten vor Beginn. Und gerade heute hätte er doch früher dasein müssen. Joey empfand Neugier. In ihm rührte sich sogar Hoffnung. Vielleicht war Dr. G'dath krank geworden. Vielleicht hatte man ihn überfallen. Oder jemand hatte einen Flitzer auf ihm gelandet. Vielleicht gab es *doch* Gerechtigkeit im Universum, und die Unterrichtsstunde fiel aus.

Joeys Hoffnungen lösten sich jedoch in nichts auf, als G'dath eine Minute vor neun ins Klassenzimmer kam.

Die Schüler schwiegen erwartungsvoll. Die Rothaarige ging zu G'dath hinüber und unterhielt sich leise mit ihm. Er wirkte aufgeregt und angespannt und schaute fortwährend über seine Schulter zur Tür. Joey war platt. Er war doch nicht etwa wegen der *Kameras* so nervös, oder? Er konnte sich nicht vorstellen, daß ein Klingone überhaupt vor etwas Angst hatte.

Die Rothaarige war nun fertig, und G'dath nickte und sagte: »Ausgezeichnet.« Die Frau nahm am Ende des Raumes Platz, und G'dath ging zu seinem Tisch. Wie üblich setzte er sich nicht hin, sondern ging auf und ab.

Gleich würde der Unterricht beginnen. *Bitte,* flehte Joey das Universum an, *laß mich nicht hängen. Laß mich mitkriegen, was er sagt.*

G'dath fing an. »Sehen wir uns die Entwicklung atomarer Waffen an. Alle hinreichend fortgeschrittenen Zivilisationen sehen sich dem Dilemma ausgesetzt, was sie mit ihnen anfangen sollen. Wir kennen keine raumfahrende Kultur, die nicht wenigstens weiß, wie man solche Waffen baut. Ob man sie dann baut, ist eine andere Frage – wie übrigens auch der Beschluß, sie einzusetzen.«

Er schaute kurz zur Tür und richtete seine Aufmerksamkeit wieder auf die Schüler. »Es existiert nur eine begrenzte Anzahl von Szenarien, die uns alle zur Verfügung stehen, damit wir sie untersuchen können. Auf der Erde kam es beispielsweise zu einem kurzen, einseitigen Atomkrieg, der den größten konventionellen Krieg beenden sollte, den man damals kannte. Zu einem allgemeinen Atomkrieg ist es zwar auf diesem Planeten nie gekommen, aber man hatte exakte Vorbereitungen für einen solchen bereits getroffen. Es war tatsächlich so, daß die irdischen Nationen, ob reich, ob arm, fast bankrott gingen, um dafür zu zahlen.

Wer kann uns eine kurze Zusammenfassung der Erfahrungen des klingonischen Imperiums mit dem Atomkrieg geben?« G'daths Blick schweifte durch den Raum.

Für Joey schien es, als hinge die Frage eine Ewigkeit in der Luft. Sein Blick fiel auf Ricia Greene. Sie nickte ihm zu, als wolle sie sagen: *Los, mach. Du kannst es.*

Ihm fiel ein, was er über die Kriege der Klingonen gelesen hatte. Gestern abend? Vorgestern abend? Er war so müde gewesen. Er wußte nicht genau, ob er noch alles auf die Reihe kriegte. Sie hatten drei … oder vier … Atomkriege geführt.

Joey wandte den Blick von Ricia ab und sah, daß G'dath ihn direkt ansah. Und schon öffnete er den Mund, um seinen Namen auszusprechen.

Joey erstarrte. Dann hob er die Hand.

G'daths Gesicht zeigte äußerste Zufriedenheit. »Ja, Mr. Brickner?«

Joey stand auf. Er mußte es schnellstens herunterrasseln, weil er glaubte, daß ihn seine schlotternden Knie nicht sehr lange trugen. Er fragte sich, ob die Kameras etwa auch seine Beine aufnahmen.

»Im klingonischen Imperium wurden drei Atomkriege geführt«, begann er und empfand ein herrliches Gefühl der Erleichterung, als er G'dath zustimmend nicken sah. »Der erste fand vor über zweihundert Jahren statt, als K'tel der Schreckliche den Versuch unternahm …«

Er brach ab, als im Raum ein lautes Summen erklang. Vor der Klasse materialisierten zwei funkensprühende Gestalten. Die Frau von WorldNews, und noch jemand? fragte sich Joey. Doch als das Summen aufhörte, standen zwei Klingonen in der Klasse – direkt neben dem Lehrer. Der eine war stämmig und muskulös wie G'dath, aber größer, und trug eine glänzende Metallkugel von der Größe eines Basketballs unter dem Arm. Der andere war kleiner, schlanker, mit einem spitzen Kinn und geschlitzten dunklen Augen. Er schwang ein langes Messer.

Joey und die anderen starrten sie an. Dr. G'dath wirkte nicht im geringsten überrascht. Ihm schien nur leicht übel zu sein. *Es ist ein Scherz,* dachte Joey. *Irgendein dämlicher Streich.* Stoller kicherte hinter ihm.

Doch der Gesichtsausdruck der drei Klingonen besagte, daß es hier nichts zu lachen gab. G'dath hob eine Hand. »Bitte«, sagte er leise, »verletzt keinen der Anwesenden. Ich komme mit euch.«

»Ich entscheide, ob jemand verletzt wird«, sagte der Klingone mit dem Messer. Sein Blick gefiel Joey nicht – in seinen Augen war etwas Irres und Furchterweckendes. Wie in Stollers Augen, nur viel schlimmer. Der Klingone drehte sich um und musterte die Schüler.

Stoller kicherte erneut, als wisse er genau, daß alles nur ein Ulk sei, und sagte atemlos: »Also, *das* geht aber nun wirklich zu weit.«

Der Klingone hob das Messer hoch; er wollte es auf Stoller werfen. Joey duckte sich.

G'dath trat genau vor den Klingonen hin und wollte ihm das Messer wegnehmen, doch der andere ließ es nach unten zucken und stach in seinen Arm. G'dath stieß einen leisen, schnellen Schmerzensschrei aus.

Die Rothaarige und Ira Stoller schrien, und die ganze Klasse keuchte auf. Joey stand immer noch da und schaute ungläubig zu. Die anderen sprangen von ihren Sitzen auf.

»Bleibt!« donnerte G'dath mit so lauter Stimme, daß Joey glaubte, die Fensterscheiben rattern zu hören. G'dath hatte sich von dem Klingonen mit dem irren Blick gelöst, der das Messer nun sinken ließ. Als die beiden sich schweigend anschauten und abschätzten, hob G'dath seinen rechten Arm. Auf dem Ärmel seines blauschwarzen Hemdes war ein rasch größer werdender dunkler Fleck zu sehen.

Alle erstarrten.

Und dann schrie jemand auf. Es war, als hätte die Glocke den letzten Schultag eingeläutet. Alle stürmten in Richtung Tür. Die Klingonen schrien, aber ihre Stimmen wurden vom Lärm verschluckt. Keiner der Schüler hatte gesehen, daß der zweite Klingone die Kugel auf den Tisch gestellt und G'dath ergriffen hatte. Niemand außer Joey, der an seinem Tisch stand, während die anderen an ihm vorbeieilten.

Der große Klingone hatte ein Messer gezogen, hielt es an G'daths Kehle und drehte seinem Gefangenen einen Arm auf den Rücken. G'dath ignorierte das Messer und wehrte sich. Sein Blick war schrecklich – wilder als Joey es je bei einem Klingonen gesehen hatte –, und hätte er vorher Angst vor seinem Lehrer gehabt, wäre er nun doppelt entsetzt gewesen.

Der irre Klingone suchte ein Opfer in der von Panik erfüllten Menge und hob seine Waffe.

»Nein!« brüllte G'dath. »Es ist genug Blut geflossen!«

Der Klingone warf das Messer, bevor der erste durch die Tür war. Die Klinge beschrieb einen perfekten Bogen und flog mitten in die Menge hinein. Ein schneller, erstickter Schrei. Die Schüler zogen sich zurück, aber Joey konnte nicht sehen, wer verletzt worden war.

»Hinsetzen!« sagte der Klingone. »Klor, hol meine Waffe.« Er schrie nicht, seine Stimme wurde nicht einmal lauter. Im ganzen Raum brach Totenstille aus.

Zögern. Langsam, zurückhaltend kehrten die Schüler an ihre Plätze zurück. Klor – der große Klingone – ließ G'dath los und ging zur Tür. Nun sah Joey, was passiert war.

Es wäre ihm lieber gewesen, er hätte es nicht gesehen. Ricia Greene kniete dort am Boden. Ihre großen, nun weit aufgerissenen Augen waren voller Tränen. Ihr Gesicht war grau geworden. Sie beugte sich vor und drückte ihre Hände fest um beide Seiten des Messers, das aus Carlos Siegels Rücken ragte. Joey stellte sich auf die Zehenspitzen, um zu sehen, ob er noch lebte, aber sein Gesicht war der Tür zugewandt.

Joey bekam eine Sekunde lang keine Luft, seine Knie gaben nun endlich nach. Er stützte sich auf den

Tisch und zwang sich stehenzubleiben. Er mußte es sehen; er mußte wissen, ob Carlos noch lebte.

Der Klingone kniete sich neben Ricia hin. Sie musterte ihn mit einem wilden Blick, aber ihre Stimme war unglaublich ruhig und leise.

Joey fragte sich, was sie nun von Klingonen hielt.

Ricia schaute den Burschen an, der das Messer geworfen hatte. Er behielt G'dath im Auge. Sie wandte sich dem zu, der Klor hieß. »Er wird verbluten«, sagte sie sehr leise. »Sie müssen ihm helfen. Er mag zwar Terraner sein, aber er ist doch noch ein Kind.«

Klor schaute schnell weg, doch in dem kurzen Augenblick zwang er sich, Ricia in die Augen zu schauen. In diesem Moment sah Joey, daß Klor zwar nicht gefiel, was hier passierte, doch daß er den Befehlen des Irren folgen mußte. Verblüffenderweise flackerte irgend etwas wie Mitleid in seinem dunklen Gesicht auf, aber als er wegschaute, verhärtete sich sein Ausdruck schnell wieder.

»Das hier ist ungesund«, sagte er, deutete mit dem Kopf auf das Messer und zog es aus Carlos' Rücken. Joey sah das Metall blutig aufblitzen.

Ricia bedeckte die Wunde sofort mit beiden Händen und drückte fest zu. Im gleichen Augenblick ertönte ein Alarm.

Der irre Klingone zuckte zusammen und drückte sein Messer an G'daths Brust. *»Was ist das?«*

G'daths Gesicht zeigte Verbitterung und Übelkeit. Er ließ seinen Arm nun los und ließ das Blut einfach von den Fingern tropfen. Sein Blick war starr auf Carlos Siegels reglose Gestalt gerichtet. »Das Sensorsystem hat die sinnlose Gewalt entdeckt, die du dem Jungen angetan hast«, sagte er wie mechanisch. »Der Computer geht automatisch davon aus, daß ein Unfall geschehen ist. Er hat eine Sanitätseinheit alarmiert, die gleich hier ist. Und auch die Polizei.«

»Schick sie weg.«

»Ich kann nichts dagegen tun.«

Als der Klingone ihn erneut mit dem Messer bedrohte, fügte G'dath müde hinzu: »Ich habe keinen Einfluß darauf. Das System handelt automatisch.« Er deutete mit dem unverletzten Arm auf die Überwachungskameras in den Ecken. »Es ist gut möglich, daß ihr jetzt schon von der Polizei überwacht werdet.«

Joey empfand ein Gefühl der Erleichterung. G'dath sprach die Wahrheit. Wenn die Cops erst einmal wußten, was hier los war, würden die Klingonen schnellstens im Gefängnis landen. Dem Verrückten schien dies nun klar zu werden. Er umfaßte Dr. G'dath mit dem Arm, der das Messer hielt, und drückte mit der freien Hand einen Knopf an seinem Gürtel. Sofort waren die beiden von einem Kraftfeld umgeben, das der Klingone erweiterte, bis es auch G'daths Schreibtisch und die glänzende Kugel umfaßte. Joeys kleiner Hoffnungsstrahl erlosch auf der Stelle. Nun hatte die Polizei keine Möglichkeit mehr, die beiden aus dem Gebäude zu beamen oder den Versuch zu machen, sie mit Phasern zu betäuben. Andererseits sagte ihm ihr zunehmend verzweifelter Blick, daß auch *sie* nun nicht mehr mit Hilfe eines Transporters entkommen konnten.

»Klor!« befahl der Verrückte, der das Kommando führte. »Nun mach schon!«

Klor bückte sich, schob eine Hand unter Ricias Arm, hob sie mit einer schwungvollen Bewegung auf die Beine und zog sie von Carlos fort. Ricia wollte sich zur Wehr setzen, aber es nützte ihr nichts. Also ging sie mit bloßen, blutigen Fäusten gegen ihren Häscher vor. Ihre Stimme wurde schrill. »Nein! Jemand muß sich um Carlos kümmern – jemand muß doch die Blutung stillen!«

Ausgerechnet Ira Stoller fegte mit wenigen Schritten durch das Klassenzimmer und drückte seine Hände auf Carlos' Wunde. »Ich mach's schon, Ricia; ich mach' schon.« Ricia wandte sich hysterisch in Klors Griff, und Stoller sagte mit besänftigender, erwachsen klingender Stimme, die gar nicht zu ihm paßte: »Ich bleibe bei ihm. Ich gehe nicht weg, bevor jemand kommt.«

Ricia sackte in den Armen des Klingonen zusammen und sagte in einem schrillen, brechenden Flüstern: »Danke, Ira.« Sie verzog das Gesicht und fing an zu weinen.

Klor kehrte zu seinem Commander zurück und machte Anstalten, den Knopf an seinem Gürtel zu drücken, doch nun konnte Joey es nicht mehr ertragen. Von reinen Gefühlen gesteuert – wenn er hätte denken können, hätte er sich nicht von der Stelle gerührt – hechtete er den Klingonen entgegen. »Hey, laß sie in Ruhe! Nimm mich!«

Klor hob erschreckt sein Messer und holte aus, um es in Joeys Brust zu stoßen. Ricia schrie auf und bedeckte ihr Gesicht mit den blutigen Händen.

»Aufhören!« brüllte Keth. »Klor – nicht töten! Nimm ihn. Geiseln sind unser Vorteil. In dieser Hinsicht sind die Menschen sentimental.«

Klor, der sein Messer noch in der Hand hielt, packte Joey, schob ihn neben Ricia, legte seinen langen Arm um die beiden und drückte sie an seine Brust.

Die rothaarige Frau stand auf, ihre Stimme zitterte vor Wut, vielleicht auch vor Angst. Sie schaute den Commander an; ihre Lippen waren weiß und bebten. »Sind Klingonen so feige, daß sie Kinder als Geiseln nehmen müssen? Warum nehmt ihr nicht jemanden, der so groß ist wie ihr? Mich, zum Beispiel?«

Der irre Commander grinste tatsächlich. »Du siehst selbst wie ein Kind aus.«

Die Frau setzte eine wütende Miene auf. »Ich bin achtundzwanzig Jahre alt.«

»Wenn du gern mitkommen möchtest«, sagte der Klingone mit einem Lächeln, das Joey bis ins Mark erschauern ließ, »laß dich nicht aufhalten. Aber diese sogenannten Kinder sind alt genug, um in der imperialen Flotte Dienst zu tun.« Er nickte Klor zu, der der Frau bedeutete, näher zu kommen. Sie tat es, weil sie offenbar damit rechnete, gegen die anderen ausgetauscht zu werden, doch als es soweit war, hielt Klor sie in Stichnähe, ohne sie freizugeben und drückte den Knopf an seinem Gürtel. Joey vernahm ein schrilles Heulen und sah, wie sich das bläulich schimmernde Kraftfeld rings um sie aufrichtete.

Stoller hielt mit vor Haß verzerrtem Gesicht neben Carlos Wache. »Ich habe *immer* gewußt, daß ihr Schildkröten einen an der Waffel habt. Ich wäre in eurer beknackten Flotte bestimmt schon Admiral.«

Joey schnappte nach Luft. An seinem Rücken spürte er, daß sich die titaniumharten Muskeln der Klingonenbrust spannten. Er wußte: Ohne das Kraftfeld wäre Ira Stoller nun tot. »Stoller«, bat er, »halt *bitte* die Klappe.«

»Unter den gegebenen Umständen«, sagte Dr. G'dath leise, »ist dies ein ausgezeichneter Rat, Mr. Stoller.«

Kevin Riley saß kurz vor neun Uhr hinter seinem Schreibtisch im Starfleet-Hauptquartier und starrte mit leerem Blick auf die für Admiral Kirk eingegangenen Meldungen. Da Kirk mit Nan Davis unterwegs war, um das Dart-Projekt zu inspizieren, war er heute morgen allein. Sein Bildschirm, der die Sendung aus Dr. G'daths Klassenzimmer übertrug, lief ohne Ton. Riley schaute gelegentlich hin, um sich davon zu überzeugen, daß alles ruhig ablief – und um sich Jenny Hogan anzusehen. G'dath war ohne Zwischenfälle angekommen. Jenny war kurz zu ihm hingegangen, um mit ihm zu reden, und hatte dann im Hintergrund des Raumes Platz genommen. Riley sah nur noch ihren Hinterkopf und ihr glänzendes, kupferrotes Haar.

Der samstägliche Brunch mit ihr war die schönste Stunde seines Wochenendes gewesen. Er hatte den Rest unter einem Nebel von Selbstmitleid verbracht und den größten Teil der Zeit in einer einsamen Nische in O'Reillys Pinte gesessen. Er hatte so viel getrunken, um die Theorie zu beweisen, daß man nach einem ordentlichen Suff besser schlafen konnte. Die Theorie stimmte. Jedenfalls für ein paar Stunden.

Hatte er nicht genug Gründe, um niedergeschlagen zu sein? Zuerst Anab und ihre knappe Botschaft, dann seine Verspätung bei WorldNews und die sich daraus ergebende Begegnung mit Kirk. Und schließlich seine Unsicherheit, ob er bei Starfleet bleiben oder den Abschied nehmen sollte. Anabs Worte hallten in seinem Geist wider.

Du tust Kirk keinen Gefallen, wenn du nur halbherzig für ihn arbeitest.

Genau das hatte er in der letzten Woche mehr oder weniger getan. Sein Selbstmitleid hatte ihn dermaßen im Griff und machte ihn so unsicher hinsichtlich dessen, was er eigentlich wollte, daß er in seinem Beruf nur Mist baute. Er kriegte keinen Gedanken mehr auf die Reihe. Er hatte in der letzten Woche alles mögliche vergessen, und der Samstag war besonders katastrophal ausgefallen. Es mußte Kirk schon vor dem WorldNews-Zwischenfall aufgefallen sein... Riley schämte sich, daß er das Vertrauen, das der Admiral in ihn setzte, so enttäuschte. Besonders nachdem er erfahren hatte, was Kirk – beziehungsweise der vierzehnjährige Jimmy – auf Tarsus IV für ihn getan hatte. Als ihm dies klargeworden war, waren längst verschüttete Erinnerungen an diese schreckliche Zeit wieder in ihm an die Oberfläche gekommen.

Schon wieder etwas, das ihn deprimierte. Riley wünschte sich, seine Verzweiflung abschütteln zu können, wie damals, als Anab ins All hinausgezogen war. Aber diesmal fehlte ihm offenbar die dazu nötige Kraft.

Vielleicht fehlte ihm jemand wie Vizeadmiral Ciana. Sie hatte ihn damals ordentlich in die Mangel genommen, als er neu in seinem Job gewesen war und das Handtuch hatte werfen wollen.

Überlegen Sie, Riley. Denken Sie nach, was Kirk alles auf sich genommen hat, damit Sie befördert werden. Glauben Sie mir: Es war nicht einfach, Nogura zu überzeugen. Kirk hat lange mit ihm verhandelt, um Sie zu kriegen. Wie sieht es denn aus, wenn Sie schon nach einer Woche aufgeben?

Aber Ciana war nicht da; sie konnte ihm nicht die Leviten lesen. Besonders dann nicht, wenn Kirk mit im Spiel war. Ihr Adjutant hatte ihn heute früh angerufen, um ihn zu fragen, ob er es schon wüßte: Seit Freitag abend war Ciana unter Kirks Adresse nicht mehr zu erreichen.

Was die Härte in Kirks Blick am Samstagmorgen natürlich erklärte. Riley schämte sich über alle Maßen. Sein Selbstmitleid hatte ihn dermaßen aufgefressen, daß er nicht in der Lage gewesen war, sich zusammenzureißen, um sich der Pflicht zu stellen. Kirk hingegen hatte es geschafft.

Kirk ging offenbar davon aus, daß er über die gleichen Fähigkeiten verfügte. Riley verstand das Vertrauen nicht ganz, das er in ihn setzte: Kirk hatte ihm das Leben gerettet, und obwohl er sich verpflichtet fühlte, es ihm zu vergelten, wußte er nicht, wie.

Er fühlte sich leer und ängstlich. Er hatte sein ganzes Leben lang nur aus Angst gehandelt, und das mit gutem Grund. Er hatte zuviel verloren: seine Eltern und Anab. Und so wie die Dinge im Büro liefen, würde er bald auch Kirks Respekt und seinen Job verlieren. Wenn er Jenny Hogan zu dicht an sich heranließ, konnte er auch sie bald als Verlust verbuchen.

Er wußte, er konnte sich leicht von ihr einfangen lassen, aber er fürchtete das Risiko und die Verpflichtung. Sie hatte ihn heute morgen angerufen, ihre sonst vergnügte und aufgedrehte Art leicht gedämpft, um ihm zu sagen, daß Nan Davis eine Sendung über den Apollo-Tag machte. Sie wollte, daß Jenny und er zusammenarbeiteten, um ihre und Kirks Terminpläne zu koordinieren.

Jenny hatte es zwar verstanden, ihre Emotionen zu verbergen, aber er hatte eine Spur von Enttäuschung in ihrer Stimme gehört und in ihrem Blick gesehen. Sie fühlte sich zu ihm hingezogen, und sein Sprüchlein über die Freundschaft hatte sie verletzt – wenigstens ein bißchen.

Als er ihr streßgeplagtes kleines Lächeln auf dem Bildschirm gesehen hatte, hatte er träge gedacht: *Hat Anab sich auch so gefühlt, als sie mit mir sprach?*

Riley schüttelte leicht den Kopf, um seine Gedanken über die beiden Frauen zu vertreiben, konzentrierte sich wieder auf den Computerschirm und bemühte sich, die Admiralskorrespondenz nach Wichtigkeit zu sortieren, damit Kirk jene, die er nicht persönlich zu beantworten brauchte, gar nicht erst sah. Er zwang sich mehrere Minuten lang, zielgerichtet zu arbeiten, wenn seine Gedanken auch ständig abzuschweifen drohten. Hin und wieder warf er einen beiläufigen Blick auf den Schirm – doch nicht etwa, wie er sich versicherte, um Jenny anzuschauen, sondern um laut Plan die Sicherheit G'daths und die Fortschritte seiner Klasse zu prüfen. Kirk hatte ihm die Leitung der Bewachung des Klingonen übertragen, und er wollte ihn nicht schon wieder enttäuschen.

Riley blickte auf den Bildschirm, dann wandte er sich wieder der Arbeit zu. Als er das nächste Mal auf den Schirm schaute, sprang er so schnell auf die Beine, daß sein Sessel nach hinten flog und zu Boden krachte.

Er hörte es nicht einmal. Sein Blick konzentrierte sich auf das stumme Drama, das der Bildschirm zeigte. Sein Hirn war beinahe zu gelähmt, um das Sichtbare zu verarbeiten: Zwei Klingonen standen neben G'dath im Klassenzimmer. Einer hielt den Lehrer – und eine glänzende Kugel, in der Riley die gestohlene Erfindung erkannte – im Inneren eines beweglichen Kraftfeldes fest. Der andere, ein hochgewachsener, stämmiger Bursche, umfaßte mit einem Arm zwei Schüler.

Jenny Hogan sprang auf und schrie die Klingonen an. Riley war so erschreckt, daß ihm nicht einmal einfiel, den Ton einzuschalten. Er brauchte sie nicht zu hören; Jenny bot den Eindringlingen eindeutig an, sie gegen die gefangenen Schüler auszutauschen. Er verspürte eine Woge von Bewunderung und reines Grauen.

Ohne den Blick vom Bildschirm zu nehmen, schlug er mit der Hand auf einen Schalter der Konsole. »Sicherheitszentrale! Nguyen, sind Sie da? Was, zum Teufel, ist *passiert?*«

Er mußte den Namen zweimal rufen, ehe Nguyens atemlose Stimme aus dem Lautsprecher kam.

»Ich kann jetzt nicht reden, Lieutenant Commander. Ich stehe … in Verbindung mit unserer Zweigstelle in New York, und wir bemühen uns, etwas auszutüfteln.«

»Wie sind sie an unserer Abschirmung vorbeigekommen?« fragte Riley.

Bevor Nguyen antwortete, vergingen fünf Sekunden. Fünf Sekunden, die ihm sagten, daß er lieber nicht danach gefragt hätte.

»Sie haben nicht gesehen, was passiert ist«, sagte Nguyen matt. Sie nahm Rileys Schweigen als Bestätigung.

Riley nahm die Hand von der Kom-Steuerung und zog sie langsam zurück. Der große Klingone auf dem Schirm errichtete nun auch ein Kraftfeld um sich und seine drei Geiseln. Jenny gehörte dazu. Die Schüler, die nun erkannten, daß die Waffen der Klingonen die Felder nicht durchdringen konnten, gingen nach und nach das Risiko ein, durch die Tür in die Sicherheit zu verschwinden. Während dies geschah, bemerkte Riley am Bildschirmrand, daß sich neben der Tür zwei stille Gestalten befanden. Er konnte sie nicht deutlich erkennen, aber die eine kümmerte sich um die andere, die also noch am Leben zu sein schien. »Wie konnte das passieren? Wie sind sie …«

»Sie sind direkt ins Klassenzimmer gebeamt, Sir.«

»Unmöglich! Ich habe Sicherheitsstufe eins für das Klassenzimmer befohlen. Der Raum hätte vor Transporterstrahlen *abgeschirmt* sein müssen, Lieutenant.«

»Nein, Sir.« Nguyen wurde nun amtlich. »Sie haben für das Klassenzimmer Standardabschirmung befohlen. Und darin sind keine Schilde enthalten. Ich kann Ihnen die Anweisung auf den Bildschirm legen, Sir.«

»Aber, ich …«, sagte Riley. Er brach ab. Sein Entsetzen stieg. Als er Kirks Nachricht in Sachen G'dath erhalten hatte, war er gerade aus der Kneipe zurückgekehrt. Seine Erinnerung an das, was er in der Nacht getan hatte, war verwaschen. Er hatte Schutz für G'dath beantragt und sich darum gekümmert, die genaue Zeit der Unterrichtsstunde herauszufinden. Er hatte sogar den Zeitunterschied berücksichtigt. Er hatte bestimmt daran gedacht, das Klassenzimmer abschirmen zu lassen.

Oder nicht?

»Sie haben Standardschutz angeordnet, Sir, und ich habe Sie gebeten, es zu wiederholen. Es ist natürlich nicht wichtig, Sir …«

Nicht wichtig. Riley schaute zu, als noch mehr Schüler den Klassenraum verließen. Was hatten die Klingonen vor? Sie warteten zweifellos auf die Polizei. Oder darauf, daß Starfleet ihnen einen Handel vorschlug.

Nicht wichtig. Riley schloß die Augen. Ihm wurde plötzlich wieder schlecht, und ihn packte die gleiche Eiseskälte wie damals, als er erfahren hatte, daß jemand, der seinem Kommando unterstanden hatte, umgekommen war.

Und er war verantwortlich. Er drückte seine Hände flach auf den Tisch und stützte sich schwer auf sie.

»... was befohlen wurde. Wichtig ist nun, wie wir die Leute jetzt sicher dort herausholen.«

»Ja, natürlich«, sagte Riley benommen. »Lieutenant, besteht irgendeine Möglichkeit, sie dort rauszubeamen?«

»Meinen Sie die Klingonen? Nicht mit den Kraftfeldern, Sir.« Riley vernahm eine andere leise Stimme. Irgend jemand in der Sicherheitszentrale sprach mit Nguyen. »Commander Riley, können Sie mich bitte entschuldigen? Ich muß jetzt kurz mit New York sprechen. Wenn Sie mithören und etwas dazu sagen wollen, Sir, könnten wir ...«

»Nein«, fiel Riley ihm ins Wort. »Danke, Lieutenant. Mir ... stehen hier ein paar Dinge zur Verfügung, die ich einsetzen kann, um Ihnen zu helfen. Aber halten Sie mich auf dem laufenden. Riley, Ende.«

Bevor Nguyen antworten konnte, schaltete er ab. Er blieb eine knappe Sekunde stehen, stützte sich auf seinem Schreibtisch ab und bemühte sich, zu einer Entscheidung zu gelangen.

Als Shemry in der Landegruppe unter seinem Befehl gestanden hatte, war es ihr nicht gelungen, rechtzeitig auf Kommunikationsversuche zu reagieren. Sie hatte aus Angst zu lange gebraucht, eine Entscheidung zu fällen, die ihrer Rettung hätte dienlich sein können. Deswegen war sie gestorben. Nun, als er die Alternativen erkannte, spürte er das gleiche Entsetzen: Er konnte es aus Angst unterlassen, etwas zu tun – oder er konnte die Angst ignorieren.

Die Verzweiflung zwang ihn, über sich hinauszuwachsen. Jim Kirk hatte einst irgend etwas in ihm gesehen – hatte ihm erzählt, er sähe sich selbst in Riley. Nun hoffte er verzweifelt, daß Kirk recht hatte.

Er stellte sich hin, richtete sich auf, und ihm fiel nebelhaft das Gesicht des vierzehnjährigen Jimmy Kirk ein. Jimmy hatte an diesem schrecklichen Tag nicht gezögert. Und deswegen lebte er, Kevin, noch heute.

Was würde Jim Kirk jetzt tun?

Er machte sich keine Gedanken mehr über seine Zukunft als Kirks Stabschef, denn der Fehler, den er begangen hatte – ein Fehler, der mehrere Menschen das Leben kosten konnte –, war viel zu groß, um ihm in der Flotte irgendeine Zukunft zu geben.

Es war ihm egal. Seine Karriere spielte keine Rolle mehr. Nun ging es um das Leben der Menschen, das er in Gefahr gebracht hatte. Er war bereit, alle Gesetze zu brechen, um sie retten.

Riley wußte, daß dies das letzte war, was er als Starfleet-Offizier tat. Er eilte mit Höchstgeschwindigkeit aus dem Büro und lief zur Transporterplattform der Admiralität. Schon bildete sich in seinem Geist ein Plan.

G'dath, der im Inneren des bläulichen Kraftfeldes stand, das seinen Häscher und ihn umgab, schaute schweren Herzens zu, als die Sanitäter erschienen und Carlos Siegel aus dem Raum trugen. Es sah allerdings so aus, als atme er noch.

Carlos, ein unschuldiger Schüler, ein hochintelligenter Junge. Er war so vielversprechend gewesen …

G'dath ballte die Faust seiner unverletzten Hand. Er konnte die rechte zwar nicht mehr einsetzen, aber die tiefe Wunde in seinem Oberarm spürte er nicht mehr. Er schloß die Augen, damit sein Häscher nicht sah, wie sehr er ihn verabscheute. Ihm lagen böse Worte auf der Zunge, aber er hütete sich, sie auszusprechen. Wenigstens hatten die Eindringlinge den Sanitätern den Eintritt gestattet. Natürlich hätten sie wenig dagegen unternehmen können, da sie selbst in den sie umgebenden Kraftfeldern gefangen waren. Sie konnten kaum mehr tun, als ihre Geiseln zu bedrohen.

G'dath stellte erleichtert fest, daß nun auch der letzte Schüler entkommen war. Nun waren nur noch die beiden jungen Geiseln da. Und Ira Stoller, der zu seiner Verblüffung bei Carlos geblieben war. Stoller stand nun auf und folgte den Sanitätern, die mit der Trage durch die Tür gingen.

»Ira!« rief Ricia Greene ihm hinterher.

G'dath schaute sie durch den Schild hinweg mit Besorgnis an, aber der Klingone namens Klor hatte seinen Griff entspannt und hielt sie nicht mehr fest. Er stand allerdings mit gezückter Waffe hinter seinen Geiseln. In seinem Gesicht zeigte sich kurz etwas, das wie Besorgnis wirkte. Der Anblick erfüllte G'dath mit Hoffnung. Vielleicht gelang es ihm irgendwann, Klor von der Hoffnungslosigkeit der Lage zu überzeugen...

Als Stoller seinen Namen hörte, blieb er im Türrahmen stehen und drehte sich um.

Ricias Stimme zitterte. Sie hörte auf zu weinen und riß sich zusammen, aber ihre hellbraunen Wangen glitzerten von Tränen. »Carlos' Vater... Jemand muß ihm sagen...«

Stollers Gesicht war weiß und abgespannt, aber entschlossen. »Keine Sorge, ich kümmere mich drum.«

Die Sanitäter gingen mit ihrer Last hinaus, und Stoller folgte ihnen.

»Bauer«, sagte Commander Keth plötzlich auf klingonisch. G'dath drehte sich um und musterte ihn. Keths Blick war überraschend angespannt. Er ist nicht ganz gesund, wurde G'dath klar, wahrscheinlich drückt ihn der Streß, weil er nicht weiß, was die Polizei als nächstes tut. Wie eigenartig, nach so vielen Jahren in der eigenen Sprache angesprochen zu werden – und dann noch von einem Fremden, der über meine Herkunft informiert ist. »Der Antrieb des Geräts...« Keth deutete mit dem Kopf auf die Kugel, die in dem Feld, das auch sie beide einhüllte, auf dem Schreibtisch lag. »Die genaue Untersuchung ihrer Planangaben hat ergeben, daß man sie nutzbar machen kann, um Schiffe anzutreiben. Wie funktioniert sie? Antworte schnell und wahrheitsgemäß, sonst stirbt der Junge.«

Klor, der den Hinweis seines Vorgesetzten verstand, legte einen starken Arm um Joey Brickners Hals und drückte die Spitze seines Messers an seine blasse, sommersprossige Haut. Joeys blaue Augen wurden groß, aber er hielt absolut still und sagte keinen Ton.

G'dath schaute dem Commander in die Augen und erwog etwas, das ihm nicht sehr oft in den Sinn kam: den Einsatz von Gewalt. Tollkühnheit, natürlich. Sie würde nur dazu führen, daß Joseph Schlimmes geschah. Dann mußte durch seine Schuld noch ein Mensch leiden, und das Risiko konnte er nicht eingehen. Aber die Vorstellung, die Arme auszustrecken und die Gurgel des Commanders mit bloßen Händen zu zerquetschen, war verlockend.

»Wenn ihr dem Jungen etwas antut, erfahrt ihr gar nichts«, sagte G'dath. »Laßt ihn los, dann erzähle ich euch alles, was ihr wissen wollt.«

Ohne G'dath aus den Augen zu lassen, nickte Keth kurz, und Klor ließ Joseph los.

G'dath seufzte. Nun war ihm klar, was die Eindringlinge wollten. Sie wollten um ein Fluchtschiff verhandeln und zusammen mit G'dath und der Kugel ohne Umschweife ins klingonische Imperium entkommen. Wo man ihn dann foltern und töten würde.

Und dann stand der Krieg vor der Tür.

Wenn sie ihn jetzt beim Lügen ertappten, würde Joseph vielleicht sterben. Der Commander wirkte ziemlich intelligent, und G'dath hatte keine Ahnung, wieviel er schon über die Kugel wußte. Es war wohl besser, wenn er mit einem Teil der Wahrheit herausrückte, um Josephs Leben zu retten – und darauf hoffte, daß sich eine Möglichkeit zum Entkommen bot, bevor sie alle ins Imperium gebracht wurden.

»Der Mechanismus im Inneren der Kugel erzeugt ein Umhüllungsfeld«, sagte G'dath. »Die Befestigung der Kugel am Fahrwerk eines Schiffes würde ausreichen, um das Feld rings um es auszudehnen – vorausgesetzt, es steht nicht am Boden. Es muß sich außerhalb der Atmosphäre und in fast schwereloser Umgebung befinden, damit es funktioniert.«

»Sagst du die Wahrheit? Schwöre es – beim Leben der Geiseln!«

Was bedeutete, daß sie starben, wenn man ihn beim Lügen oder beim Zurückhalten von Informationen ertappte. »Ich schwöre beim Leben der Geisel«, begann G'dath, »daß ich die Wahr ...«

Er brach bei dem zunehmend schriller werdenden Heulen ab, das den Raum erfüllte. G'dath empfand einen Ansturm von Hoffnung und Besorgnis, als ein Schwarm flimmernder Goldfunken sich zur Gestalt eines Menschen verdichteten. Die Polizei, nahm er an, kommt, um zu verhandeln. Doch als die Gestalt sich festigte, sah er, daß sie in die Uniform eines Starfleet-Offiziers gekleidet war.

Der blasse, bärtige Mensch trat vor und hob in friedlicher Absicht die Hände. Die Klingonen duckten sich und hielten die Messer bereit. Sie schienen freilich nicht gewillt zu sein, ihre Kraftfelder zu öffnen. Wenn Starfleet jemanden hier hereinbeamen konnte, konnte dieser Jemand auch ebenso leicht wieder verschwinden.

»Kevin!« rief Jenny Hogan.

Der junge Offizier ignorierte sie. Klugerweise, dachte G'dath, denn wer Interesse an ihrem Wohlergehen zeigte, gab den Eindringlingen nur noch eine Waffe in die Hand. »Wer führt hier das Kommando?«

»Ich«, sagte G'daths Häscher.

Der Offizier drehte sich um und richtete seine Worte

an den Commander. »Wie Sie sehen, bin ich unbewaffnet. Ich nehme an, Sie benötigen ein Transportmittel.« Er zögerte und schaute den Commander an, der mit einem Nicken reagierte. »In Ordnung. Ich habe im Namen von Starfleet mit der Polizei verhandelt. In zwei Minuten wird eine kleine Raumfähre auf dem Dach dieses Gebäudes landen. Wenn der Pilot ausgestiegen ist, ist sie leer. Es ist auch kein Peilsender an Bord. Darauf gebe ich Ihnen mein Wort als Starfleet-Offizier. Wenn Sie die anderen freilassen und dafür mich nehmen, gehört der Flitzer Ihnen. Ich bringe Sie hin, wo Sie hinwollen. Sie können aber auch allein fliegen – oder mich umbringen.«

Der Commander lächelte. »Ein verlockendes Angebot, Commander. Sie sind doch Commander? Ich sehe es an Ihren Rangabzeichen.«

»Lieutenant Commander Kevin Riley.«

»Vielleicht können wir ein Geschäft machen, Lieutenant Commander Riley… Wenn Sie einverstanden sind, uns zu dem Shuttle zu bringen und unsere Sicherheit zu garantieren.«

G'dath warf dem Commander einen jähen Blick zu. Er spürte, daß der Klingone log. Riley schien es auch zu spüren, denn er zögerte, und in seinen Augen flackerten Zweifel auf.

»Einverstanden«, sagte Riley dann. Er war offenbar zum Mitspielen bereit. »Dann lassen Sie die Geiseln jetzt gehen.«

»Es wäre doch sehr unklug, wenn wir unsere Schilde abschalten, bevor wir sicher im Shuttle sitzen. Sprechen wir über die Freilassung der Geiseln, wenn wir dort angekommen sind.«

»Na schön. Aber bevor wir starten…«

»Bevor wir starten, lassen wir sie frei. Darauf haben Sie *mein* Wort als Offizier der imperialen Flotte.«

Lieutenant Commander Riley führte sie aufs Dach hinauf, wo das versprochene Shuttle wartete. G'dath ließ zu, daß man ihn ins Innere des Schiffes trieb, das ihm mit sieben Personen an Bord klaustrophobisch eng erschien. Doch da das Shuttle für den Weltraumflug konstruiert war, konnte es mehr als fünf Personen aufnehmen. Der Commander führte G'dath an die Steuerkonsole und wies ihn an, die Kugel zu installieren, was er zögernd in Angriff nahm. Glücklicherweise zwang ihn die Verletzung an der rechten Hand, nur die linke zu gebrauchen, weswegen er nur schwerfällig arbeiten konnte und mehr Zeit brauchte, als eigentlich erforderlich war.

»Na schön«, sagte Riley. »Ich habe Sie hergebracht und meinen Teil der Abmachung eingehalten. Ich werde bleiben, aber Sie lassen die anderen Geiseln gehen.«

»Ich war mit der Freilassung einverstanden«, sagte Keth, »aber ich habe nicht zugestimmt, daß sie alle betrifft. Wir gehen nicht ohne den Verräter und seinen Apparat.«

»Ich bin kein Verräter«, sagte G'dath leise, ohne von der Arbeit aufzuschauen.

Der Commander drückte die kalte Eisenspitze seines Messers an G'daths Adamsapfel. »Diese Erfindung gehört rechtmäßig dem Imperium.«

»Sie haben mir Ihr Wort gegeben...«, begann Riley hitzig.

»Wollen Sie uns zwingen, noch jemanden zu töten?« Die Augen des Commanders flammten plötzlich in einem Feuer auf, das G'dath einen Schauder über den Rücken laufen ließ. Riley verfiel in Schweigen.

»Sie brauchen die Kinder und die Frau doch gar nicht«, sagte er dann.

»Na schön«, erwiderte der Commander. »Da Sie sich als ehrenhaft und tapfer erwiesen haben, Lieutenant Commander Riley, indem Sie uns unversehrt hierhergebracht haben, werde ich mein Wort halten.« Er ließ das Messer von G'daths Kehle sinken und nickte seinem Untergebenen zu. »Schnell, Klor. Laß das Mädchen und die Frau frei.«

Ein schrilles Ploppen ertönte, als Klors Feld sich auflöste. Er schob Jenny und Ricia in Richtung Luke, ohne Joseph loszulassen, und bevor der Starfleet-Offizier eine Chance hatte, sich der nun freien Frau zu nähern, packte Klor ihn am Arm und betätigte erneut die Kontrollen seines Gürtels. Drei Sekunden später stand sein Kraftfeld wieder, und nun war Riley sein Gefangener.

»Aber der Junge ...«, protestierte Riley wütend. »Es ist doch nicht ehrenhaft, ein Kind als Geisel zu nehmen!«

Keth ließ sich nicht davon beeinflussen. »Als Starfleet-Offizier sind Sie wahrscheinlich von jenen, die uns festnehmen wollen, als entbehrlich eingestuft worden. Nein, Commander, ich brauche den Jungen, um Sie und seinen Lehrer zu kontrollieren.«

G'dath musterte Josephs Gesicht. Seine Lippen waren grau, seine Augen vor Entsetzen weit aufgerissen. *Du bist ungerecht,* wollte er dem Commander zuschreien. *Ihr habt schon jetzt das Blut eines unschuldigen alten Mannes und eines Jungen vergossen! Müßt ihr auch Joseph noch nehmen?*

»Dann geht«, drängte Riley Jenny und Ricia, die unschlüssig an der Luke standen.

Jenny Hogan legte die Hand auf die Luke, um nicht aus dem Gleichgewicht zu geraten; doch bevor sie hinausging, blieb sie stehen und schaute Riley so zögernd an, daß G'dath erkannte, daß die beiden mehr waren als nur flüchtige Bekannte. Ricia Greene gab ihr einen Schubs, und endlich verließen die beiden das Fahrzeug.

G'dath empfand beträchtliche Erleichterung.

Der Commander bewies Klugheit, indem er Joseph

nicht freiließ. Je mehr G'dath protestierte, desto mehr würde man seine Angst um den Jungen gegen ihn ausspielen. Also schwieg er und legte seine Hand auf die vibrierende Kugel, um im Gleichgewicht zu bleiben. Im Inneren des Geräts funkelte und blinkte Licht – der Apparat sah wirklich sehr hübsch aus. Er hatte eine tödliche Schönheit, die jenen, um die er sich sorgte, bereits allerlei Schaden zugefügt hatte.

Wieviel Zerstörung würde sie noch hervorrufen, bevor der Tag zu Ende war?

G'dath widmete sich verbittert seiner Arbeit.

12

Es erwies sich als heikle Aufgabe, die Nummer-2-Einheiten in der Raumfähre *Enterprise* ins Gleichgewicht zu bringen. Nach einigen Verzögerungen hatte sich die Fähre noch keinen Zentimeter vom Hangarboden erhoben. Kirk wartete gespannt in einem Passagiersitz im Cockpit ab. Die neben ihm sitzende Nan schien immer nervöser zu werden – zweifellos sorgte sie sich, ob sie noch rechtzeitig nach New York kommen würde. Eddie, der Techniker, war hinter ihnen eingedöst.

»Ich glaube, jetzt haben wir's«, sagte Alice Friedman, die mit konzentrierter Miene die vor ihr befindlichen Kontrollen im Auge behielt. »Zentrale, was meint ihr?«

»Sieht gut aus«, sagte die Stimme des Testleiters. »Versuchen Sie es doch, mal abzuheben, Captain.«

Das Brüllen kaum gedämpfter Impulstriebwerke filterte durch die Cockpitisolation, und Kirk spürte, daß sie sich bewegten.

»Yeah!« rief Captain Friedman. »In Ordnung! Zentrale, wir gleichen neun zu neun aus.«

»Bestätigt«, sagte die Zentrale. »In Ordnung, Alice, machen Sie mal 'n bißchen Dampf.«

»Mach ich.« Alice legte auf der altmodischen Armatur eine Schalterreihe um. »Kommen auf zehn Meter … erreicht. Alle Systeme grün. He, Leute, wenn's nach mir geht, können wir die Kiste jederzeit abzischen lassen.«

Die Zentrale klang skeptischer. »Kann schon sein, Alice, aber wir wär's zuerst mit 'nem Düsentest?«

Alice seufzte ungeduldig. »Na schön, von mir aus.«

Kirks Kommunikator piepste. Die Unterbrechung ließ ihn die Stirn runzeln.

»Hier Kirk.«

Er rechnete damit, Rileys Stimme zu vernehmen – doch statt dessen hörte er die von Lieutenant Lisa Nguyen aus dem Starfleet-Sicherheitsbüro in San Francisco.

»Hier ist Lieutenant Nguyen, Admiral. Wir haben hier einen Notfall ...«

Noch bevor sie den Satz beendet hatte, wußte Kirk, um wen es sich handelte.

»Es geht um G'dath, Sir. Ein Sicherheitsproblem. Es ist zwei klingonischen Agenten gelungen, unsere Standard-Sicherheitsmaßnahmen zu umgehen und Dr. G'dath sowie einen Schüler zu entführen. Soweit ich weiß, haben sie nun auch Riley geschnappt.«

»Riley? Was macht *der* denn da?«

»Er hat einen Versuch gemacht zu intervenieren, Sir.« Nguyen setzte ihn kurz über die Lage in Kenntnis. Als sie fertig war, nickte Kirk nur.

»Bereitmachen, mich rüberzubeamen. Kirk, Ende.« Er klappte den Kommunikator zu und wandte sich an die Pilotin. »Captain Friedman? Tut mir leid, aber ich muß sofort gehen. Ein Notfall.«

»Tja, dagegen kann man wohl nichts machen, schätze ich«, sagte Alice und schaltete den Funk ein. »Zentrale, ich beende die Übung«, rief sie und drückte mehrere Schalter. »Admiral Kirk muß sofort aussteigen.« Die Fähre setzte weich auf dem Hangarboden auf, und das Brüllen der Motoren erstarb.

Nan schenkte Kirk einen besorgten Blick. Als der Lärm abgeebbt war, fragte sie: »Was ist denn, Jim? Ist etwas schiefgegangen?«

Er informierte sie, auch wenn er selbst noch nicht

wußte, wie er auf die Nachricht reagieren sollte. Was Riley anging, so empfand er zwei sich widersprechende Gefühle: Verärgerung über das Versagen seines Stabschefs, G'dath entsprechend abzusichern ... und eine fast väterliche Besorgnis. »G'dath, mein Stabschef und einige andere werden in New York von einer klingonischen Gruppierung als Geiseln festgehalten. Sie halten sich nun in einem Starfleet-Shuttle auf. Wo sie hinwollen, weiß kein Mensch.«

Nan keuchte auf. »G'dath? O mein Gott, was ist da passiert? Ist er gar nicht in die Schule gekommen?«

»Doch. Aber die klingonischen Agenten auch.«

»Mein Gott – Jenny. Ist sie in Ordnung?«

»Tut mir leid, Nan. Mehr weiß ich auch nicht. Sie befinden sich an Bord eines Shuttle, das in der Lage ist, die Atmosphäre zu verlassen. Sie könnten überall im Sonnensystem hinfliegen, und kein anderes Starfleet-Schiff ist momentan nahe genug, um sie zu verfolgen.« Kirk hielt inne, dann kam ihm schlagartig eine Idee, und er wandte sich zu Captain Friedman um. »Nur das hier. Captain ...«

Alice schaute ihm in die Augen. Sie wirkte sekundenlang verblüfft – dann setzte sie ein breites, schelmisches Grinsen auf. »Eins zu null für Sie, Admiral. Die Fähre *ist* doch ein Starfleet-Schiff, oder? Sagen Sie das geheime Wort. Wenn Sie mitmachen, tu' ich's auch.«

Kirk legte eine Hand auf ihre Schulter und bedachte sie mit dem Lächeln, das ihn schon zu Lebzeiten zur Legende gemacht hatte.

G'dath hockte an Bord des Shuttles noch immer seitlich vor der Konsole und tat so, als installiere er die Kugel. Er war zwar längst fertig, aber ihm war noch keine Strategie eingefallen.

Sie hatten nur wenig Zeit. Das Shuttle war bereits in der Luft, und wenn die Kugel aktiviert wurde, waren sie Sekunden später im klingonischen Imperium – vorausgesetzt, dies war überhaupt das Ziel des Schiffes.

Er hätte die Antriebskraft der Kugel natürlich auch einige Sekunden länger als nötig aktivieren können, um das winzige Schiff über die Grenzen der Föderation und des Imperiums hinaus an den Rand der Galaxis zu schicken. Doch wenn er das tat, würden seine Häscher ihn höchstwahrscheinlich töten – und noch schlimmer: auch Joseph und Lieutenant Commander Riley.

Wenn seine Theorie stimmte, konnte man die Kraftquelle der Kugel kurzschließen, so daß sie sich schnell und bis auf eine gefährliche Ebene überlud. Falls nötig, konnte er das Schiff und jedermann an Bord vernichten. Es wäre ein rascherer und saubererer Tod als der, der sie im Imperium erwartete – oder am Rand der Galaxis.

Doch der Gedanke an Joseph hielt ihn zurück. Er wollte wegen des Jungen noch etwas warten und auf Rettung hoffen... auch wenn seine Hoffnung schnell abnahm.

Als G'dath die wimmelnden schwarzen Flecken vor seinen Augen sah, erfaßte ihn ein abruptes Schwindelgefühl. Er schloß die Augen, sackte geschwächt an das kalte Metall der Kontrollwand und hielt sich mit der gesunden Hand daran fest. Seine rechte Hand war klebrig und blutete. Er wurde sich vage der Stimmen der Agenten bewußt, die Klingonisch miteinander sprachen.

»Wir kommen sauber aus der Sache heraus, Commander. Wir sind nun so hoch, daß auch das letzte Polizeischiff aufgegeben hat. Es befinden sich keine weiteren Schiffe in unmittelbarer Reichweite.«

»Ausgezeichnet, Klor. Ausgezeichnet.«

Dann hörte G'dath nichts mehr. Er spürte erst wieder etwas, als starke Arme – die Arme eines Klingonen – unter seine Schultern griffen und ihn hochhoben.

Er öffnete die Augen und stellte fest, daß er auf der hinteren Reihe der Passagiersitze lag und neben ihm ein Medokit stand. Klors dunkles Gesicht schwebte über ihm. Der hochgewachsene, stämmige Mann behandelte seine Wunde mit Gerinnungsspray.

»Es wird die Blutung stoppen«, sagte Klor leise. Er war auf seine Art nicht unfreundlich. G'dath drehte vorsichtig den Kopf und versuchte zu erkennen, ob sie weit genug von dem anderen entfernt waren, um das Risiko einzugehen, offen miteinander zu sprechen. Er sah allerdings nur die Rückenlehnen der Sitze. Er kniff die Augen zusammen und wartete, bis der nächste Schwindelanfall verging.

Als er sie wieder öffnete, fing er Klors Blick auf und bemerkte zum erstenmal, daß er blaue Augen hatte. Ihr Blau war um einige Nuancen dunkler als das von Joseph Brickners Augen. Vielleicht erklärte dies das Mitgefühl, das er im Blick des Agenten zu erkennen glaubte.

»Du heißt doch Klor«, keuchte er auf klingonisch und gab sich alle Mühe, leise zu sein, damit der Commander ihn nicht hörte. Das Sprechen fiel ihm nicht ganz leicht, aber die Verzweiflung trieb ihn dazu. »Ich habe gehört, wie dein Vorgesetzter dich angesprochen hat. Es gibt einige Dinge, die du über das Gerät wissen solltest.«

»Ist es erfolgreich installiert?«

»Ich weiß nicht. Vielleicht. Ich muß dich vor seinen Gefahren warnen. Ihr bringt die Kugel ins Imperium, weil sie dir und deinem Vorgesetzten Ruhm einbringt und sie dem Imperium neue Planeten erschließen kann. Man wird sie dazu verwenden, die Raumfahrt ungeheuer schnell weiterzuentwickeln – aber man wird sie auch zu kriegerischen Zwecken mißbrauchen. Denn auch dazu kann sie dienen.

Sie wird dem Imperium Ruhm und Ehre eintragen – aber sie könnte auch Tod und Vernichtung bringen.

Weißt du, was es mit dem Gleichgewicht der Kräfte auf sich hat, Klor?«

Der junge Klingone schaute kurz weg und nickte; sein Ausdruck war leicht verlegen. »Ich habe deinem Unterricht ziemlich lange zugeschaut, G'dath«, sagte er leise, »deswegen ist mir die Sache vertraut.«

Wäre G'dath stark genug gewesen, er hätte angesichts der Erkenntnis gelächelt, daß er hier mit einem weiteren Schüler sprach, auch wenn dieser bis jetzt anonym geblieben war. »Wenn das Gleichgewicht der Kräfte zwischen den Klingonen und der Föderation gestört wird, könnte es in einer Katastrophe enden.«

»Die Organianer ...«, begann Klor. Dann brach er ab. Diesmal gelang G'dath der Anflug eines Lächelns. Klor hatte allem Anschein nach die Diskussion über die Organianer beobachtet und erinnerte sich an das Ergebnis. Man konnte nicht unbedingt darauf vertrauen, daß sie einen weiteren Krieg verhinderten.

»Selbst wenn die Organianer einen Konflikt verhindern«, flüsterte G'dath, »sie haben das Imperium nicht daran gehindert, anderswo Konflikte auszutragen.«

»Aber die Föderation besitzt deine Pläne doch schon«, sagte Klor störrisch. Er beendete die Behandlung mit dem Gerinnungsspray und wischte vorsichtig das Blut von G'daths Arm. »Deswegen muß das Imperium sie auch haben – um das Gleichgewicht der Kräfte wiederherzustellen.«

»Nein. Die Föderation kennt den Plan nicht. Niemand kennt ihn.« G'dath sah Argwohn in Klors Gesicht – aber auch Unsicherheit. Er spürte instinktiv, daß der junge Mann ihm glaubte, und sagte aus reiner Verzweiflung: »Klor, ich kann nicht zulassen, daß meine Erfindung zu Gewalttaten mißbraucht wird. Verstehe mich: Eher werde ich dieses Schiff vernichten.«

»Dazu fehlen dir die Mittel ...«, begann Klor, doch dann hielt er inne. Seine blauen Augen wurden groß, als er G'daths Folgerungen begriff. Dann zogen sich seine dunklen Brauen zusammen. »Das würdest du doch nicht tun, G'dath.«

»O doch«, erwiderte G'dath leise. »Wenn du mir nicht zu verhindern hilfst, daß die Föderation oder das Imperium meine Erfindung mißbrauchen.«

Klor war mit dem Säubern der Wunde fertig. Er richtete sich auf. Sein Gesicht war eine undurchsichtige, steinerne Miene. »Ich kann mir nicht noch mehr davon anhören. Ich muß es Keth sofort melden.«

»Klor – hast du menschliche Vorfahren?«

Klor wandte so schnell den Blick ab, daß G'dath seine Antwort bekam.

»Das habe ich mir gedacht. Dann mußt gerade du ein Interesse an der Sache haben. Es geht um deine beiden Völker.«

Klor drehte sich um. »Ich möchte es nicht hören.«

»Klor ...«, flüsterte G'dath.

Aber der junge Klingone war gegangen. G'dath blieb zurück und fragte sich, ob es ein Fehler gewesen war, ihn über die Selbstvernichtungsfähigkeiten der Kugel zu informieren.

Kirk stand an Bord der Raumfähre *Enterprise* hinter Alice Friedman, als Nan Davis Eddie aufgeregt anwies, bestimmte Aufnahmen zu machen. Obwohl er den beiden befohlen hatte, von Bord zu gehen, hatten sie sich standhaft geweigert. *Dann mußt du uns eigenhändig hinauswerfen,* hatte Nan gesagt. Er war sehr verlockt gewesen, es zu tun. Nur hatte er leider keine Zeit dazu gehabt.

Er machte sich Sorgen um Riley. Und er war wütend auf ihn. Warum hatte er statt der Standard-Schutzmaßnahmen nicht höchste Priorität angeordnet? Man hätte das Klassenzimmer gegen Eindringlinge abschirmen müssen. Kirk empfand Verwirrung. Dies war nicht die Arbeit des Riley, den er kannte und eingestellt hatte. Früher hätte er die höchste Sicherheitsstufe angeordnet und nicht zugelassen, daß es zu einem so tragischen Irrtum kommen konnte. Andererseits sah es aber auch so aus, als seien die klingonischen Agenten verzweifelt genug gewesen, um alle Sicherheitsvorkehrungen zu durchbrechen. Sie mußten verrückt sein, wenn sie in ein Klassenzimmer eindrangen, in dem Fernsehkameras standen. Es sah ganz und gar nicht nach einer verdeckten Aktion aus, hinter der die klingonische Regierung stand.

Daß Riley sich allerdings ohne Befehl in die Schlacht gestürzt und den Plan in die Tat umgesetzt hatte, sich gegen die Geiseln austauschen zu lassen – *das* klang nun wirklich nach seinem Riley, der ihn mehr als nur ein bißchen an Captain James T. Kirk erinnerte.

»Wir fliegen mit Vollgas, Admiral.« Captain Friedman warf ihm einen Blick über die Schulter zu. »Ich weiß nicht genau, ob wir es allzu lange durchhalten.«

»Können wir sie mit einem Traktorstrahl festhalten?« fragte Kirk. »Ich fürchte, sonst gehen sie uns noch durch die Lappen, bevor wir sie erwischen.«

»Wir können es versuchen.« Alice begutachtete diverse Messungen und stutzte. »He, das ist aber komisch. Ich sehe eine unbekannte Energiequelle an Bord des Shuttles.«

»Ist sie identifizierbar?«

»Hab' so was noch nie gesehen. Es sind aber nicht die Motoren. Nicht mal Warp-Triebwerke zeigen ein Profil dieser Art. Impulstriebwerke noch viel weniger. Hoppla, da meldet sich jemand bei uns, Admiral. Es sind unsere Freunde im Shuttle.«

»Hier spricht Keth«, ertönte eine tiefe Stimme. »Sie da, in dem Geisterschiff – ändern Sie den Kurs. Wir haben drei Geiseln an Bord. Verschwinden Sie, oder sie sterben.«

»Was soll ich machen, Admiral?« fragte Alice. »Sie sind doch hier der Chef.«

»Wie sieht's mit dem Traktorstrahl aus?«

»Lädt noch auf«, sagte Alice. »Ich schick seine Energie ein paarmal durchs Triebwerk, um ihn zu stärken. Aber die verdammten Supraleiter verlangsamen uns. Es gibt eben nichts umsonst.«

»Verstehe. Ich möchte etwas Zeit schinden. Können Sie mich mal mit den Klingonen sprechen lassen?«

»Klar.« Alice deutete mit dem Kopf auf das Kom-Gitter ihrer Konsole. »Reden Sie einfach. Die ganze Flotte wird Sie hören. Sie sind auf der Hauptfrequenz.«

Klor nahm seinen Posten an der Steuerung des Shuttles ein, während der Commander im Nebensitz herumfuhr, um die drei Geiseln im Auge zu behalten. G'dath lag noch immer still über den drei Sitzen der letzten Reihe. Riley und der Junge saßen eine Reihe hinter Klor und Keth.

G'daths Worte hatten Klor stark erschüttert. Er hatte keine Ahnung, ob seine Andeutung der Wahrheit entsprach, daß man die Kugel dazu verwenden konnte, das Shuttle zu vernichten. Aber wie sollten sie in Erfahrung bringen, ob er sie nicht so programmiert hatte, daß sie explodierte, bevor sie die Heimat erreichten?

Und Klor wollte geradezu verzweifelt nach Hause.

Trotzdem konnte er sich nicht entscheiden, Keth von seinem neuen Wissen zu unterrichten. Im Klassenzimmer war ihm nämlich bewußt geworden, daß dessen Plan doch nicht so genial gewesen war. Keth hatte sich einfach dem Irrsinn und seiner Frustration ergeben und war in der Hoffnung in die Schule eingedrungen, bestenfalls ein Abkommen mit der Polizei auszuhandeln.

Klor traute seinem Vorgesetzten nicht mehr. Wenn er ehrlich war, traute er dem Gefangenen G'dath mehr. Er hatte ihn monatelang beobachtet und so sehr genau kennengelernt. G'dath verhielt sich ehrenwert, selbst im Privatleben; er hatte ihn noch nie bei einer Lüge ertappt. Was er über die Möglichkeit gesagt hatte, daß das Gerät einen Krieg auslösen könnte: Klor konnte es sich vorstellen. Nun verstand er auch, warum G'daths letzte Unterrichtsstunde sich mit dem Konflikt zwischen den Menschen und den Klingonen und dem Friedensvertrag von Organia beschäftigt hatte.

Auch Klor vertraute den Organianern nicht. Und obwohl er die Vorstellung von Kämpfen herrlich fand, war er nicht auf den Krieg als solchen aus, denn er sah keinen Sinn darin, Leben einfach zu vernichten. Im Weltraum kam einem das Töten sauber vor, weil der Gegner Tausende von Kellicam von einem entfernt starb. Jemanden umzubringen, der einem gegenüberstand, war da schon viel schwieriger.

Nach dem Studium des Volkes seiner Großmutter hatte Klors Haß abgenommen. Er hatte erkannt, daß die Föderation keine riesige, homogene, unpersönliche, böse Entität war, sondern aus Milliarden und Abermilliarden Einzelwesen bestand.

Wie aus dem alten Mann in dem Wohnhaus, der ihn freundschaftlich angelächelt hatte. Die Erdlinge waren vielleicht schwächer als sie, und oftmals mangelte es ihnen an kriegerischem Kampfgeist ... Aber so anders waren sie nun auch wieder nicht.

Klors Blicke huschten über den Konsolenbildschirm. Als der Scanner das blinkende Bild eines sich schnell nähernden Schiffes meldete, spannte er sich. »Commander! Ein Schiff nähert sich dem Bug von Lee. Das Fabrikat ist mir unbekannt, aber es ist beträchtlich größer als unseres.«

Keth hob jäh den Kopf und öffnete den Mund, um etwas zu sagen, aber Klor unterbrach ihn.

»Näherkommendes Schiff sendet Funksignal, Commander.«

Klor drückte einen Knopf, und eine laute Stimme erfüllte das Innere des Schiffes.

»Achtung, vor uns befindliches Schiff. Hier spricht Admiral James T. Kirk von der Raumfähre *Enterprise.*

Verlangsamen Sie und drehen Sie bei, damit wir aufschließen können. Wir nehmen Sie ins Schlepp.«

Das Shuttle ruckte plötzlich, dann fing es an zu bocken. Klor schaute auf den Bildschirm. »Sie halten uns mit einem Traktorstrahl fest!«

»Nein!« donnerte Keth und sprang auf. »Das lasse ich nicht zu!« Er drosch mit der Faust auf die Kom-Steuerung. »*Enterprise,* hier spricht Keth. Wir haben Sie gewarnt. Da Sie sich weigern, die Verfolgung abzubrechen, werde ich eine Geisel töten.« Sein Kopf flog in Klors Richtung herum, und er fügte auf klingonisch hinzu: »Den Schüler, Klor.«

Klor stand nicht auf. Er starrte unsicher in Keths wild blickende Augen. »Aber wenn der Junge stirbt, Commander«, sagte er leise, damit G'dath ihn nicht hörte, »haben wir kein Druckmittel mehr gegen G'dath.«

Keths Augen verengten sich voller Zorn. »Du *wagst* es, einen Befehl in Frage zu stellen?«

Klor neigte den Kopf. Es hatte keinen Sinn, es abzustreiten... Eine Auseinandersetzung mit Keth würde ohnehin nichts erbringen.

Keth wirbelte mit einer flüssigen Bewegung herum, packte den mit offenem Mund dasitzenden Jungen an der Hemdbrust und riß ihn auf die Beine.

G'dath hatte sich soweit erholt, daß er dem Wortwechsel zwischen Keth und Klor folgen konnte. Er sorgte sich erneut um Josephs Schicksal. Außerdem erkannte er, daß der Traktorstrahl eine willkommene Ablenkung war. Als Keth den Befehl zu Joeys Exekution gegeben hatte, hatte G'dath schon wieder eine sitzende Position eingenommen. Als er den Jungen aus dem Sitz hochriß, war G'dath schon in Bewegung und eilte zur Konsole. Als er sich gerade vorbeugte, um ein Relais im Inneren der Kugel umzulegen, bemerkte er einen silbernen Blitz. Keth hatte sein Messer gezogen. Er war zum

Zustechen bereit. Dann sah G'dath einen grauweißen Fleck, denn nun warf Riley sich Keth in den Weg.

Während die beiden miteinander rangen, schob G'dath einen Finger in die leuchtende Kugel und hoffte das Beste.

»Verdammt!« fluchte Kirk. Er stand, hatte eine Hand auf Friedmans Konsole und die andere um die Lehne ihres Sitzes gelegt, und starrte das blitzende Instrumentenbrett an. Er war sich nur am Rande der Anwesenheit von Nan und Eddie bewußt, die vernünftig genug waren, ihm nicht im Weg zu stehen.

Er konnte sich vorstellen, was auf dem Shuttle geschah: Riley – zumindest der Riley, den er kannte – lag im Sterben oder stritt mit den Klingonen, ihn statt einer der anderen Geiseln zu töten. »Captain Friedman, wissen Sie genau, daß wir jetzt nicht mit ihnen reden k…«

Alice Friedman schüttelte finster den Kopf. Ihre einfachen, starken Gesichtszüge wurden vom blauen Leuchten der Armatur reflektiert. »Nichts geht mehr, Admiral. Sie haben den Funkverkehr unterbrochen. Interessanterweise sind auch ihre Schilde inaktiv. Schwer zu sagen, was dafür verantwortlich ist. Schade, daß wir keine schwere Ausrüstung an Bord haben…«

»Einen Transporter«, sagte Kirk rasch, während er innerlich die Tatsache verfluchte, daß er sich nicht auf der echten *Enterprise* befand. »Irgendein Starfleet-Schiff in Transporterreichweite des Shuttles?«

Aber es würde alles viel zu lange dauern. Riley mußte inzwischen längst tot sein.

Friedman deutete auf ihr Bord. »Im Moment nicht, Ad…«

Kirk hörte den Rest ihrer Worte nicht mehr. Im nächsten Augenblick hatte er das Gefühl, aus dem realen Raum und der realen Zeit gehoben und mit unglaublicher Geschwindigkeit nach vorn gerissen zu werden –

wobei sein Magen und sein Verstand zurückzubleiben schienen. Irgendwie jedoch kamen Alice und die Fähre mit ihm. Die Beschleunigung riß die Luft aus seiner Lunge und drückte gegen seine Schläfen, bis er stöhnte und ihm schwindlig wurde...

Dann wurde in der Raumfähre alles schwarz.

Einige tausend Kilometer entfernt lauschten andere Ohren – in einem Raumdock, das die Erde in einer niedrigen Bahn umkreiste.

»Haben Sie sie verloren, Lieutenant?« fragte Captain Decker aus dem Kommandosessel.

»Nein, Sir«, gab Uhura zurück. »Momentan wird nichts gesendet. Aus der Ecke ist im Augenblick rein gar nichts zu hören.« Ihr Tonfall klang besorgt. »Ich habe mich ins Sensorenbord des Wissenschaftsoffiziers eingeklinkt. Unsere Sensoren zeigen, daß der Traktorstrahl der Fähre nur kurz stabil blieb – nur eine halbe Sekunde – und dann versagt hat. Der plötzliche Energieblitz aus dem Shuttle hat ihn lahmgelegt. Art und Quelle der Energie: unbekannt.«

»Unbekannt?«

»Ja, Captain. Jetzt ist alles still.«

»Wie ist der Kurs?«

Uhura blinzelte. »Sie sind in Richtung Mond unterwegs, Sir. Beide Einheiten.«

»Ungefähre Ankunftszeit?«

»Sie sind praktisch da, Sir.«

»Was?«

»Ich weiß, es ist unglaublich, Captain. Sie verlangsamen nun, um in eine lunare Kreisbahn zu gehen.«

»Lebenszeichen?«

»Ja, Sir. Wie zuvor.«

Decker nickte. »Was ist mit dem anderen Schiff?«

»Ich kann Ihnen nicht viel sagen, Captain. Ich fürchte unser Sensorenaufgebot hat es noch nicht berechnet. Einige kleine Raumfahrzeuge verfolgen das Shuttle, aber sie sind weit zurück. Soweit ich es sehe, ist die Raumfähre das einzige Schiff, das in der Lage wäre, irgend etwas zu unternehmen. – Außer einem, Sir.«

Lieutenant Commander Sulu hockte auf dem Brückenboden in einem Overall vor der Steuerkonsole. Er hatte an den Schaltkreisen gearbeitet, und vor seinen Füßen lagen mehrere Chip-Baugruppen verstreut. Nun setzte er sie schweigend wieder ein.

»Sind Sie mit Ihrer Arbeit fertig, Mr. Sulu?« fragte Decker.

»In diesem Moment, Sir.«

»So, so ...« Decker dachte einen Moment nach. Dann fragte er: »Uhura, wo ist Mr. Scott?«

»Ich suche ihn, Captain.«

Sulu nahm an der Steueranlage Platz und führte den Selbsttest durch. Die Lichter leuchteten grün auf, und er lächelte.

»Ich nehme an, wenn Sie müßten, könnten Sie etwas tun«, sagte Decker.

»Aye, aye, Sir«, gab Sulu zurück.

»Mr. Scott auf zwei, Captain«, sagte Uhura.

»Scotty?« sprach Decker in den Raum hinein.

»Aye, Captain.«

»Startroutine. Wie lange?«

»Äh ... Wie, Captain?«

»Ich möchte eine kurze Reise machen. Geht das?«

»Captain ...«

»Mr. Scott«, sagte Decker. »Ich habe keine Zeit, mir ein Dutzend Gründe anzuhören, warum wir nicht in der Lage sind, etwas zu unternehmen. Weil wir nämlich etwas unternehmen *müssen.*« Sein Ton wurde amtlich. »Miss Uhura, überspielen Sie dem Chefingenieur den Bericht über die aktuelle Lage – inklusive des abgehörten Funkverkehrs. Sie können das ganze Zeug später lesen, Mr. Scott. Ich frage Sie noch einmal: Wie ist unser Status? Können wir starten, wenn ich ›Starten‹ sage?«

»Oh, aber klar doch, Captain«, erwiderte Scotty. »Wir können zwar nicht weit weg, und nicht schnell, aber starten können wir. Sicher, wir haben Impulskraft, aber unsere Höchstgeschwindigkeit dürfte nicht mehr betragen als ... Na, sagen wir mal ... Null komma fünf Prozent Licht, vielleicht auch weniger. Ich hab' nicht damit gerechnet, das Schiff so früh aus'm Raumdock rauszuholen. Die meisten Rumpfplatten sind angebracht. Kommt natürlich darauf an, wie weit wir fliegen.«

»Ich möchte zum Mond.«

»Das kriegen wir hin«, erwiderte Scotty. »Der Treibstoff ist zwar knapp, aber er reicht, und unsere Batterien sind in Ordnung. Ambientensysteme: okay. Transporter: okay. Sensoren – so lala. Waffen: negativ. Warp-Antrieb: negativ.«

»Steuerung: okay«, meldete Sulu.

»Kommunikation: okay«, sagte Uhura. »Captain, Chief DiFalco ist momentan nicht an Bord. Ich könnte die Navigation übernehmen ...«

»Nein, Uhura«, sagte Decker. »Ich möchte, daß Sie bleiben, wo Sie sind. Ich gebe den Kurs selbst ein. Holen Sie uns die Startfreigabe von Starfleet Traffic. Mr. Scott?«

»In Position, Sir.«

»Noch eine Frage: Wann?«

»Sobald Sie's sagen, Sir«, sagte Scotty. »Die Außenteams sind entweder schon im Schiff oder unterwegs.«

»Schnelle Arbeit, Scotty.«

»Ich hab' den Befehl in dem Moment gegeben, als Sie sagten, daß Sie hier weg wollen, Sir. Ich würd' Ihnen doch nicht im Weg stehen wollen.«

»Registriert. Lieutenant Uhura?«

»Ja, Sir?«

»Reiselogbuch wiederaufnehmen.«

»*Jawohl,* Sir!« Kurz darauf meldete sie: »Starfleet Traffic möchte mit Ihnen reden, Sir.«

»Sagen Sie, ich bin beschäftigt. Haben wir die Startfreigabe schon?«

»Ähm ... Nein, Sir. Darüber möchte man mit Ihnen reden, Sir.«

»Schalten Sie auf Ton, Lieutenant.«

»Aye, aye, Captain. Auf geht's.«

»*Enterprise,* hier ist ...«

»Traffic, hier ist Captain Decker. Ich bitte um Startfreigabe, höchste Priorität. Ab *jetzt* in zwanzig Sekunden. Machen Sie die Bahn frei. Decker, Ende. – Uhura, machen Sie die Frequenz frei.«

Decker ging zum Navigatorensitz, nahm Platz und musterte kurz die Schaltungen. »Zehn Sekunden. Uhura, sagen Sie dem Raumdockmeister, er soll sämtliche Traktor- und Pressorstrahlen abschalten.«

»Abgeschaltet, Sir. Wir können uns frei bewegen.«

»Ich schätze, da hört uns jemand zu. Mr. Sulu, Manöverdüsen bereitmachen.«

»Manöverdüsen bereitmachen, aye.«

Decker gab den Kurs ein. Er fragte sich kurz, was wohl Admiral Nogura sagte, wenn er von dieser Sache erfuhr ... Aber er wußte, daß es für alle Beteiligten besser war, wenn der Alte erst hinterher informiert wurde.

»Ich kann's kaum glauben, Captain«, sagte Uhura, »aber die Startfreigabe ist gerade hereingekommen.«

»Und nun immer schön langsam geradeaus, Mr. Sulu«, sagte Decker, der sich ein Grinsen nicht verkneifen konnte. »Bringen Sie uns hier raus.«

Kirk kam an Bord der Raumfähre als erster zu sich. Noch immer benommen, lugte er aus dem Frontbullauge. Na schön, da war die Erde. Ein rascher Blick auf das Chronometer sagte ihm, daß nicht viel Zeit vergangen war.

Aber wie *klein* die Erde war. Er schaute aus einem Steuerbordfenster und sah den Mond. Er war nah.

Er sah sich die Instrumente an. Sie befanden sich in

einer Kreisbahn um den Mond. *Wie, zum Teufel, ist das passiert?* fragte er sich verwirrt. Es mußte etwas damit zu tun gehabt haben, daß sie mit dem Shuttle verbunden waren… Aber wie war es dem Shuttle gelungen, in seinem Kielwasser ein viele Tonnen schweres Raumschiff mitzuschleppen?

Der Abstand zum Shuttle hatte sich nicht verändert. Er hing noch immer fünfzig Meter Backbord von ihnen im All.

Kirk musterte trübe die Konsole. Der Traktorstrahl der Fähre war völlig ausgelaugt. Er stellte ihn auf Nachladen, aber es würde eine Weile dauern.

Allmählich rührten sich die anderen. »Seid ihr zwei in Ordnung?« rief er nach hinten. Er vernahm gemurmelte Bestätigungen.

Alice Friedman schüttelte den Kopf, um wieder klar zu werden, dann zuckte sie zusammen. »Autsch.« Sie rieb ihre Schläfen. »Das hätt' ich nicht machen sollen. Was ist passiert?«

»Wir kleben an dem Shuttle«, sagte Kirk. »Es ist, wie ich annehme, zu einer Art Energie-Rückkopplung gekommen. Wir waren ein paar Minuten besinnungslos.«

Alice schaute aus dem Fenster. »Die Bösewichte sind ja noch immer da. Moment mal…« Sie warf einen Blick auf ihre Instrumente. »Hoppla, macht nichts. Kein Traktorstrahl. Verdammt. Hätte ich doch 'n langes Seil mitgenommen. He, und noch 'ne Überraschung! Jemand meldet sich per Funk, Admiral.«

»Ton einschalten«, sagte Kirk und sammelte seine Kräfte. Die Klingonen würden nun zweifellos verkünden, daß sie eine Geisel getötet hatten. Doch die Stimme, die über den Subraum-Funk kam, war ihm vertraut.

»Hier ist Captain Willard Decker von der USS *Enterprise.* Wir rufen die Raumfähre *Enterprise.* Sollen wir Ihnen helfen?«

»Will!« Kirk grinste breit. »Wir könnten im Moment

tatsächlich etwas von Ihrer Technik brauchen. Auf dem Shuttle werden drei Geiseln festgehalten – ein Klingone und zwei Menschen, darunter mein Stabschef.«

»Habe ich schon gehört.«

»Wir müssen sie dort rausholen. Unsere Scanner melden, daß ihre Schilde ausgefallen sind. Können Sie einen Transporterstrahl auf sie richten?«

»Ja, Admiral. Zumindest auf die beiden Menschen. Ich weiß allerdings nicht, wie wir die Klingonen voneinander unterscheiden sollen.«

Kirk seufzte. Aus den Augenwinkeln sah er, daß Nan eine verzweifelte Miene aufsetzte. »Holt die Menschen raus, dann tüfteln wir eine Methode aus, wie wir an G'dath herankommen.«

»Machen wir, Sir.«

»Beeilen Sie sich.« Alice schaute stirnrunzelnd und besorgt von ihren Instrumenten auf. »Auf dem Flitzer baut sich wieder Energie auf. Sieht aus wie die, die ich gesehen hab', bevor wir hier gelandet sind.«

Riley stützte sich auf seinen Sitz und richtete sich auf, dann half er dem Jungen auf die Beine. Joey hatte die Augen vor Angst noch immer weit aufgerissen, aber es gelang ihm, Riley ein bebendes Dankeslächeln zu zeigen.

Von dem Augenblick an, in dem er ins Klassenzimmer gebeamt war, hatte Riley sich nicht gestattet, an etwas anderes als an die momentane Lage zu denken. Er hatte sich nicht einmal Angstgefühle zugestanden. Dies hatte ihm dabei geholfen, sich auf die beiden anderen Geiseln statt auf sich zu konzentrieren, und es half ihm auch dabei, so zu tun, als sei er gar nicht Riley, sondern Admiral Kirk. Kirk hätte in diesem Moment versucht, ihre Häscher auf dem linken Bein zu erwischen.

Rileys Blick wanderte über das Schiffsinnere. Der Commander, der sich über Funk als Keth bezeichnet hatte, war gerade wieder zu sich gekommen und hatte seinen Dolch gefunden. Riley wußte, daß es wahrscheinlich tödlich enden würde, wenn er sich jetzt auf ihn stürzte. Keth wankte etwas unsicher auf den Beinen, dann fuhr er jäh zum Pilotensitz herum und schlug Klor fest ins Gesicht.

Riley schaute erschreckt zu, als Keth eine Reihe klingonischer Flüche ausstieß und Klor auf allen vieren auf dem Boden landete.

Er verstand die Sprache der Klingonen zwar nicht, aber er wußte, daß Klor die Worte, die sein Vorgesetzter ausstieß, kaum gefielen. Riley vermutete, daß Keths Anfall mit Klors Zögern zu tun hatte, auf seinen Befehl zu reagieren, eine Geisel zu töten.

Klor rappelte sich auf, blieb gefährlich still stehen und musterte Keth mit unverhohlenem Haß. Riley sah, daß seine dicken Muskeln vor gezügelter Kraft bebten, aber sie waren in der Schwebe und zum Zuschlagen bereit.

Keth war kein Gegner für ihn. Er war schlank, einen guten Kopf kleiner und wurde von Klors klotzigem Körper überschattet. Riley wartete ab; er rechnete mit einer gewalttätigen Auseinandersetzung.

Doch dann glitt Klor wieder in den Pilotensitz. Riley sah, daß in seinen Augen Zorn schwelte.

Keth drehte sich um und blickte Riley und den Jungen an. Dem Anschein nach überlegte er, ob er die Exekution selbst durchführen sollte.

Er machte einen Schritt nach vorn. Dann blieb er stehen, denn nun ertönte von der Konsole her eine befehlende Stimme.

G'dath, zum Stehen offenbar zu schwach, saß noch immer dort neben der Kugel, wo sie seitlich an der Konsole befestigt war, und hielt sich mit der unverletzten Hand im Gleichgewicht. Seine Stimme war laut und fest, aber G'daths Anstrengung entging Riley nicht.

»Töten ist sinnlos, Keth. Der Traktorstrahl ist ausgefallen. Die Fähre hat keine Energie mehr.«

»Er hat recht, Commander«, sagte Klor verdrossen von der Konsole her. »Der Traktorstrahl ist abgeschaltet. Die Fähre lädt allerdings neu auf, und in ein paar Minuten kann es wieder soweit sein.«

Keths Schultermuskeln entspannten sich. »Dann laßt uns keine Zeit vergeuden. – Träumer…« Er schaute auf G'dath hinab. »Bring uns nach Hause.«

Klor drehte sich jäh in seinem Sitz. Sein Gesichtsausdruck zeigte etwas, das der Alarmiertheit äußerst nahe kam. Riley nahm einen Moment lang an, er wolle seinem Vorgesetzten etwas melden, doch Klor blickte nur zu G'dath hinüber und schien eine andere Entscheidung zu treffen. Dann wandte er sich schweigend wieder den Kontrollen zu.

»Im Moment geht es nicht«, sagte G'dath. »Die Kugel muß sich neu aufladen.« Keth hob einen Arm, um zuzuschlagen. G'dath zuckte mit keiner Wimper, er schüttelte nur müde den Kopf. »Wenn du willst, töte mich, aber es wird nichts an der Sache ändern. Es dauert nur eine knappe Minute, dann können wir den Verfolgern entkommen.«

»Commander«, sagte Klor aufgeregt, »unser Schild ist plötzlich ausgefallen.« Seine großen Hände tanzten geschäftig über die vor ihm befindlichen Kontrollen.

»Energieabfluß wegen der Lösung vom Traktorstrahl?«

»Nein, Commander. Nur ein plötzlicher Ausfall. Ich finde die Ursache nicht…«

Er brach ab, drehte sich herum und musterte Riley. Keth folgte seinem Blick.

Riley spürte, wie ihm das Blut ins Gesicht schoß. Er war davon ausgegangen, daß die Geiseln längst gerettet waren, wenn der Schild programmgemäß abstürzte – oder daß ihnen zumindest ein Schiff mit Transportermöglichkeiten auf den Fersen war.

Er hatte nicht geahnt, daß ihnen eine dreihundert Jahre alte Raumfähre zu Hilfe eilen würde.

Klor schaute auf den Bildschirm und stieß ein überraschtes Grunzen aus. »Ein drittes Schiff nähert sich, Commander. – Ein *richtiges* Raumschiff.«

Riley lächelte, aber seine Erleichterung währte nur kurz.

»Betrüger!« fauchte Keth. Er packte das Messer, hielt es knapp unter Brusthöhe und kam auf Riley zu. »Ehrloser Feigling! Erdenköter! Du hast den Schild sabotiert!«

Riley und Joey standen auf. Sie wollten zurückweichen, aber die Sitzreihe blockierte ihren Weg. Riley machte einen Versuch, Joey hinter sich zu schieben.

Keths Blick war ein irres Flackern, und unter seinen Augen zeigten sich dunkle Ringe in seinem bronzefarbenen Gesicht. Er stand einen Schritt vor Riley, war bereit, sich nach vorn zu werfen und ihm die Klinge in den Leib zu stoßen.

Riley schloß die Augen. Doch er hörte nicht das stumpfe, fleischige Klatschen eines sich in ihn bohrenden Dolches, sondern das sanfte, langsam lauter werdende Summen eines Transporterstrahls.

13

Als es Joey schwindlig wurde, kniff er die Augen zusammen und streckte die Arme aus, um sich an der Rückenlehne des Sitzes festzuhalten. Doch er berührte nichts. Das Schwindelgefühl ging schnell vorbei. Er öffnete die Augen. Vor einer Sekunde war er noch auf dem Shuttle gewesen, hatte neben Commander Riley gestanden und sich erneut darauf eingestellt, daß es nun *aus* war – daß der irre Klingone sie gnadenlos töten würde.

Doch nun stand er in einem großen, weißen Raum und schaute Commander Riley zu, der eine Stufe hinabging, den Raum durchquerte und auf einen anderen Starfleet-Offizier zuschritt, der hinter einer großen Steueranlage stand. Joey schaute auf seine Füße. Er stand auf einer leicht erhabenen Metallscheibe, einer Art Plattform. Er schüttelte sich verwundert, und ihm wurde klar, daß es eine *Transporter*plattform war.

»Willkommen an Bord, Commander Riley.« Der Starfleet-Offizier – ein älterer Mann mit Schnauzbart – grinste breit. »Freut mich, Sie wiederzusehen, auch wenn die Umstände nicht die besten sind.«

Willkommen an Bord. Dann war dies ein Raumschiff. Sie waren von einem Raumschiff gerettet worden! Er war in Sicherheit. Joey machte einen Schritt nach vorn, aber seine Beine waren wie Gummi, und er sank auf die Knie.

»Die Freude ist ganz meinerseits, Mr. Scott«, sagte Riley, drehte sich zu Joey um und sah ihn fallen. Er sprang auf die Plattform zurück, holte ihn herunter und setzte ihn auf einen Stuhl. Dann unterhielt er sich weiter mit Scott.

»Es ist noch eine Geisel an Bord des Flitzers. Ich weiß zwar, daß Sie die Klingonen nicht voneinander unterscheiden können, Scotty, aber er befindet sich der Energiequelle am nächsten.«

Scotty schüttelte zwar den Kopf, aber seine Hände und Augen beschäftigten sich schon mit den Kontrollen. »Ein *Klingone?* Was soll nur aus dem Universum werden, Riley, wenn wir jetzt schon anfangen, Klingonen zu retten?«

»Er ist mein Lehrer!« schrie Joey, der sich über den Ton des Schnauzbärtigen aufregte. Er hatte endlich begriffen, daß Dr. G'dath nicht mit ihnen zusammen gerettet worden war. Und plötzlich merkte er zu seinem Schreck, daß er den Tränen nahe war. Dr. G'dath war verletzt, und nun, da Commander Riley und er entkommen waren, war der irre Klingone vielleicht so wütend, daß er ihn umbrachte. »Er ist verletzt und braucht *sofort* unsere Hilfe!«

»Immer mit der Ruhe, Bürschlein«, sagte Scotty besänftigend, während er die Kontrollen justierte. »Wir helfen ihm schon, mach dir mal keine Sorgen. Ich hab' doch nur 'n Witz gerissen.«

»Ich fand's aber *nicht* witzig«, sagte Joey.

Rileys Blick konzentrierte sich auf die Transportersteuerung. Joey sah ihm am Gesicht an, daß er nicht sehr zuversichtlich war.

»Schwierigkeiten?« fragte er leise.

Scotts Gesichtsausdruck war grimmig. Er sprach leise, als wolle er nicht, daß Joey etwas hörte – was natürlich dazu führte, daß dieser die Ohren noch mehr spitzte. »Die Energiequelle läßt den Transporterstrahl verrückt spielen. Es war schon verdammt schwierig, Sie und den Jungen von Bord zu holen. Und die Störungen werden mit jeder Sekunde stärker. Ich hab' mich zwar auf ihn einjustiert, aber ich weiß nicht genau, ob ich ihn an Bord holen kann.«

Joey schaute erschreckt auf, als sich auf der Transporterplattform ein undeutlicher goldener Umriß formte und anfing zu schimmern.

In der Raumfähre *Enterprise* kam Deckers Stimme durch das Gitter in Alice Friedmans Komgerät. »Admiral Kirk? Hier ist die *Enterprise.* Wir haben zwei der drei Geiseln aus dem Shuttle geholt.«

Kirk richtete sich halb auf und beugte sich über die Konsole. »Und der dritte, Will?« Er hoffte selbstsüchtig, daß es nicht Riley war, aber als er Deckers Antwort vernahm, empfand er keine Erleichterung.

»G'dath ist noch bei ihnen. Wir versuchen, ihn auf die *Enterprise* zu beamen, aber wir haben mit starken elektronischen Störungen zu kämpfen, deren Quelle und Art unbekannt sind.«

Kirk nickte. »Captain Friedman sagt, daß sich auf dem Shuttle ein neuer Energieschub aufbaut. Will, wir müssen sie um jeden Preis aufhalten. Können Sie einen Traktor auf sie richten?«

»Negativ«, erwiderte Decker finster. »Laut Scotty legt irgend etwas unsere Hauptbatterien lahm. Wir haben alle Energie auf den Transporter und die Lebenserhaltung umgeleitet.«

Kirk hielt inne und warf einen Blick auf Nan und Eddie. Auch wenn die Prallfelder ihnen eventuell Schutz boten – er war nun wütend auf Nan, weil sie darauf bestanden hatte mitzukommen. Aber am meisten war er wütend auf sich, weil er nicht mit genügend Nachdruck darauf bestanden hatte, daß sie von Bord ging. Leider hatten sie nicht genug Zeit gehabt, sie von Bord zu lassen – was seinem Zorn aber auch keinen Abbruch tat. Er wandte sich Alice Friedman zu. »Captain, ich fürchte, daß wir nicht mehr viele Alternativen haben. Wir müssen das Shuttle rammen.«

»Verflucht«, erwiderte Alice, wobei deutlich wurde, daß die Möglichkeit, die Fähre zu beschädigen, ihr mehr an die Nieren ging, als die Gefahr für ihr eigenes Leben. »Ich hatte schon befürchtet, daß Sie das sagen würden, Admiral.«

Als sich eine warme Hand auf Kirks Schulter legte, drehte er jäh den Kopf. Nan stand hinter ihm. Ihr Gesicht war blaß, aber sie wirkte dennoch sehr gelassen. »Als ich darauf bestand, an Bord zu bleiben, habe ich insgeheim mit so etwas gerechnet, Jim.« Sie bemühte sich, ein Lächeln aufzusetzen.

Kirk erwiderte es nicht. »Dann setz dich hin und mach dich bereit. Schaltet die Prallfelder ein und nehmt die tragbaren Lebenshilfen, die in den Behältern unter den Sitzen liegen.«

Nan nickte und kehrte an ihren Platz zurück.

»Hey, Moment mal«, sagte Eddie. »Soll das etwa heißen, daß wir jetzt *bewußt* einen Unfall bauen?«

»Ruhig«, sagte Friedman scharf. »Sind Sie bereit, Admiral?«

Kirk nickte und nahm wieder Platz.

»Dann machen wir's. Wir haben wieder volle Kraft. Noch immer Saft auf dem Traktorstrahl – und die Energie auf dem Shuttle baut sich schnell auf. Bereithalten.«

»Auf mein Zeichen.« Kirk wartete, bis Nan und Eddie ihre Prallschilde aktiviert hatten. »Eins ... zwei ... drei ... jetzt!«

Die Fährte tat einen Satz nach vorn. Und kam eine kurze Strecke vor dem Shuttle krachend zum Halten, als sei sie im Weltraum auf eine Ziegelsteinmauer geprallt. Im Inneren des Raumfahrzeugs wurde es dunkel.

»Captain«, sagte Sulu, »die Raumfähre ist in Schwierigkeiten. Ihr Impulstriebwerk ist hin, und sie treibt steuerlos. Die Beschädigungen scheinen schwer zu sein.«

»Zustand der Besatzung?«

»Lebendig, Sir. Keine Lecks. Die leichten Schirme haben das Fahrzeug offenbar geschützt. Aber es ist außer Gefecht gesetzt.«

»Enterprise«, kam eine Stimme aus dem Lautsprecher. »Hier ist Kirk.«

»Wir hören, Admiral«, sagte Decker.

»Will, ich fürchte, wir sind aus dem Rennen. Wir sind wohl gegen eine Art Kraftfeld geprallt, das die Kugel erzeugt. Wir haben das Shuttle nicht mal berührt. Können Sie die weitere Verfolgung aufnehmen?«

»Negativ, Admiral. Scotty tut zwar sein Bestes, aber bevor wir die Sache nicht auf die Reihe kriegen, sind wir aufgeschmissen. Wir versuchen noch immer, die dritte Geisel zu befreien – und hoffen, daß sie weiterhin in der Reichweite unseres Transporters bleiben.«

»Das Shuttle ist fünfzig Kilometer entfernt«, meldete Flores, »und die Entfernung wird rasch größer. Ich sehe mehrere Schiffe, die versuchen, die Verfolgung aufzunehmen, aber keins ist in der richtigen Position. – Einhundert Kilometer.«

»Verdammt«, keuchte Decker. »Sie entwischen uns noch.«

G'dath hatte mit fast unerträglicher Dankbarkeit zugesehen, wie sich die Gestalten Rileys und Joeys aufgelöst hatten. Sein eigenes Leben scherte ihn nicht, und er bedauerte die Notwendigkeit, Klor nach dem Blick, den sie getauscht hatten, ebenfalls umzubringen: Klor verstand und war bereit. Selbst wenn er die Botschaft in seinen Augen falsch interpretierte, er hatte Commander Keth nicht über die Selbstvernichtungsfähigkeit der Kugel informiert, und das reichte G'dath.

Falls es noch andere wie Klor gab, hatte er große Hoffnungen für das klingonische Imperium.

»Wir sind fünfunddreißig Standardeinheiten von

dem Föderationsschiff entfernt«, meldete Klor von der Steuerung her, »und die Entfernung nimmt zu.«

»Bei fünfzig Einheiten aktiviere ich die Kugel«, sagte G'dath. »Ich möchte nicht, daß die Masse der beiden Föderationsschiffe unsere Flugbahn beeinflußt, wenn sie auch relativ gering ist.« Oder daß sie bei der Explosion beschädigt wurden. »Jeder Fehler zu Beginn unserer Reise könnte am Ende zu einer Katastrophe führen.«

Als G'dath sprach, spürte er, daß ihn jemand beobachtete. Er schaute auf. Es war Klor, der im Sitz des Piloten saß. Diesmal gab es keinen Irrtum: Klor verstand, was er vorhatte. Er wich seinem Blick nicht aus.

Sekunden vergingen. Dann wandte Klor sich erneut den Instrumenten zu.

»Z'breth«, flüsterte der zwischen den Sitzreihen stehende Keth. Er war offenbar noch immer vom Verlust seiner Geiseln benommen. Dann riß er sich zusammen.

»Klor! Dein Schild! Aktivieren! So weit ausdehnen, daß er den Gefangenen umfaßt!« Als er seinen eigenen Schild einschaltete, erklang ein leises Ploppen.

»Fünfzig Einheiten«, sagte Klor leise, als hätte er ihn nicht gehört.

G'dath schob einen Finger in die blinkende Kugel und schaltete ein Relais ab. Nun würde es zu einem gewaltigen Aufbau von Energie kommen, der in einer Explosion endete. Sie brauchten nur noch dreißig Sekunden zu warten.

In einer letzten verächtlichen Geste verharrte Klor: Er reagierte nicht auf den Befehl seines Vorgesetzten; er blieb sitzen und musterte die Zahlen der Steuerkonsole. G'dath verstand seine Gründe. Keths wütender Fluch hatte auch seine Familie eingeschlossen. Er hatte Riley als Erdenköter bezeichnet, und Klor stammte auch von Menschen ab. Es war die schlimmste Beleidigung, die man sich vorstellen konnte. Da Klor sich geweigert hatte, Joseph auf Befehl zu töten, hatte Keth ihm mit dem Kriegsgericht und der schlimmsten Schande gedroht, wenn er nach Hause kam.

G'dath war froh, daß einem edlen Geist wie Klor diese Schande erspart blieb.

»Klor!« brüllte Keth. Da Klor auch diesmal nicht antwortete, trat der Commander persönlich an die Konsole und desaktivierte seinen Schild.

G'dath, dem plötzlich schwindlig wurde, schloß die Augen. Der Blutverlust, dachte er, doch dann vernahm er ein Summen und erkannte, daß das desorientierende Gefühl woandersher kam. Er hatte es schon mehrmals in seinem Leben gespürt, auch an diesem Wochenende: das Gefühl der Entmaterialisation.

Er konnte nicht ergründen, wie es seinen potentiellen Rettern gelungen war, ihn von seinen Häschern zu unterscheiden.

Das Gefühl verging. Vielleicht hatte der Transporter eine Fehlfunktion. Vielleicht hatte er sich auch alles nur eingebildet. Als er eine Hand auf seiner Schulter spürte, schaute er auf und sah in Keths stechende schwarze Augen. Mit der anderen Hand griff er an die Kontrollen seines Gürtels.

Gleichzeitig sah G'dath eine große Hand, die sich auf Keths Schulter legte. Bevor der Commander die Gelegenheit erhielt, seinen Schild zu aktivieren, riß Klor ihn zurück.

Die beiden Klingonen rangen. Der Kampf dauerte nicht lange. Obwohl Klor eindeutig der Stärkere war, war Keth schneller. Er befreite sich aus Klors Griff, zückte sein Messer und bohrte es mit einer raschen, drehenden Bewegung tief in Klors Brustkorb.

Klor ächzte und taumelte nach hinten.

G'dath schloß erneut die Augen. Er war sich trotz der geschlossenen Lider bewußt, daß in der ihn umgebenden Luft Lichter tanzten – das funkelnde Zittern eines Transporterstrahls und das blendendweiße, heiße Blitzen einer Explosion. Als das Gewebe der ihn umgebenden Materie sich auflöste, eruptierte das Universum in einem Brüllen von Licht.

Heller. Heller. Schmerzhaft. Unerträglich hell – bis das Licht seine Lider versengte und ihn aufschreien ließ. Als G'dath es nicht mehr aushalten konnte, gab er nach und umarmte die Dunkelheit.

14

Mittwoch war Apollo-Tag, da hatten sie schulfrei. Als Ricia an diesem Morgen im Krankenhauskorridor stand und Joey die Karte reichte, die er unterzeichnen sollte, lächelte sie schon wieder. Joeys Ansicht nach sah sie heute besonders hübsch aus: Sie trug einen weiten türkisfarbenen Umhang, kleine Perlenohrringe und hatte ihr glänzendes, blauschwarzes Haar mit einem Neonpurpurband zurückgebunden. Er wußte zwar, daß sie sich mehr für Carlos als für Dr. G'dath schöngemacht hatte, aber er hatte sich vorgenommen, nicht eifersüchtig zu sein – jedenfalls nicht heute. Carlos war aus der Intensivstation heraus. Er hatte lachend im Bett gesessen und sich mit ihnen unterhalten, auch wenn er noch blaß und schwach wirkte. Was nach Joeys Meinung hauptsächlich an dem Schock und weniger an der Wunde lag. Als Ricia und Joey in sein Zimmer gekommen waren, war auch Carlos' Vater dort gewesen. Ein netter Kerl, doch mit heller Hautfarbe, die eigentlich nicht zu der seines Sohnes paßte. Er war allerdings ruhig und etwas schüchtern, ganz wie Carlos. Dr. Siegel hatte Ricia gesagt, Carlos wäre vermutlich gestorben, wenn sie die Blutung nicht mit den Händen gestillt hätte.

Bei diesen Worten hatte Carlos Ricia mit einem Blick bedacht, der so aussah, als sei er nun ganz sicher, daß sie *seine* Freundin war. So ein Mist. Als die beiden einfältig lächelnde Blicke ausgetauscht und Händchen gehalten hatten, hatte Joey auf seine Füße gestarrt und sich geräuspert. Es war ihm an die Nieren gegangen.

Schließlich hatte er Carlos die Karte mit den Genesungswünschen ins Gesicht geworfen.

Natürlich konnte Joey sich nicht beschweren, da Ricia seit Montag immer unheimlich lieb zu ihm gewesen war. Hinter ihm lagen zwei bizarre Tage. Zum Glück war seine Mutter arbeiten gewesen und hatte die Nachrichten erst gesehen, als er schon sicher an Bord der *Enterprise* gewesen war. Auch das war aufregend genug gewesen. In den vergangenen zwei Tagen war er fast so etwas wie eine berühmte Persönlichkeit geworden. Er hatte mit fast zwei Dutzend Journalisten über seine Erlebnisse als Geisel gesprochen. Alle hatten über die grauenhaften Klingonen sprechen wollen, die arme Schulkinder terrorisierten, und so hatte Joey sich gezwungen gesehen, darauf hinzuweisen, daß sie in erster Linie einen *Klingonen* entführt hatten und daß eben dieser *Klingone* verletzt worden war, als er sich für seine Schüler eingesetzt hatte.

Man sollte doch annehmen, daß sie es kapierten.

Er hatte ihnen erzählen wollen, wie schrecklich das Zuschauen gewesen war, als Dr. G'dath auf dem Transporterfeld wie eine Lampe an- und ausgegangen war. Der Boden hatte bei der Explosion des Flitzers unter Joeys Füßen gebebt. Dr. G'dath war tatsächlich in der ersten Millisekunde der Explosion noch an Bord gewesen und hatte einige ziemlich üble Verletzungen davongetragen. Doch kein Journalist schien sehr interessiert an diesem Aspekt der Geschichte zu sein: Sie wollten lieber von den gräßlichen Klingonen und ihren langen Messern hören, und wie Joey Angst um sein Leben gehabt hatte. Am Dienstag war er die Scheinwerfer und 3D-Kameras so leid gewesen, daß er sich nicht mehr vorstellen konnte, je im Leben wieder nervös zu werden.

»Hier«, sagte Ricia. Sie reichte ihm einen Schreiber und drehte sich herum, so daß Joey die Karte auf ihren Rücken legen und unterschreiben konnte. Stoller hatte sich mit ihr ziemliche Mühe gegeben. Joey hatte gar nicht gewußt, daß er zeichnerisch so begabt war. Die Karte war so groß wie ein briefgroßer Datenblock. Auf der Vorderseite stand in großen schillernden Holobuchstaben – zuerst auf englisch, dann auf klingonisch – GUTE BESSERUNG, DR. G'DATH.

Joey unterzeichnete die Karte als erster, dann stieß er auf die Pergament-Spezialeinlage. Stoller hatte sie sorgfältig eingelegt. Sie sah toll aus, wie ein Friedensvertrag aus alter Zeit, und zeigte eine hübsche Frakturschrift. Als Joey den Text las, lächelte er, und als er unterschrieb, dachte er an den Klingonen namens Klor. Vielleicht hätte er Klor für das, was er getan hatte, hassen sollen, aber nach dem mitleidigen Blick, den er in seinem Gesicht gesehen hatte, fiel es ihm schwer. Daß er von Klingonen entführt worden war, hätte eigentlich dazu führen sollen, daß er sie noch mehr haßte – aber statt dessen fiel ihm nur ein, wie Dr. G'dath sich persönlich in das für Ira Stoller bestimmte Messer geworfen hatte. Er hatte es für Stoller getan, der Klingonen nicht ausstehen konnte. Ricia hatte recht gehabt: G'daths furchterregendes Auftreten war halt seine Art, ein Ergebnis seiner Kultur. Und seine Angst vor ihm war ein Ergebnis der Erdkultur.

Vielleicht war es an der Zeit, ein wenig über die eigene Kultur hinauszusehen.

»Fertig«, sagte er zu Ricia und hielt ihr die Karte und seinen Rücken hin. Als auch sie fertig war, betraten sie zusammen G'daths Krankenzimmer. Beim Anblick des großen Klingonen, der wach auf seinem Bett saß, mußte Joey lächeln.

G'dath saß auf seinem Bett, blinzelte in Richtung des vor ihm auf einem Schwenkarm stehenden Terminals und bemühte sich, seinen Blick zu konzentrieren. Die Explosion hatte seine Hornhaut versengt, und nun, da er sich an die neue gewöhnt hatte, klärte sich sein

Blick. Auch die synthetische Haut hatte sich gut angepaßt, selbst wenn es anfangs Probleme gegeben hatte, da die Ärzte auf klingonische Haut nicht eingerichtet gewesen waren. Die Verbrennungen an seinen Gliedmaßen und im Gesicht schmerzten nicht mehr, und in ein paar Tagen würde man von all dem nichts mehr sehen.

Er hatte in den beiden letzten Tagen so viele Anrufe erhalten, daß er das Terminal programmiert hatte, nicht zu summen, sondern nur schriftliche Botschaften anzunehmen. Nun füllte sich eine Bildschirmseite nach der anderen. Nan Davis' Reportage über die Entführung aus dem Klassenzimmer und das danach gesendete Interview mit ihm hatte ihn über Nacht prominent gemacht. Er hatte so viele Stellenangebote von angesehenen Universitäten erhalten – Oxford, Peking, Wolgograd, Tübingen, um nur ein paar zu nennen –, daß er schon gestern aufgehört hatte, sie sich anzusehen. Er wollte sie sortieren und später studieren, aber ihm war jetzt nicht danach zumute, mit jemandem zu reden.

Er freute sich zwar, daß Carlos Siegel noch lebte, aber der Tod Mr. Oleskys hatte ihn schwer erschüttert. Er hatte noch immer Schwierigkeiten, einen Sinn darin zu sehen. Die Kugel hatte den Tod schneller gebracht, als er sich hatte ausmalen können, und nun war er froh, daß sie zerstört war. Es war ihm unmöglich, sich über seine Entdeckung oder seine Arbeit oder irgendein Stellenangebot zu freuen.

G'dath hatte beschlossen, all seine Computeraufzeichnungen zu vernichten, außerdem hatte er durch Föderationskanale Kontakt mit den Organianern aufgenommen und sie über seine Erfindung und die anschließenden Ereignisse informiert. Sie waren bereit, ihm vor dem klingonischen Imperium Schutz zu gewähren und zu verhindern, daß das Wissen über die Konstruktion der Kugel in die Hände der Föderation oder des Imperiums fiel.

Ironischerweise war er gezwungen, den Organianern zu vertrauen – denn es gab keine andere Wahl.

G'dath dachte gerade über seinen vor wenigen Tagen abgehaltenen Unterricht über das organianische Friedensabkommen nach, als er vor der offenen Zimmertür sich bewegende Schatten wahrnahm. Er blinzelte, und die Schatten wurden zu Ricia Greene und Joseph Brickner.

Er legte sein Gesicht in erfreutere Falten. »Miss Greene – Mr. Brickner! Kommen Sie doch herein.«

Die beiden traten ein und bauten sich neben seinem Bett auf. Ricia schien in aufgedrehter, mitteilsamer Laune zu sein, während Joseph etwas verschüchtert wirkte. Aber G'dath freute sich, den Jungen lächeln zu sehen. In seinem Blick war nun auch kein Haß mehr, sondern Verehrung. Als G'dath an die noch ungelesenen Botschaften in seinem Terminal dachte, erfüllte ihn der Anblick seiner Schüler mit dem Anflug eines schlechten Gewissens.

Ricia nahm Joseph am Ellbogen und zog ihn mit. »Wie geht es Ihnen, Dr. G'dath? In der Schule machen sich alle große Sorgen um Sie.«

Über die ungewohnte Vorstellung, daß sich *alle* um ihn sorgten, mußte G'dath leicht lächeln. »Wirklich? Das ist aber äußerst nett von allen. Ich fühle mich schon wieder ziemlich gut, und ich glaube, ich kann morgen wieder nach Hause gehen.«

»Ich wette, Sie geben nächsten Montag schon wieder Unterricht«, sagte Ricia fröhlich. »Sie werden's erleben.«

G'dath räusperte sich kurz und wandte den Blick ab. Vielleicht war jetzt nicht die richtige Zeit, um zu erwähnen, daß er am Montag nicht zurückkehren würde – oder überhaupt je. »Ahem. Nun, bis dahin bin ich bestimmt wieder auf den Beinen.«

Joseph machte einen Schritt nach vorn und hielt ihm ungelenk etwas hin. »Hier, das ist für Sie, Sir.«

»Ah.« G'dath nahm die Karte entgegen und bewunderte ausgiebig das Deckelbild. »Vielen Dank, Joseph.«

»Sie ist von der ganzen Klasse.«

»Das sieht man. Auf englisch *und* klingonisch. Das ist eine sehr gute Idee.« G'dath lächelte den beiden zu, denn das Geschenk rührte ihn wirklich sehr. Der klingonische Satz war nicht ganz richtig übersetzt. Statt einer guten Besserung wünschte er ihm, er möge seine Phantasie verfeinern. G'dath hatte jedoch nichts gegen den Fehler. Irgendwie machte das Versehen die Geste doppelt liebenswert. »Hat das einer aus der Klasse gemacht?«

Joseph nickte.

»Klappen Sie sie auf, Sir«, drängelte Ricia.

G'dath tat ihr den Gefallen. Als er die Karte aufklappte, fiel ein dickes Blatt Papier auf sein Bett. Er hielt inne, dann nahm er es an sich und las die Namen derjenigen, die ihm Gesundheit wünschten. Manche Wünsche enthielten auch einen Zusatz: *Beeilen Sie sich mit dem Gesundwerden!* Und: *Sie fehlen uns!* Oder: *Hoffentlich kommen Sie bald wieder!* Jeder Schüler seiner Klasse hatte unterzeichnet.

G'dath hob das Blatt bedrückt hoch. Auf dem steifen Pergament stand in gedruckten Zierbuchstaben:

WIR, DIE UNTERZEICHNETEN, GELOBEN HIERMIT
AUF EIN BESSERES VERSTÄNDNIS ZWISCHEN
DEN VÖLKERN DES KLINGONISCHEN IMPERIUMS
UND DER VEREINIGTEN FÖDERATION DER PLANETEN
HINZUARBEITEN.

Die erste Unterschrift – ein steiles, unstetes Gekritzel – stammte von Ira Stoller. G'dath las nicht weiter, sondern schloß für eine Weile die Augen.

Irgendwann hörte er Ricia Greene leise sagen: »So fühlen wir nun mal. Wir dachten, wenn Sie es wissen, hilft es Ihnen vielleicht, schneller gesund zu werden.«

G'dath öffnete die Augen. Seine Schüler fühlten sich unbehaglich, da sein Schweigen sie verlegen machte. »Ich danke Ihnen, Miss Greene. Und Ihnen, Joseph. Sagen Sie bitte den anderen, die die Karte unterschrieben haben, daß es mir sehr viel bedeutet.«

Ein gedämpftes Miauen von der Tür her ließ G'dath den Kopf drehen. Er runzelte wegen des eigenartigen, doch vertrauten Lauts die Stirn und sah Nan Davis im Türrahmen stehen. Sie lächelte energisch und trug eine langärmelige Jacke, als sei ihr kalt.

»O Mann!« sagte Ricia und riß überrascht ihre braunen Augen auf. »Das ist ja Nan Davis!«

Die Journalistin nickte ihr und Joey zu und trat ein. »Dann seid ihr wohl zwei der Schüler, die ich am Montag nicht treffen konnte. Du bist doch *der* Joey Brickner, nicht wahr? Wie fühlt man sich, wenn man so berühmt ist?«

»Nicht so doll«, sagte Joey, den Nans Anwesenheit nicht im geringsten vom Stuhl riß. »Ich bin froh, wenn alles wieder in Vergessenheit gerät. Über mich, meine ich.«

Ricia gab ihm einen ermutigenden Schlag auf die Schulter. »Ich glaube, wir gehen jetzt lieber, Joey, und lassen Dr. G'dath mit seinem Gast reden. Passen Sie auf sich auf, Dr. G'dath. Wir sehen uns dann am Montag.«

Joey nickte. »Bis dann, Sir.«

G'dath holte tief Luft. »Bis Montag.« Als die beiden gegangen waren, sagte er zu Nan: »Miss Davis ...«

»G'dath – bitte. Nach allem, was passiert ist, brauchen wir, glaube ich, nicht mehr so formell zu sein. Ich heiße Nan. Und jetzt sag mal: Hast du in letzter Zeit ordentliche Arbeitsangebote bekommen?«

G'dath deutete seufzend mit dem Kopf auf das Terminal. »Offen gesagt ... Es müßten inzwischen an die fünfzig sein. Ich habe es aufgegeben, Anrufe anzunehmen. Ich kann nicht mal mehr die Nummern der Anrufer notieren.«

»Das ist ja wunderbar! Dann kannst du also endlich an die Arbeit gehen, für die du bestimmt bist.«

»Vielleicht ...«, begann er. Er hielt inne, denn er empfand gelinde Überraschung über das, was er hatte sagen wollen – und war sich dessen doch gleichzeitig sicher. Das Pergament mit den Unterschriften der Schüler lag noch immer auf seinem Schoß und knisterte leise, als Hüpfer sich daneben legte. »Vielleicht habe ich das Wichtigste schon längst getan, Nan.« Er schaute zu ihr auf. »Und damit meine ich nicht meine Forschungen.«

Nan setzte zuerst eine fragende Miene auf, doch dann wurde sie nachdenklich. »Ich verstehe. Ich schätze, es bedeutet, daß du jetzt, nachdem man dir politisches Asyl gewährt hat, in New York bleiben wirst.«

G'dath nickte.

»Dann hast du eine neue Nachbarin. Dank der Reportage über dich bin ich ins New Yorker Büro von WorldNews versetzt worden.« Sie lächelte strahlend. »Du hast doch nichts dagegen, daß ich gelegentlich reinschneie, um Hüpfer zu besuchen?«

G'dath erwiderte ihr Lächeln. »Ganz und gar nicht, Nan. Ganz und gar nicht.«

Früh am Mittwochmorgen holte Kevin Riley tief Luft und trat dann in den Türrahmen von Admiral Kirks Büro. »Admiral?«

Kirk saß an seinem Schreibtisch und blickte aus dem Fenster, wo der Nebel die Golden Gate-Brücke mit geisterhaften Fingern umschmeichelte. Beim Klang von Rileys Stimme drehte er sich herum.

Die Angst, die Riley empfand, mußte sich auf seinem Gesicht zeigen, denn Kirk sagte nach einem kurzen Blick: »Kommen Sie rein. Und machen Sie die Tür zu, wenn Ihnen danach ist.«

Riley trat ein. Die Tür schloß sich hinter ihm. Nach dem Erlebnis vom Montag war er eigentlich überzeugt gewesen, nun könne ihn nichts mehr schmerzen – aber der Gedanke an das, was er nun tun wollte, tat außerordentlich weh.

Er hatte versagt. Er hatte G'daths Bewachung vermasselt. Es war reines Glück gewesen, daß nur die beiden Klingonen umgekommen waren und G'dath und Carlos Siegel ihre Verletzungen überlebt hatten. Bei einem anderen Verlauf der Dinge hätte sein Fehler drei Menschenleben gekostet. Außerdem hatte er mehr auf dem Kerbholz als nur den Fauxpas mit der Überwachung. Er hatte seinen Posten ohne Erlaubnis verlassen und die Sache mit dem Flucht-Shuttle organisiert, ohne sich Rückendeckung zu holen.

Eigenartigerweise hatte das Erlebnis sein Selbstmitleid und den Schmerz wegen Anab aufgelöst. Auch seine Konfusion in Sachen Jenny. Angesichts des Todes war alles so einfach geworden, so klar. Anab hatte recht behalten: Er mußte sich darüber klar werden, was er überhaupt wollte. Und jetzt wußte er es. Er hatte keine Angst mehr vor den Konsequenzen. Schließlich hatte er sein Leben riskiert, und es war ihm gelungen, dabei das Leben anderer zu retten. Das Spiel mit dem sabotierten Shuttle-Schild hatte sich ausgezahlt. Er war froh, daß er es getan hatte. Er würde es mit Freuden wieder tun.

Er bedauerte nur zwei Dinge. Erstens, daß er seinen Job in dem Moment verlor, in dem ihm klar geworden war, wie gern er ihn tat; und zweitens, daß er sich für Kirk, den Mann, der sein Leben gerettet hatte, schlußendlich als Enttäuschung erwies. Er hatte in Erwägung gezogen, ihm zu erzählen, daß er von Tarsus IV wußte, aber dazu war jetzt nicht die Zeit. Er wollte nicht, daß er aufgrund ihrer gemeinsamen Vergangenheit Mitgefühl für ihn aufbrachte.

Aber er würde irgendwann eine Möglichkeit finden, ihm zu danken.

Riley trat vor den Admiralsschreibtisch und blieb steif stehen. Er stand fast stramm. »Ich nehme an, Sie wissen, warum ich hier bin, Sir«, sagte er. Als Kirk keine Einwände erhob, sondern ihn nur nachdenklich und mit gefalteten Händen anschaute, fügte er hinzu: »Ich meine, es ist das beste, wenn ich meinen Abschied nehme, Sir. Es sei denn, Sie möchten mich lieber rausschmeißen.«

Kirk seufzte leise, stand auf und ging ans Fenster. Er begutachtete eine Weile die Aussicht und verschränkte die Hände hinter dem Rücken. Dann schaute er Riley über die Schulter hinweg an. »Hatten wir das nicht schon mal, Commander?«

Riley errötete, denn er bezog sich auf seinen ersten Versuch, den Abschied einzureichen. Es war ein Jahr her. »Sir – diesmal ist es anders. Damals wollte ich ausscheiden, weil ich nicht wußte, ob ich diesen Job überhaupt haben wollte.«

»Und jetzt sind Sie sich dessen sicher?« fragte Kirk schnell.

»Jawohl, Sir. Ich möchte meinen Job behalten. Aber ich weiß, daß ich ihn nicht behalten kann.« Riley hielt inne, dann sagte er etwas hitziger als geplant: »Admiral, durch meine Schuld wären beinahe drei Menschen *gestorben.* Weil ich einen gedankenlosen Fehler begangen habe. Weil mir meine privaten Probleme dermaßen zugesetzt ha ...« Er brach ab. »Aber das ist unwichtig. Tatsache ist, ich hab's vermasselt. Das ... ist alles, was ich sagen wollte, Sir. Und daß es mir leid tut, die Zusammenarbeit mit Ihnen zu beenden. Es war mir eine Ehre.«

»Kevin.« Kirk drehte sich um und schaute ihn an.

Riley hob überrascht die Brauen. Kirk hatte ihn noch nie beim Vornamen angesprochen.

»Sie haben recht. Wenn Sie statt Standardsicherheit höchste Priorität angeordnet hätten, wäre es wahrscheinlich nicht passiert. Vielleicht sollte ich Sie wirklich rausschmeißen.« Kirk hielt inne. »Ich habe schon mit Admiral Nogura darüber gesprochen.«

Riley unterdrückte das nervöse Verlangen, sein Gewicht zu verlagern.

»Offen gesagt, wir konnten uns nicht einigen, ob wir Sie vors Kriegsgericht stellen oder wegen einer Heldentat auszeichnen sollten.«

»Heldentat?« keuchte Riley. *»Mich?«*

»Ihr Einsatz hat das Leben der Geiseln gerettet. Und Sie hatten die Idee, den Shuttle-Schild so zu programmieren, daß er irgendwann zusammenbrechen mußte.«

»Ja, Sir, aber ...«

»Und laut Joey Brickners Aussage haben Sie ihn mindestens einmal davor bewahrt, von einem Klingonen erstochen zu werden.

Also sind wir zu folgendem Beschluß gelangt, Mr. Riley: Wir stellen Sie weder vors Kriegsgericht, noch werden wir Sie auszeichnen. Und was Ihre Kündigung angeht – das ist ganz allein Ihre Sache.«

Riley zögerte. Klar, was der Admiral da sagte, konnte nur ein Mißverständnis sein. Es war zu schön, um wahr zu sein. »Soll das heißen, Sie feuern mich nicht, Sir?«

»Im Moment nicht.«

»Dann würde ich gern bleiben, Admiral ... mit einer Bewährungsfrist von zwei Wochen.« *In denen ich irgendeine Möglichkeit finden werde, Ihnen für Tarsus IV zu danken ...* »Sollte mein Verhalten in dieser Zeit irgendeinen Anlaß zur Klage geben, Sir, möchte ich achtkantig fliegen.«

»Mach ich.« Kirk lächelte schwach. »Sie haben *wirklich* ein paar Heldentaten vollbracht, Mr. Riley.«

Riley entspannte sich soweit, daß er einen offenen Ton anschlagen konnte. *»Ich* war es eigentlich gar nicht, Sir.«

»Sie waren es *nicht?*«

Riley verzog verlegen das Gesicht. »Nun, Sir, während der ganzen Zeit, in der die Klingonen mich als Geisel festhielten, habe ich mir eingeredet, ich wäre Sie. Ich habe mich laufend gefragt, was Sie wohl in dieser oder jener Lage tun würden. Und wie Sie sehen, hat es prima geklappt.«

Riley hatte den Admiral noch nie zuvor verlegen gesehen – er hatte es, offen gestanden, nicht einmal für möglich gehalten, daß Kirk zu solchen Gefühlen fähig war –, doch nun nahmen die Wangen seines Vorgesetzten zu seinem Erstaunen eine rötliche Färbung an.

»Ich würde es zu schätzen wissen, wenn Sie es für sich behalten könnten, Commander«, sagte Kirk steif.

Als Riley ging, hatte er das deutliche Gefühl, daß der Admiral sich insgeheim freute.

Kirk stand am Fenster und schaute zu, wie sich die Tür hinter seinem Stabschef schloß. Er freute sich, daß Riley beschlossen hatte, zu bleiben. Sicher, er hatte, was G'daths Sicherheit betraf, einen kritischen Fehler begangen – aber sein schnelles und entschlossenes Handeln, um die Geiseln zu retten, erfüllte ihn auch mit Stolz. Er hätte es selbst nicht besser machen können. Als er den Fall mit Nogura besprochen hatte, war der alte Admiral, der seinen Glauben an seinen Stabschef nie richtig hatte verstehen können, von Rileys Heldentum beeindruckt gewesen.

Ich nehme an, nur ein Held kann einen anderen erkennen, hatte Nogura gesagt.

Und doch hatten Rileys Worte Kirk sprachlos gemacht. *Ich habe mir eingeredet, ich wäre Sie.*

Kirk konnte eigentlich nicht sagen, daß er überrascht war. Rileys Handlungen hatten ihn immer irgendwie an sich selbst erinnert.

Riley war mehr als nur ein wenig des Ichs, das er gewesen war. Des Kirk, den er vor ein paar Tagen in

Noguras Büro gesehen hatte, den im Kommandantengold. Loris Stimme sagte unaufgefordert in seiner Erinnerung:

Besorg dir ein neues Schiff. Das möchtest du doch am meisten, Jim. Mehr als alles andere. Mehr als mich.

Riley in Aktion zu sehen, hatte ihn wieder an den anderen Kirk erinnert. Und seither fragte er sich, ob Lori nicht doch recht hatte.

Kirk seufzte, kehrte an seinen Schreibtisch zurück und zwang sich, Riley, Lori und die *Enterprise* für den Rest des Tages zu vergessen.

Gegen 17.00 Uhr – er war noch immer am Schreibtisch beschäftigt – summte das Kom. Er schaltete sich beim ersten Summen ein und lehnte sich überrascht zurück, als er Loris Gesicht auf dem Bildschirm erblickte.

»Jim«, sagte sie. Ihr blondes Haar war flüchtig zerzaust. Sie trug keine Uniform, sondern war in einen pfirsichfarbenen Pullover gekleidet, der perfekt zu ihrer Hautfarbe paßte. Die Spannung war aus ihrer Stimme und ihren Augen gewichen. Sie setzte ein unbeholfenes Lächeln auf.

Kirk erwiderte ihr Lächeln, erschreckt und erfreut über die Verwandlung, und mehr als hoffnungsvoll wegen ihres herzlichen Tonfalls. »Lori! Von wo rufst du an?«

»Centaurus. Ich bin in der Hütte. Ich hatte noch ein paar Tage Urlaub und war der Meinung, ich könnte etwas Ruhe brauchen, bevor die Reise anfängt. Ich habe gerade die WorldNews-Sendung gesehen und weiß, was dir, Riley und den Klingonen passiert ist. Ich wollte nur ... mit eigenen Augen sehen, daß du in Ordnung bist.«

Kirk breitete in einer Hier-bin-ich-Geste die Arme aus. »Mir geht's gut.«

Aber es würde mir noch besser gehen, wenn du hier wärst.

»Und Riley?«

»Du kennst ihn doch. Kam ohne Kratzer aus der Sache raus. Das sprichwörtliche Glück der Iren.« Er hielt inne. »Du wirkst neuerdings recht locker. Und ziemlich schön.«

Ihr Lächeln wirkte schüchtern. »Hör mal, Jim, ich habe nachgedacht. Jetzt, wo ich dem Büro fern bin…«

Und fern von Nogura, hörte Kirk aus ihren Worten heraus.

»… habe ich mich etwas abgeregt.« Ihr Ausdruck wurde ernst. »Hier draußen kann man klarer denken. Ich … Ich habe mich gefragt, ob du es wohl hinkriegst, einen kleinen Urlaub zu arrangieren. Bei mir. Wir könnten hier allein sein, ohne Nogura, ohne die Flotte, ohne die ganze Altlast. Vielleicht kommen wir sogar dahinter, was mit uns los ist.« Sie schaute ihm fest und genau in die Augen – wie die alte Lori. Kirk streckte die Hand aus und berührte aus reiner Dankbarkeit das Bildschirmgehäuse.

Sie sah es und lächelte, als würde sie verstehen.

»Es würde mir gefallen«, sagte Kirk. Lori hatte schon immer gewußt, was sie wollte. Wenn er ein paar Tage mit ihr verbrachte und mit ihr redete, würde er sich vielleicht wiederfinden und einen flüchtigen Blick auf jenen Kirk erhaschen können, den er in Noguras Büro gesehen hatte – den Kirk, den er in Riley gesehen hatte, jenen Mann, der *wußte,* was er wollte. »Ich muß noch ein paar Dinge erledigen. Ich gebe dir meine ungefähre Ankunftszeit durch.«

»Ich freue mich. Ich will dich nicht aufhalten, Schatz. Ich weiß doch, daß du die Raumschiffparade sehen willst. Halt die Ohren steif.«

»Du auch.«

Loris Bild verblaßte und verschwand.

Kirk betätigte den Interkomschalter. »Mr. Riley?«

»Jawohl, Admiral?«

»Buchen Sie für mich einen Flug nach Centaurus. So früh wie möglich.«

»Jawohl, Sir.«

Kirk drehte sich in seinem Sitz und wies die hausinterne 3D-Einheit an, sich in die WorldNews-Sendung über die Raumschiffparade einzuschalten. Sie näherte sich dem Mond und mußte die Basis im Mare Tranquilitatis in knapp einer Stunde überfliegen. Das Bild wechselte gelegentlich und zeigte einige der uralten und modernen Raumschiffe, die an dem historischen Flug teilnahmen.

Plötzlich war sie da, und Kirk hielt den Atem an. Egal welche Narben die Fähre auch vor kurzem noch davongetragen hatte – sie sah prächtig aus. Ihr Rumpf leuchtete vor der unendlichen Schwärze des Weltraums weiß. Sie war endlich an dem Ort, an dem sie sein sollte, und er nahm an, daß die an Bord befindlichen zivilen VIPs den Tag ihres Lebens erlebten.

Gute Arbeit, Scotty, dachte er. Der Zauberer hatte schon wieder ein Wunder vollbracht. Die durchgebrannten Impulstriebwerke der Fähre waren in aller Eile von dem nörgelnden – doch inzwischen, nahm Kirk an, fröhlichen – Montgomery Scott ersetzt worden, nachdem sie auf seinen Befehl hin an Raumdock 4 angelegt hatte. Scotty hatte die Impulstriebwerke aus einer der *Enterprise*-Raumfähren ausgebaut und in die Hecksektion der *alten Enterprise* eingesetzt. Da Montgomery Scott den Einbau vorgenommen hatte, funktionierte natürlich alles bestens. Und um dafür zu garantieren, hielt Scotty sich sogar jetzt noch an Bord der Fähre auf und kümmerte sich um die Maschinen. Die Triebwerke paßten zwar nur so eben – wie ein Fuß von Größe sieben in einen Schuh von Größe neun –, aber die Fähre flog. Und außerdem schien es nur passend, daß die junge *Enterprise* der alten etwas abtrat.

Kirk schaute zu, als die Fähre durch das harte Vakuum des Weltraums glitt, und dachte an den entschlossenen Mut der Männer und Frauen, die vor langer Zeit in ihr und anderen Fahrzeugen dieses Typs geflogen waren. Mut dieser Art gab es noch immer. Er wußte, daß man ihn überall dort finden konnte, wo man sich die Mühe machte, nach ihm zu suchen – in der Seele eines friedliebenden Klingonen ebenso wie in einem fehlgeleiteten Stabschef.

Auf dem Rumpf der Raumfähre war die US-Flagge neben dem Banner der FVP zu sehen. Die Sterne auf der alten Flagge ließen ihn an G'dath und sein Volk denken. Vielleicht würde auch sein Heimatgestirn eines Tages – mit Hilfe G'daths und anderer – durch das silberne und scharlachrote Banner der Föderation der Vereinten Planeten repräsentiert werden.

Kirk stand auf, schaute der Raumfähre zu und salutierte. Dann schaltete er den Bildschirm ab, nahm seine Sachen und ging leichten Herzens hinaus. Denn er wußte, daß er bald dort sein würde, wo Lori war.

STAR TREK™

in der Reihe
HEYNE SCIENCE FICTION & FANTASY

STAR TREK: CLASSIC SERIE

Vonda N. McIntyre, Star Trek II: Der Zorn des Khan · 06/3971
Vonda N. McIntyre, Der Entropie-Effekt · 06/3988
Robert E. Vardeman, Das Klingonen-Gambit · 06/4035
Lee Correy, Hort des Lebens · 06/4083
Vonda N. McIntyre, Star Trek III: Auf der Suche nach Mr. Spock · 06/4181
S. M. Murdock, Das Netz der Romulaner · 06/4209
Sonni Cooper, Schwarzes Feuer · 06/4270
Robert E. Vardeman, Meuterei auf der Enterprise · 06/4285
Howard Weinstein, Die Macht der Krone · 06/4342
Sondra Marshak & Myrna Culbreath, Das Prometheus-Projekt · 06/4379
Sondra Marshak & Myrna Culbreath, Tödliches Dreieck · 06/4411
A. C. Crispin, Sohn der Vergangenheit · 06/4431
Diane Duane, Der verwundete Himmel · 06/4458
David Dvorkin, Die Trellisane-Konfrontation · 06/4474
Vonda N. McIntyre, Star Trek IV: Zurück in die Gegenwart · 06/4486
Greg Bear, Corona · 06/4499
John M. Ford, Der letzte Schachzug · 06/4528
Diane Duane, Der Feind – mein Verbündeter · 06/4535
Melinda Snodgrass, Die Tränen der Sänger · 06/4551
Jean Lorrah, Mord an der Vulkan Akademie · 06/4568
Janet Kagan, Uhuras Lied · 06/4605
Laurence Yep, Herr der Schatten · 06/4627
Barbara Hambly, Ishmael · 06/4662
J. M. Dillard, Star Trek V: Am Rande des Universums · 06/4682
Della van Hise, Zeit zu töten · 06/4698
Margaret Wander Bonanno, Geiseln für den Frieden · 06/4724
Majliss Larson, Das Faustpfand der Klingonen · 06/4741
J. M. Dillard, Bewußtseinsschatten · 06/4762
Brad Ferguson, Krise auf Centaurus · 06/4776
Diane Carey, Das Schlachtschiff · 06/4804
J. M. Dillard, Dämonen · 06/4819
Diane Duane, Spocks Welt · 06/4830
Diane Carey, Der Verräter · 06/4848
Gene DeWeese, Zwischen den Fronten · 06/4862
J. M. Dillard, Die verlorenen Jahre · 06/4869
Howard Weinstein, Akkalla · 06/4879
Carmen Carter, McCoys Träume · 06/4898
Diane Duane & Peter Norwood, Die Romulaner · 06/4907
John M. Ford, Was kostet dieser Planet? · 06/4922
J. M. Dillard, Blutdurst · 06/4929

STAR TREK™

Gene Roddenberry, Star Trek (I): Der Film · 06/4942
J. M. Dillard, Star Trek VI: Das unentdeckte Land · 06/4943
David Dvorkin, Die Zeitfalle · 06/4996
Barbara Paul, Das Drei-Minuten-Universum · 06/5005
Judith & Garfield Reeves-Stevens, Das Zentralgehirn · 06/5015
Gene DeWeese, Nexus · 06/5019
D. C. Fontana, Vulkans Ruhm · 06/5043
Judith & Garfield Reeves-Stevens, Die erste Direktive · 06/5051
Michael Jan Friedman, Das Doppelgänger-Komplott · 06/5067
Judy Klass, Der Boacozwischenfall · 06/5086
Julia Ecklar, Kobayashi Maru · 06/5103
Peter Norwood, Angriff auf Dekkanar · 06/5147
Carolyn Clowes, Das Pandora-Prinzip · 06/5167
Diana Duane, Die Befehle des Doktors · 06/5247
V. E. Mitchell, Der unsichtbare Gegner · 06/5248
Dana Kramer-Rolls, Der Prüfstein ihrer Vergangenheit · 06/5273
Michael Jan Friedman, Schatten auf der Sonne · 06/5179 (in Vorb.)
Barbara Hambly, Der Kampf ums nackte Überleben · 06/5334
Brad Ferguson, Eine Flagge voller Sterne · 06/5349

STAR TREK: DIE NÄCHSTE GENERATION
David Gerrold, Mission Farpoint · 06/4589
Gene DeWeese, Die Friedenswächter · 06/4646
Carmen Carter, Die Kinder von Hamlin · 06/4685
Jean Lorrah, Überlebende · 06/4705
Peter David, Planet der Waffen · 06/4733
Diane Carey, Gespensterschiff · 06/4757
Howard Weinstein, Macht Hunger · 06/4771
John Vornholt, Masken · 06/4787
David & Daniel Dvorkin, Die Ehre des Captain · 06/4793
Michael Jan Friedman, Ein Ruf in die Dunkelheit · 06/4814
Peter David, Eine Hölle namens Paradies · 06/4837
Jean Lorrah, Metamorphose · 06/4856
Keith Sharee, Gullivers Flüchtlinge · 06/4889
Carmen Carter u. a., Planet des Untergangs · 06/4899
A. C. Crispin, Die Augen der Betrachter · 06/4914
Howard Weinstein, Im Exil · 06/4937
Michael Jan Friedman, Das verschwundene Juwel · 06/4958
John Vornholt, Kontamination · 06/4986
Mel Gilden, Baldwins Entdeckungen · 06/5024
Peter David, Vendetta · 06/5057
Peter David, Eine Lektion in Liebe · 06/5077
Howard Weinstein, Die Macht der Former · 06/5096
Michael Jan Friedman, Wieder vereint · 06/5142

STAR TREK™

T. L. Mancour, Spartacus · 06/5158
Bill McCay/Eloise Flood, Ketten der Gewalt · 06/5242
V. E. Mitchell, Die Jarada · 06/5279
John Vornholt, Kriegstrommeln · 06/5312
Laurell K. Hamilton, Nacht über Oriana · 06/5342 (in Vorb.)
David Bischoff, Die Epidemie · 06/5356

STAR TREK: DIE ANFÄNGE
Vonda N. McIntyre, Die erste Mission · 06/4619
Margaret Wander Bonanno, Fremde vom Himmel · 06/4669
Diane Carey, Die letzte Grenze · 06/4714

STAR TREK: DEEP SPACE NINE
J. M. Dillard, Botschafter · 06/5115
Peter David, Die Belagerung · 06/5129
K. W. Jeter, Die Station der Cardassianer · 06/5130
Sandy Schofield, Das große Spiel · 06/5187
Lois Tilton, Verrat · 06/5323

DAS STAR TREK-UNIVERSUM, 2 Bde.,
überarbeitete und aktualisierte Neuausgabe!
von *Ralph Sander* · 06/5150

William Shatner/Chris Kreski, Star Trek Erinnerungen · 06/5188

Phil Farrand, Cap'n Beckmessers Führer durch
Star Trek – Die nächste Generation · 06/5199

STARFLEET KADETTEN
John Vornholt, Star Trek Generationen · 06/6501
Peter David, Worfs erstes Abenteuer · 06/6502
Peter David, Mission auf Dantar · 06/6503
Peter David, Überleben · 06/6504 (in Vorb.)
Brad Strickland, Das Sternengespenst · 06/6505 (in Vorb.)
Brad Strickland, In den Wüsten von Bajor · 06/6506 (in Vorb.)
John Peel, Freiheitskämpfer · 06/6507 (in Vorb.)
Mel Gilden & Ted Pedersen, Das Schoßtierchen · 06/6508 (in Vorb.)
John Vornholt, Erobert die Flagge · 06/6509 (in Vorb.)
V. E. Mitchell, Die Atlantis Station · 06/6510 (in Vorb.)
Michael Jan Friedman, Die verschwundene Besatzung · 06/6511 (in Vorb.)

Diese Liste ist eine Bibliographie erschienener Titel
KEIN VERZEICHNIS LIEFERBARER BÜCHER!